FRANZ PREITLER

Die schönen Mordschwestern

Eiskalte Gier Ein abscheulicher Mord, begangen am 25. Jänner 1906, erregt ob seiner Bestialität großes mediales Interesse. Ein Bauernbub entdeckt eine arg zugerichtete Frauenleiche. Es ist eine durch Erbschaften wohlhabend gewordene junge Frau aus Wien. Die beiden Mörderinnen, die Schwestern Gusti und Fini Huber, werden verhaftet. Nach langem Verwirrspiel bekennt sich Gusti alleine schuldig, verweigert aber bis zuletzt eine genaue Schilderung des Tatherganges. Als Motiv der Tat nennt sie ihren Verlobten Joseph Pokorny, einen Opernsänger. Erst nach Ende der Verhandlung erfährt Gusti, dass ihr Verlobter ein Betrüger und Heiratsschwindler ist. Nach Ende ihrer Haft versucht Fini in Wien wieder Fuß zu fassen. Dort steht zu ihrem Entsetzen Joseph Pokorny vor ihr. Der Opernsänger will erfahren, was im Jänner 1906 tatsächlich geschehen ist, um mit einem Buch über die wahren Umstände Geld zu verdienen. Ist nun der Zeitpunkt gekommen, dem Auslöser der seinerzeitigen Tragödie einen Denkzettel zu verpassen?

Franz Preitler, aufgewachsen in der Waldheimat, in Langenwang im Mürztal, publiziert seit 2005 Bücher und ist Herausgeber von zwei Anthologien. Er organisiert Literatur- und Kulturveranstaltungen und ist bekannt als Nach-Erzähler von Sagen und Legenden rund um seine Heimat, die Steiermark. Der Autor möchte die Leser mit Erzählungen aus der Geschichte bewegen, um die Vergangenheit lebendig zu vermitteln und vor dem Vergessen zu bewahren. Zusätzlich schreibt er Romane. Preitler hält Lesungen sowie Vorträge zu seinen Büchern ab, nutzt dabei erfolgreich Social Media und ist durch die Presse in der Steiermark bekannt. Seit 2019 leitet der Erfolgsautor den renommierten Kultur- und Literaturverein Roseggerbund Waldheimat.

FRANZ PREITLER

Die schönen Mordschwestern

Mürztal-Morde

GMEINER

Immer informiert

Spannung pur – mit unserem Newsletter informieren wir Sie regelmäßig über Wissenswertes aus unserer Bücherwelt.

Gefällt mir!

Facebook: @Gmeiner.Verlag
Instagram: @gmeinerverlag
Twitter: @GmeinerVerlag

MIX
Papier aus verantwortungsvollen Quellen
FSC® C083411

Besuchen Sie uns im Internet:
www.gmeiner-verlag.de

Im Ehnried 5, 88605 Meßkirch
Telefon 07575/2095-0
info@gmeiner-verlag.de

2. Auflage 2020

Lektorat: Claudia Senghaas, Kirchardt
Herstellung: Mirjam Hecht
Umschlaggestaltung: U.O.R.G. Lutz Eberle, Stuttgart
unter Verwendung eines Bildes von: © ullstein bild – Imagno / VHS-Arc; Bauernhaus in Langenwang
Druck: CPI books GmbH, Leck
Printed in Germany
ISBN 978-3-8392-2556-1

Prolog
Leoben, 6. Juli 1906: Plädoyer des Verteidigers Dr. Hutter

Meine sehr geehrten Herren Geschworenen! Ich bin aus der Reichshauptstadt gekommen, nicht um Ihnen ein rhetorisches Blendwerk vorzuführen oder Sie durch Phrasen zu verwirren. Wenn ich auch ein Fremder bin, aus den Schriften Ihres größten Dichters Peter Rosegger kenne ich Sie. Nein, Sie sind nicht zu überreden, sondern zu überzeugen. Die Sache an sich ist allerdings so dramatisch, dass man sie nicht gänzlich trocken behandeln kann.

Wenden wir uns zunächst der Angeklagten zu: Josefine Huber, liebevoll Fini genannt, ist ein einfaches, bescheidenes, beschränktes Mädchen vom Land und seit ihrem siebenten Lebensjahr ohne Mutter aufgewachsen. 1903, im Alter von 15 Jahren, ist sie in die Großstadt Wien gezogen, wo sie sich auf fremdem Boden durchschlagen musste. Sie glaubte, dass sie dort ebenfalls eine Stellung erreichen werde wie ihre Schwester Augustine, von allen Gusti gerufen. Doch wie sollte es anders kommen! Fini kannte die Gefahren der Großstadt nicht und so ist sie gefallen, weil sie fallen musste. Wäre sie alleine und ohne ihre Schwester Augustine gewesen, dann wäre sie wahrscheinlich auch gefallen, aber sicher nicht auf diese Anklagebank hier.

Die große Menschenmenge hier im Saal kennt nur die Tat und richtet nach der Brutalität dieser Tat. Aber wir können die Angeklagte nicht wegen der Tat allein verurteilen. Denn diese Tat ist noch immer ein Rätsel. Man weiß nicht einmal, wo genau sie geschehen ist, unter welchen Umständen sie geschehen ist, noch, wer sie eigentlich begangen hat.

Ich erinnere Sie daran, dass es bisher noch nicht zweifelsfrei erwiesen ist, dass es wirklich beide Schwestern waren, die die Tat begangen haben. Es gibt ein Tatgeständnis von Augustine Huber, dieses ist gültig, auch wenn sie zur Tat selbst keine Angaben machen kann. Es bleibt aber immer noch eine entscheidende Frage offen: Welchen Anteil hatte Josefine Huber an der Tat? Um das zu beurteilen, ist es nötig, sich die beiden Schwestern nochmals vor Augen zu führen.

Die Schwestern Huber sind zwei grundverschiedene Charaktere: Augustine Huber, Gusti, ist eine Großstadtnatur mit all ihren Fehlern und Vorzügen, mit der Energie eines starken Mannes und dem Herzen eines schwachen Weibes. Vom Aussehen her, eine auffallend hübsche, große Frau mit markant edlen Gesichtszügen und schönen kastanienbraunen Haaren. Ihr maßloser Ehrgeiz treibt sie ständig voran zu neuen Zielen. So wurde die Begegnung mit Joseph Pokorny zum Verhängnis ihres Lebens. Sie alle waren Zeugen, wie dieser im Gerichtssaale eine kläglich komische Figur gespielt hat. Allein der Augustine Huber ist er als der große Tenor, als der Mann mit der großen Zukunft vorgekommen. Sie, die als Hotelstubenmädchen einmal an einem der wenigen Abende, an denen sie Ausgang hatte, in der Oper auf der vierten Galerie nur den Helmbusch des »Lohengrin« sehen konnte, glaubte in Pokorny, der ihr im strahlenden Lichte erschien, den wahren Lohengrin gefunden zu haben. Er hat Gusti bei seiner Ehre die Ehe versprochen, doch sie wusste nicht, dass sein Leben ohne Ehr und Würde war.

Sie hat sich auf sein Drängen hin mit allem Eifer und aller Kraft, ja, mit aller Niedertracht um das Geld für die gemeinschaftliche Existenz bemüht. Er hat sie unter Druck gesetzt, damit sie ihm das notwendige Geld verschaffte, mit dem er sein unsittliches Leben finanzieren konnte. Das Mädchen war ihm hörig und die ahnungslose, sich nichts Schlechtes dabei denkende kleine Schwester Fini befand sich in ihrem Bann.

Gusti war das große Vorbild für Fini, die ihre ältere Schwester außergewöhnlich bewunderte. Sehen Sie sich das hübsche blonde Mädchen genauer an: Sie wirkt heute – nach drei Jahren Aufenthalt in Wien – immer noch wie ein 15-jähriges Mädchen vom Lande: unschuldig und einfach. Fast noch wie ein Kind sitzt sie da. Können diese verschreckten blauen Augen, diese zarten Hände und das scheue Wesen etwas Böses tun? Sie suchte und sucht auch hier im Gerichtssaal noch immer stets den Schutz bei ihrer Schwester. Die gemeinsame Zugreise von Wien in die Steiermark hätte ihr erster Besuch beim strengen Vater werden sollen. Wobei sie sich von Anfang an davor fürchtete, ihrem Vater und der energischen Stiefmutter entgegenzutreten. Hatte er nicht bei ihrer Abreise nach Wien ausdrücklich gesagt, dass es für sie kein Zurück gäbe? Bedenkt man diese Aussagen und Umstände, so wird klar, dass sie lieber sterben wollte, als für immer zurück aufs Land zu ihrem Vater zu gehen. Erwägen Sie bitte, ob nicht der Versuch der Giftbeschaffung des verängstigten Mädchens dafür gedacht war.

Wegen des rücksichtslosen Verhaltens des Bräutigams ihrer Schwester stand sie ja ganz allein da in der großen Stadt Wien, dabei hatte sie ihre Anstellung verloren und trotz aller Mühen keine neue gefunden. Gerade jetzt hätte sie die Hilfe ihrer älteren Schwester so bitter nötig gehabt! Wie Sie, sehr geehrte Herren, wissen, ist man in der Großstadt ohne geregelte Einkünfte dem Untergang geweiht. Welcher Quartiergeber wartet monatelang auf den Mietzins? Die Angst, wieder nach Neuberg zurück zu müssen, muss sie förmlich gequält haben.

Als ihre Bekannte, die apathische Maria Müller aus dem Café Schinagl, von der bevorstehenden Fahrt in die Steiermark Kenntnis erhielt, schloss sie sich allen Aussagen nach freiwillig den beiden Schwestern an, um einen Mann zu treffen, in den sie immer noch verliebt war. Ein Mann, der ihre Liebe vor Jahren verschmäht und eine andere geheiratet hatte. Wie sie vor Kurzem erfahren hatte, lebte er von seiner Ehefrau bereits getrennt und Maria hoffte, durch die Reise sein Herz zurückzugewinnen. Daher ist der Vorwurf der Anklage, dass Fini den Auftrag hatte, die ehemalige Köchin Müller zu dieser Fahrt zu animieren, schärfstens zurückzuweisen. Aber selbst dies wäre übrigens nicht strafbar, solange nicht nachgewiesen ist, dass Maria Müller ohne Zwingen nicht mitgefahren wäre.

Lassen Sie mich zusammenfassen: Es liegen keinerlei Beweise für die Schuld der Angeklagten Fini Huber vor, direkt und tätig an dem Mord mitgewirkt zu haben, ebenso keinerlei Beweise für eine entferntere Teilnahme, sondern für Sie, verehrte Geschworene, kommt nur die Frage der Vorschubleistung in Betracht. Nun liegt es an Ihnen. Sie werden zu entscheiden haben, ob das arme

Mädchen Josefine Huber in die Nacht des Kerkers wandert oder in das Licht der Freiheit.

Bitte erwägen Sie dabei auch den vornehmsten Zweck der Strafe: Die Strafe soll vergelten. Daher lautet meine Frage an Sie: Wofür, für welche nachgewiesene Tat, soll an Josefine Huber Vergeltung geübt werden? Zu vergelten ist gar nichts, man könnte eher sagen: zu verbessern. Aber eine Besserungsanstalt ist das Gefängnis nicht. Wenn Sie der angeklagten Fini Huber ob des tiefen Schmerzes, der ihr heute durch den Verlust ihrer liebsten Schwester – vielleicht für immer – bereitet wird, die Freude der Freiheit gewähren, dann dienen Sie nur der Gerechtigkeit!

Wien, 29. November 1912, Josefine Huber und Klara Herzberg

Fini fasst erschrocken nach dem Arm ihrer Bekannten Klara. »Warte kurz! Können wir so tun, als würden wir einen Blick in die Auslage werfen?« Diese fragt sie erstaunt: »Aber warum denn?« »Ich erkläre es dir gleich.« Die junge Frau wirkt jetzt sehr nervös. Sie blickt hastig über ihre Schulter zu dem großen Mann im grauen Anzug mit Hut und der kräftigen Statur, der gerade auf der anderen Straßenseite um die Ecke biegt. Sein Gang ist bedacht, anders, als sie es von diesem sonst so eingebildeten, sich selbst maßlos überschätzenden Mann kennt. Ihre Hände zittern. Ein eigenartiges Grauen macht sich vom Brustkorb bis hin zu den Füßen breit. Ihr wird flau im Magen. Hastig muss sie sich an der Hausmauer festhalten, um nicht zu straucheln. Dabei erhascht sie einen flüchtigen Blick auf seinen Schnurrbart, den er inzwischen etwas anders trägt und schwarz eingefärbt hat. Viel zu dunkel, so wie seine dichten Haare, die jetzt ebenfalls schwarz gefärbt sind. »Wie unnatürlich – dass ihm das noch niemand gesagt hat …«, schwirrt ihr durch den Kopf. »Wahrscheinlich will er sich jünger machen, so wie es jetzt wohl bei den Männern in Mode ist. Die noblen Herren möchten seit Neuestem alle jünger aussehen und färben sich die Haare und dazu passend den Bart. Natürlich, um einen famosen Eindruck zu machen. Um den jungen, naiven Mädchen zu gefallen. Diesen oberflächlichen Weibsbildern, die sie dann …«

Bei diesen Gedanken wird sie von einem jähen Schauer erfasst. Ein Schauer, der ihr keineswegs fremd ist. Sie erstarrt, als wäre sie nackt der feuchten Kälte eines dunklen Kellerlochs ausgesetzt. Ein paar Minuten steht sie mit weit geöffneten Augen am Schaufenster und ringt nach Luft. Sie verspürt dumpfe Wut und hätte ihm am liebsten laut nachgeschrien, wie sehr sie ihn verflucht für das, was er ihr angetan hat. Wie sehr sie ihn hasst! Klara schaut sie erschrocken an. »Geht es dir nicht gut Fini?« Sie kneift dabei die Augen zusammen und wirft ihr einen skeptischen Blick zu, als rechne sie damit, dass sie jederzeit umfallen könnte.

»Entschuldige, ich musste mich kurz abstützen.« »Du bist doch nicht wegen diesem eleganten Herrn dort so erschrocken?«, möchte Klara wissen. »Ganz blass schaust du aus und zitterst.« »Doch, genau wegen dem«, antwortet Fini knapp und richtet ihren Blick in das große Schaufenster, damit Pokorny ihr erschrockenes Gesicht nicht sehen kann. »Dieser Mann dort ist nämlich alles andere als nobel. Ein Schurke ist er, ein hinterhältiger Betrüger! Ach, verzeih, ich will mich gar nicht daran erinnern. Aber jetzt, wo ich diesen verdammten Schwindler hier sehe, kommt richtig Zorn in mir auf. Ist er verschwunden?« Ihre Stimme klingt ähnlich zerreißendem Papier. Nach einem kurzen Blick auf die andere Seite der Straße bestätigt Klara: »Ja!« »Danke, dann bin ich sehr erleichtert. Meine Liebste, ich sollte doch besser in mein Zimmer zurückgehen. Macht es dir etwas aus?« Ihre Bekannte zeigt sich enttäuscht. Sie zieht die Augenbrauen hoch. »Aber ich habe mich doch schon so auf unser Treffen heute gefreut! Ich möchte wirklich gerne noch mit dir wenigstens einen Kaffee trinken!« »Also gut, dann lass uns ganz kurz in ein gemütliches Café gehen«, erwidert Fini und versucht dabei ihre Bedenken mit einem knappen Lächeln zu überspielen.

Ihrer Begleitung fällt spontan das Café Schinagl gleich um die Ecke ein, wo sie unbedingt hingehen möchte. Fini erschreckt und hält inne. Ihr Blick ist verwirrt und ängstlich. Sie kennt das beliebte Café aus früheren Zeiten. Zeiten, in denen die Welt für sie noch in Ordnung war, in denen ihr Freunde zur Seite standen. Es befindet sich in der Singerstraße 13, gleich um die Ecke, in einem Barockpalais aus dem 17. Jahrhundert. Sie zögert. Ob man sie dort erkennen wird nach all den Jahren? Ihre Knie zittern von der Angst, die vom Brustkorb aus in ihre Kehle wanderte und dort noch feststeckt. Schließlich stimmt sie dem Wunsch ihrer Bekannten zu. Sie kennt Klara Herzberg ja noch nicht sehr lange und möchte sie nicht verärgern. So rafft sie all ihren Mut zusammen, ihre Lippen zittern.

Klara möchte nun endlich wissen: »Also wer ist denn nun dieser Mann und woher kennst du ihn eigentlich?« »Wer dieser Mann ist? Das ist Joseph Pokorny, der ehemalige Verlobte meiner Schwester! Er ist nichts als ein selbst ernannter Opernsänger. Und wenn er von sich und seinem Leben erzählt, müsste man denken, er sei ein berühmter Künstler, ein begnadeter Sänger mit zahlreichen Engagements bis nach Prag und Russland.« Klara wirft ihr einen irritierten Blick zu. »Und war er mit deiner Schwester auch verheiratet?« Klaras Frage verrät angespanntes Interesse. »Nein, geheiratet hat er meine Gusti nie! Er hatte es ihr nur versprochen, wie so vielen anderen Mädchen auch. Du hast ihn kurz gesehen, oder?« »Ja, aber er scheint mir ein sehr fescher, vornehmer Herr zu sein!« »Stimmt, er wirkt wie ein materiell gefestigter Mann mit guter Anstellung. Wenn man ihn so sieht, könnte man annehmen, er sei ein hochrangiger Beamter. Das täuscht, meine Liebe, er ist weder hochrangig noch berühmt. Er ist berüchtigt und hat sehr viele Frauen belogen und betrogen, hat sie auf schändliche Art und Weise um ihr Glück und Vermögen gebracht. Jede der armen Frauen ist seinem Charme erlegen, hat seine Lügengeschichten geglaubt und ihm Darlehen gegeben. Ihr mühsam erspartes Geld war somit verloren. Mit einem Schlag waren sie bettelarm und standen vor dem bitteren Ende. Das Wort Schuld ist diesem Verbrecher unbekannt. Von Reue hat er wohl auch noch nie etwas gehört.« Inzwischen ist Klara etwas blass geworden. Aber Fini holt weiter aus im Redefluss. »Im Ausland ist er auch vielfach mit Sicherheitsbehörden in Konflikt geraten. Seinen Namen werde ich mein Leben lang nicht vergessen. Ebenso nicht sein aufgesetztes Theaterlächeln. Von seinem böhmischen Akzent gar nicht zu sprechen!« Erst jetzt bemerkt sie Klaras entsetzten Blick und fasst sie an beiden Schultern: »Schau mir in die Augen! Du kennst ihn wohl hoffentlich nicht, oder? Ich warne dich! Dieser Mann würde dich in den Ruin stürzen, abgesehen davon, dass er überhaupt keine Ahnung von einem gesicherten Leben hat! Sieh mich bitte nicht so entsetzt an. Was ist los mit dir?« Klara blickt sie bei ihren Äußerungen durchdringend an. Fini fragt sich dabei, ob sie ihr das Erzählte überhaupt glaubt.

Aber ihre Bekannte schüttelt nur den Kopf und meint: »Mir fällt auf, du lässt gar kein gutes Haar an diesem

Mann!« Finis Augenbrauen ziehen sich plötzlich über ihrer Stirn zusammen, die tiefe Falten wirft. »Das kann ich auch nicht! Nein, über diesen elenden Gauner kann ich beim besten Willen nichts Gutes sagen.« Klara ringt kurz nach Luft. Warum scheint Fini in diesem Moment nicht klar. War sie zu boshaft?

Sie spürt die Verzweiflung und wie sehr sie diese Begegnung mit eiserner Kälte ins Herz getroffen hat. Es ist wie ein Schock für sie, dem Mann heute begegnet zu sein. Zuletzt hatte sie Pokorny im Sommer 1906 in Leoben gesehen: das Gesicht aufgedunsen, und in seinen kleinen dunklen Augen hatte sie lediglich ein höhnisches Flackern von Gemeinheit und Gier erkannt. Er hatte in aller Öffentlichkeit angekündigt, mit einem Skandalroman aus ihrer tragischen Situation Kapital zu schlagen. Schamlos hatte er über die Presse versucht, von seiner eigenen Hoffnungslosigkeit abzulenken.

»Warum weißt du denn eigentlich so viel über diesen Herrn?«, hakt Klara neugierig nach. Fini räuspert sich, ist von der Frage überrascht. Sie ist in einer merkwürdigen Stimmung und geht auf Klara zu, dass diese ihren Atem spüren kann. »Glaub mir, ich hatte genügend Zeit, mich mit ihm zu beschäftigen. Leider weiß ich noch viel mehr, meine Liebe! Das ist ja das Schlimme an dieser Geschichte. Besser gesagt, mit Pokorny hat meine ganze Tragödie seinen Anfang genommen. Wieso? Weil dieser Schurke, dieser Heiratsschwindler, vor genau sieben Jahren von Preußen nach Wien gekommen ist!« »Aber das ist doch nichts Schlimmes!« »Ärger als schlimm war das, es war furchtbar! Hier hat er meine hübsche Schwester Gusti kennengelernt, sie war noch jung! Gerade mal 26 Jahre, im besten Alter. Besser gesagt, sie war jung und dumm, das weiß ich heute, sonst hätte sie sich nicht in diesen um 15 Jahre älteren Mann verliebt. Er versprach ihr die Ehe, ein gefahrloses und gesichertes Leben in Wohlstand. Gusti fühlte sich gerade in dieser Zeit um das wirkliche Leben betrogen, wollte aus dem Dienstmädchendasein ausbrechen und es zu mehr bringen. Schon alleine, um zu Hause zu zeigen, dass sie es geschafft hatte. Dass sie es in Wien zu mehr gebracht hatte als die ehrgeizige Tochter der Nachbarin. Du musst wissen, wir kommen vom Land, aus Neuberg im Mürztal. Dort, wo jeder jeden kennt. Du weißt, wo das ist?« Ihre Bekannte nickt: »In der Steiermark.« »Genau, in der Steiermark, über dem Semmering. Weißt du, am Land, da hat man noch Vertrauen in die Menschheit, da leuchtet das Leben noch in schillernden Farben.« Klaras Mundwinkel ziehen sich nach unten. Ihr fällt es schwer nachzuvollziehen, was ihr Fini soeben alles erzählte.

Tatsächlich, am Anfang, als ihre Mutter noch lebte, da war diese Zeit in Neuberg, in dem kleinen Bauernhof am Waldesrand, einfach schön gewesen. Doch nach dem Tod der Mutter – sie selbst war damals ein kleines Kind – war es für den Vater sehr schwierig, sich und die vier Töchter durchzubringen. Und nachdem ihre drei älteren Schwestern bereits alle nach Wien gegangen waren und ihr Vater eine herrische Frau aus Mürzzuschlag ins Haus gebracht hatte, die immer etwas an ihr auszusetzen hatte, wurde es auch für sie dort zu eng.

»Da ich in der Provinz nur Gutes und Schönes aus der Großstadt gehört habe, war es für mich nicht schwer, Gustis Angebot anzunehmen, ihr nach Wien zu folgen. Ich wusste nicht, wie ich es Vater erklären sollte, dass ich gehen möchte. Er saß wie so oft allein in seinem Zimmer. Dort konnte er stundenlang ohne Licht, seinen weißhaarigen Kopf in die Hand gestützt, sinnierend sitzen. Mir tat das Herz sehr weh und ich schlich mich leise in seine Nähe. Als ich es ihm gesagt und ihn auf die Wange geküsst hatte, schrie er mich laut an: ›Du bist so stur wie deine Mutter! Jetzt willst du mich auch noch verlassen, was habe ich nur alles falsch gemacht in meinem Leben?‹ Er schob mich böse weg und winkte mir, aus dem Zimmer zu gehen. Damit hatte ich nicht gerechnet und meinte kleinlaut, dass er nichts falsch gemacht habe und es besser für uns alle sei, wenn ich in Wien mein eigenes Brot verdiene, so wie meine drei Schwestern. Von diesem Moment an sprach er kein einziges Wort mehr mit mir, nutzte jede Gelegenheit, um mir auszuweichen. Der Tag meiner Abreise war schneller da, als ich es erwartet hatte. Mein in die Jahre gekommener und auch immer merkwürdiger gewordener Vater brachte mich an einem strahlend schönen Sonntag mit Zorn in den Augen zum Bahnhof nach Mürzzuschlag. Seine letzten Worte klingen mir heute noch in den Ohren: ›Eines sag ich dir: Die Großstadt wird dich verderben und es gibt kein Zurück!‹ Ich wollte etwas darauf sagen, war jedoch unfähig. Ich stand stumm da und starrte ihn mit großen Augen an. In der Hoffnung, nie mehr nach Neuberg kommen zu müssen.«

Alleine und unerfahren, nur mit ein paar Habseligkeiten, war sie damals von Mürzzuschlag aus mit dem Zug nach Wien gefahren. Sie war verbittert über die letzten Worte ihres Vaters. »Es gibt kein Zurück!«, schallte es in ihrem Kopf. Ein flüchtiges Schuldgefühl und Angst vor dem Unbekannten überkamen sie nur in den ersten Minuten. Die Neugier auf Wien und die Aussicht auf eine gut bezahlte Arbeit überwogen jedoch bald. Es schien ihr, als glimme eine kleine Flamme tief im Innersten auf und warte auf den Wind, der sie zu einem heißen Feuer anfache.

»Wie ich dann so erleichtert im Zug nach Wien saß und beim Fenster hinausblickte, alles in Windeseile an mir vorbeizog, wusste ich, dass es die richtige Entscheidung war, von zu Hause wegzugehen. Stimmt, ein wenig mulmig war mir schon. Die Berge meiner Heimat wurden immer kleiner und verschwanden gänzlich, je näher ich Wien kam. Das flaue Gefühl war vorbei, als ich gegen Abend in der Großstadt ankam und mich Gusti am Bahnhof abholte und mir versprach, mich zu beschützen. Erst später erfuhr ich, dass viele Mädchen auf gut Glück in die großen Städte ziehen, ohne sich vorher eine Unterkunft oder Arbeitsstelle gesichert zu haben. Wenn sie ankommen, wissen sie oft keinen Platz zu finden und geraten gar leicht in schlechte Hände. Du verstehst, was ich meine?« Klara zuckt die Schultern. »Ich habe davon gehört, dass es das geben soll«, meint sie und hat dabei keine Ahnung, ob das Erzählte der Realität entspricht. Fini hatte gerade in ihrer letzten Zeit damals in Wien einige ehedem unschuldige Mädchen kennengelernt, die nicht mit ausreichend Geld versehen waren und sich von unbekannten Männern am Bahnhof ansprechen haben lassen, mit ihnen zu gehen. Das machten diese armen Dinger auch und es war unvorstellbar, wo sie landeten. Oftmals kamen sie aus diesem traurigen Milieu nie mehr heraus.

Doch Fini hatte anfangs Glück, ihre fürsorgliche Schwester nahm sie liebevoll bei sich im Zimmer auf. Die beiden Schwestern teilten sich Bett und Schrank und die Dienstbotenvermittlung verschaffte Fini rasch eine Arbeit, der sie gewissenhaft nachging. Sie war – wie ihre ältere Schwester – wie besessen von der Stadt und dem Reiz des städtischen Lebens. Nachts träumte sie von einer Heirat mit einem kleinen Beamten, den sie morgens mit einer Tasche durch die Stadt laufen sah. Ihr neues Dienstmädchendasein sollte in ihrem kleinen Kopf nur ein Übergangsstadium bis zur Heirat sein.

An den alten Vater in Neuberg und seine neue Lebensgefährtin verschwendete sie vorerst keinen einzigen Gedanken, noch schickte sie einen Brief nach Hause. Ja, zuerst ist es wohl bei allen jungen Mädchen derselbe Gedanke, und sie wollte sich auch nicht zu viel auf ihr hübsches, unschuldiges Wesen vom Land einbilden. Letztendlich war es dann Gusti, die zuerst einen Mann kennenlernte, einen sehr interessanten und wohlhabenden Mann, wie sie es nachts im Bette ihrer jüngsten Schwester ständig zu erklären versuchte. Mit steigender Überzeugung und immer glühenderem Verlangen nach diesem Mann schwärmte sie Fini nach der Arbeit von ihm vor. Er sei ein berühmter Opernsänger, zufällig für ein paar Monate in Wien und habe sogar Interesse an ihr, nur an ihr, wie er stets beteuerte.

»Aber jetzt hör auf zu träumen, erzähl schon weiter, wie ist es dir in Wien ergangen?«, fragt Klara neugierig. Fini schrickt aus ihren Gedanken auf. »Am Anfang war alles gut. Ich konnte bei meiner Schwester in ihrem kleinen Zimmer und in ihrem Bett schlafen. Aber dann lernte Gusti einen Mann kennen, einen wohlhabenden Mann, auf den sie alle ihre Hoffnungen setzte. Bereits einige Tage später bekam ich es erstmals mit der Angst zu tun. Gusti meinte, das Zimmer wäre zu klein für uns zwei Schwestern, es wäre ihr auch zu unbequem so zu zweit im Bett. Ich sah mich schon mit meinem alten Koffer auf der Straße stehen oder nachts auf Unterkunftssuche gehen. Von wegen, ich sollte ausziehen! Gusti meinte, ich würde nun mein eigenes Geld verdienen und könnte die Kosten für das Zimmer im Dachgeschoss übernehmen, es sei gar nicht teuer. Sie würde alles mit der Quartiergeberin abklären, diese sei eine nette, zwar schrullige Dame in gesetztem Alter und sehr verständnisvoll. Im Handumdrehen ist meine Schwester am nächsten Tag zu diesem Mann in die kleine Wohnung in die Pressgasse gezogen, sie hat sich ein besseres Leben erhofft und wollte plötzlich nicht mehr die einfache Hotelbedienstete sein. Ich konnte das sehr gut verstehen, ging es mir doch nicht anders. Ich träumte ja selbst jede Nacht von einer glücklichen Heirat. Von da an waren die beiden ein Brautpaar und ich ihr Werkzeug!« »Aber warum denn, um Himmels Willen?«, will Klara wissen. »Das ist eine furchtbare Geschichte und ich weiß nicht, ob du die Nerven dazu hast, sie dir anzuhören!«

Sie biegen um die Straßenecke in die Singerstraße. Am liebsten wäre Fini einfach davongelaufen. Aber dann bleibt sie doch vor dem alten Palais stehen und stottert nervös: »Da wären wir ja, hier ist das Café Schinagl! Meinst du wirklich, dass wir hineingehen sollen? Ich weiß nicht, ich habe überhaupt kein gutes Gefühl dabei. Entschuldige, ich bin gequält von einer eigenartigen Anspannung!«

Beim Eintreten in das Lokal wagt sie einen Blick in den großen Spiegel. Sie erschrickt. Eine Minute steht sie still, schnell richtet sie sich ein wenig zurecht. Diese Gefühle von Angst und der grausamen Hilflosigkeit vor dem gemeinen Hohn, die sie all die Jahre ertragen musste, kommen in ihr auf. Was ist bloß aus ihren schönen blonden Haaren, der lieblichen Figur und dem Glanz in ihren blauen Augen geworden? Sie ist zwar erst 24 Jahre alt, aber ihre Mundwinkel werfen Falten und sind nach unten gezogen. Wie einen stechenden Schmerz verspürt sie Ekel und Abscheu ihren hageren Körper durchdringen, und verlegen zieht sie sich den braunen Hut tiefer ins Gesicht.

Da berührt sie jemand an der Schulter. Erschreckt dreht sie sich um. Als sie plötzlich in das verhasste Gesicht von Joseph Pokorny sieht, stammelt sie ängstlich: »Wer sind Sie? Was wollen Sie von mir?« Sie hatte sich all die Jahre vorgenommen, mit diesem furchtbaren Menschen nie mehr zusammentreffen zu wollen, geschweige denn ein Wort zu wechseln. »Ich habe auf Sie hier gewartet, Fräulein Fini!« Sein Lächeln ist aufgesetzt, scheint ihr zynisch. Es stockt ihr das Blut in den Adern, als sie den Namen Fini hört. »Lassen Sie mich sofort in Ruhe!«, antwortet sie mit bebender Stimme und versucht weiterzugehen. Da packt er sie fest am Arm und wirft ihr einen eigenartigen Blick zu: »Wir werden uns noch öfters sehen, Fräulein Fini!« Dann drückt er ihr ganz fest ein größeres braunes Kuvert in die Hand. Mit Ekel stößt sie seine Hand weg. »Mörder«, murmelt sie dabei vor sich hin. Nur fort! Sie flüchtet ohne sich umzudrehen in das Innere des Cafés, das einst ihr Stammlokal und gleichzeitig Zufluchtsort war, wenn sie vorgab, einer Beschäftigung nachzugehen.

In ihrer Verzweiflung kommt es ihr wie eine Ewigkeit vor, durch das tiefe Lokal zu schreiten, das unverändert ist und dessen Beleuchtung noch schummriger wirkt als früher. Ihre Stöckelschuhe klacken auf dem Parkettboden, sodass sie jeden Schritt wie einen Hammerschlag im Kopf verspürt. Zwei Holzwände trennen noch immer den vorderen Bereich vom Frauenabteil, dort dürfen nur weibliche Gäste Platz nehmen. Wann ist sie endlich dort? Sie wagt nicht, sich umzudrehen, geschweige denn, jemandem in die Augen zu sehen. Endlich die ersehnte Holztüre, ganz wie früher! Erinnerungen werden in ihr wach und lassen sie erschaudern. Sie zuckt zusammen, als sie den Tisch sieht, an dem ihre Bekannte nervösen Blickes auf sie wartet.

Genau dieser kleine, runde Tisch ist es, der mit den drei ledergepolsterten Stühlen, an dem Maria Müller den größten Teil ihres Tages verbracht hatte. Er war ihr Stammplatz und stets frei für sie. Hatte zufällig eine andere Frau sich diesen Sitzplatz ausgesucht, musste sie aufstehen und sich woanders hinsetzen, wenn Maria bei der Türe reinkam. Sie blieb mit ihrer Größe von 1,80 Meter und der etwas stärkeren Statur nicht unbemerkt. Stets trug sie schlichte, aber gute dunkle Kleidung, die vollen dunkelblonden Haare hochgesteckt und ein Tuch um die Schultern. Maria hatte ein sehr gutes Verhältnis zu den Lokalbediensteten und war ein gern gesehener Gast. Das Café Schinagl war tagsüber voll mit Dienstmädchen ohne Arbeit, die sich oft bloß mit Kaffee als Nahrung behelfen mussten. Es war für sie Unterkunftsplatz untertags, sie konnten dort Briefe schreiben, die Zeitung lesen oder ihre Erfahrungen und Neuigkeiten austauschen. Aber auch Männer kennenlernen.

Maria Müller, die aus freien Stücken ihre Arbeit als Köchin aufgegeben hatte, kam täglich mehrmals ins Café Schinagl. Am Morgen nahm sie den Kaffee und dann ging sie weg, kam oft noch vormittags zurück und brachte sich Essen mit und nachmittags saß sie wieder dort und verzehrte ihre Jause, blieb oft bis zum Abend. Jedoch nie nachts. Unterhaltungsbeilagen der Blätter und Zeitungen bildeten ihre Lektüre. Oft brachte sie ein Buch mit, las daraus oder schrieb Briefe. Ohne mit jemandem Kontakt zu pflegen, saß sie stundenlang auf ihrem gewohnten Platz und beobachtete die Gäste. Wer sie näher kannte, wusste, dass sie ein schwer zugängliches, leicht verstörtes Wesen war, das sicher war, bald sterben zu müssen. Sämtliche Mitglieder ihrer Familie waren nämlich an Tuberkulose gestorben, sie war das letzte Glied in der Kette und rechnete selbst mit ihrem bevorstehenden Tode. Eine wohlhabende Tante hatte, bevor sie der furchtbaren Krankheit zum Opfer fiel, ihr gesamtes Vermögen Maria Müller vererbt. Von den Zinsen dieses Kapitals bestritt Maria ihr bescheidenes Leben.

Natürlich wusste jeder, der öfters im Schinagl verkehrte, dass sie es sich mit ihren 28 Jahren leisten konnte, tagsüber Stammgast zu sein, ohne einer Arbeit nachzugehen. Gutgläubig wie sie war, zeigte sie etlichen Leuten und dem Personal ihr Sparkassenbuch und den Depotschein über insgesamt 12.000 Kronen; an Bargeld mangelte es ebenfalls nicht. Eine engere Beziehung hatte sie zur Nichte des Cafébesitzers, Fräulein Lebhardt, die auch über die Vermögensverhältnisse von Maria Müller Bescheid wusste und ihr zuflüsterte, dass man sie im Lokal die »Sechstausendguldenköchin« nannte, da die Menschen lieber noch in Gulden rechneten, die es schon seit ein paar Jahren gar nicht mehr gab, als in Kronen.

Fräulein Lebhardt, dem einzigen kassierenden Mädchen im Lokal, vertraute Maria Müller auch Details aus ihrem Privatleben an, die ansonsten kaum jemand wusste. Sie war es, der sofort aufgefallen war, dass Maria ab dem 24. Jänner nicht mehr zum Kaffee in die Singerstraße 13 kam. Sie war es auch, die am 29. Jänner durch einen Postboten eine flüchtig geschriebene Karte erhielt, deren Inhalt lautete: »Ich habe mir den Fuß verstaucht und werde die nächste Zeit nicht kommen können!« Schwer leserlich unterschrieben mit Maria Müller.

»Entschuldige meine Liebe, wartest du schon lange? Ich … habe im vorderen Bereich … einen Mann getroffen!« »Das habe ich gesehen.« Klara wirkt pikiert und fragt ziemlich unwirsch: »Warum bist du denn so nervös? Und deinen Hut solltest du auch endlich abnehmen, wie schaut denn das aus im Café?« Fini schreckt zusammen und fühlt sich in ihrer Verlegenheit ertappt. Bevor sie eine Antwort geben kann, fällt ihr das Kuvert aus der Hand. Dabei fallen etliche Geldscheine und ein vergilbter Briefumschlag heraus. Beim Anblick der verstreuten Geldscheine machen einige Frauen große Augen. Leises Raunen und Gekicher gehen durch den Raum. Eine sehr unangenehme Situation für Fini, sie wollte doch um keinen Preis auffallen. Beim Hinknien zieht sie unweigerlich weitere Blicke auf sich, es wird still im Raum. Die blonde Dame vom Nachbartisch will helfen, doch Fini wehrt mit einem leichten Kopfschütteln ab und mit rascher Bewegung rafft sie das Geld – es ist nicht allzu viel, aber doch genug, um eine Weile damit über die Runden zu kommen – in das Kuvert zurück. Ihre Finger zucken nervös. Einzig der Briefumschlag liegt noch auf dem Boden und beim Aufheben erkennt sie mit entsetzter Gewissheit die markant flüssige Handschrift ihrer Schwester Gusti. Sie schreckt zurück und ahnt verzweifelt, dass sie die Vergangenheit eingeholt hat. Ihr Instinkt wehrt sich gegen diesen Brief, aber sie nimmt ihn hastig an sich. Wagt es nicht, nach links und rechts zu schauen.

Das Geld ist ein Segen. Fini weiß sehr wohl, dass sie es unbedingt benötigt, da sie praktisch kein Geld und erst seit Kurzem wieder eine Arbeit hat. Bei allen Stellen, wo sie sich um Arbeit beworben hatte, wurde sie abgewiesen. Verzweifelt und mutlos ergriff sie die letzte Hoffnung und suchte Frau Baumann, eine alte Dame und Kinobesitzerin, die sie von früher kannte, auf. Die gütige Frau, die Mitleid mit ihr hatte, bot ihr dann diese Stelle als Reinigungskraft von Donnerstag bis Sonntag im Kino an, obwohl sie den Platz schon einem anderen Mädchen versprochen hatte. Die Bezahlung ist aber mager, das kleine Zimmer, in dem sie wohnt, viel zu teuer.

Doch warum hat ihr Joseph Pokorny das Geld zugesteckt? Was hat er vor? Stammt es von ihrer Schwester – oder sogar von Fräulein Müller? Was hat es mit diesem alten Brief auf sich? War es ausgemacht, dass Pokorny sie überraschte? Was soll das alles bedeuten? Auf dem Boden kniend hält sie mit großem Unbehagen inne. Sie hat keine Kraft mehr. Die Fragen quälen sie, während ihre Augen auf den vergilbten Umschlag mit den braunen Flecken gerichtet sind, auf dem steht: »Liebster Pepo!« Er ist bereits an der Seite aufgerissen, zerknittert und schmutzig.

Zerstreut, fast wie in Trance, zieht sie ein Stück altes Papier aus dem Umschlag. Tatsächlich, es ist der markante Schriftzug ihrer Schwester. Unverwechselbar! Sie sieht die gefälschten Meldezettel vor sich, die ihr von der Polizei immer wieder unter die Nase gehalten wurden. »Nein, das ist nicht die Handschrift meiner Schwester«, hatte sie ständig gelogen, ohne auch nur mit der Wimper zu zucken, und war standhaft dabei geblieben. Sie steckt Brief und Umschlag ins Kuvert zurück, viel zu schnell steht sie vom Boden auf. Ein eisigkalter Schauer fährt ihr den Rücken hinunter, plötzlich wird ihr tief im Magen übel. Es schnürt ihr regelrecht die Kehle zu.

Dieses Unbehagen vom leeren Magen aus kennt sie. Pokorny, das Geld, der Brief! Vor ihren Augen öffnet sich ein schwarzes, flimmerndes Loch. Sie kippt jählings nach vorne und kommt mit einem dumpfen Schlag zum Liegen. Wie ein großer weggeworfener alter Mantel liegt sie da auf dem dunklen Holzboden. Ihr brauner Hut unter dem Tisch, den Brief in der Hand.

Die anwesenden Frauen im Raum schreien laut auf. Und anstatt zu helfen, verzieht ihre Bekannte bloß das Gesicht zu einer Grimasse. Sie räuspert sich verlegen, greift hektisch nach ihrer Handtasche und steht ruckartig auf. Mit Gewalt schiebt sie den Tisch zur Seite, vor dem Fini regungslos wie ein Bündel Elend liegt. Wie von allen Sinnen verlassen rennt sie zur Holztür des Damenbereichs, reißt sie auf und will so schnell wie möglich den Raum verlassen. Neugierige Augen folgen der Frau, die beim Eintreten den Eindruck vermittelte, eine bessere Person zu sein als die bereits anwesenden Damen im Raum. Und nun verlässt sie völlig verantwortungslos fluchtartig das Lokal, ohne ihrer Bekannten in dieser üblen Situation zu helfen. An der Tür stößt Klara Herzberg fast mit Fräulein Lebhardt zusammen, die vor Schreck die Geldtasche fallen lässt. Durch den dabei entstandenen Lärm zuckt Klara zwar kurz zusammen, aber sie verlässt dann rasch die Räumlichkeiten.

Vor dem Café Schinagl wartet bereits Joseph Pokorny. Ganz selbstverständlich, als sei nichts geschehen, fasst Klara den Arm des Mannes, hängt sich ein. Gemeinsam gehen sie ein paar Schritte vom Trottoir zur wartenden Droschke. Ihr Atem, der zuvor sehr schnell gegangen ist, beruhigt sich dagegen rasch. Die Singerstraße ist menschenleer und still.

Wien, 29. November 1912, Josef Goldstein und Simon Hufnagel

»So ein Tohuwabohu! Hast du das gesehen?« Josef Goldstein und sein Freund Simon Hufnagel sitzen im vorderen Teil des Café Schinagl bei ihrer vormittäglichen Melange. »Das gibt es ja sonst gar nicht, dass Fräulein Lebhardt ihre Geldtasche einmal aus den Fingern lässt. Und da, siehst du es durch die Tür? Die Frau am Boden, das ist doch die, die vorhin an uns vorbeigegangen ist und die von diesem komischen schwarzhaarigen Mann angesprochen wurde. Ich hab mir noch gedacht: Nanu, was will dieser Pokorny von dieser Frau?« Simon verschränkt die Arme und staunt: »Josef, du kennst wirklich Gott und die Welt! Woher kennst du denn diesen Mann, bitte sehr?« »Das erzähle ich dir gerne. Du kannst dich doch sicher noch an diesen aufsehenerregenden Mord im Raxental vor sechs Jahren erinnern, bei dem ja auch ein Stammgast von diesem Café, nämlich die Maria Müller, zu Tode kam? Nun, dieser Pokorny hat dabei eine äußerst unrühmliche Rolle gespielt. Viele haben ihn sogar als den eigentlichen Verursacher dieses ganzen Dramas gesehen. Rechtswirksam bestätigt konnte das aber nie werden. Er kam jedoch am 7. Juli 1906, gleich nach dem Ende des Mordprozesses in Leoben, wegen Verdacht auf Heiratsschwindelei und schweren Betrugs in Untersuchungshaft und wurde Ende Juli ohne jegliches Aufsehen mit dem Zug nach Wien ins Schwurgericht überstellt. Bei seinem Gerichtsprozess in Wien im Jänner 1907, in dem seine ganze kriminelle Vergangenheit aufgerollt und sein schadhaftes Verhalten als Betrüger und Heiratsschwindler nachgewiesen wurde, erklärte er sich für ›nicht schuldig‹ und bezeichnete sich selbst als ›unglückliches Opfer‹. Was seine Verlobte, Augustine Huber, betraf, kündigte er an, ihre tragische Geschichte, die über die Grenzen Österreichs für Aufsehen sorgte, zu Papier zu bringen und ein Buch darüber zu schreiben.« Goldstein nimmt noch einen Schluck von seinem Kaffee.

»Woher weißt du denn das alles so genau?«, will Simon überrascht wissen. »Nun, nach dem Todesurteil gegen Augustine Huber hat er mich, noch während er in Untersuchungshaft war, kontaktiert und mir angeboten, das Buch zu schreiben. Aber erstens hatte er außer selbstmitleidigem Geschwätz überhaupt nichts anzubieten und zweitens habe ich damals auch über den Herrn recherchiert und daher dankend abgelehnt. Offensichtlich war Pokorny seit der Affäre Huber, in die er drastisch verwickelt war, von einer krankhaften Sucht nach Sensation erfasst. Er bezeichnete den Prozess und das, was in Leoben mit seiner Braut passiert war, als Justizmord. Er versprach in einem von Menschen gefüllten Schwurgerichtssaal, als Held aufzutreten und mit seinen Enthüllungen zu brillieren. Die Beweise würden ausreichen, um den Tag der Erlösung in diesem fatalen Justizirrtum herbeizuführen. Seine Worte waren aber – wie bei ihm fast immer – lediglich leere Versprechungen. So mussten damals ja auch die teuren Toiletten, die er Augustine und Josefine Huber versprochen und in Wien bestellt hatte und die per Nachnahme in Leoben ankamen, zurückgeschickt werden, da er sie nicht bezahlen konnte. Der Staatsanwalt stellte in seinem Plädoyer fest, dass der Angeklagte Joseph Pokorny erst durch den Huber-Prozess in Leoben der Justiz in Österreich auffällig geworden sei und dass er durch die sofortige Verhaftung nach Abschluss des Prozesses unschädlich gemacht werden konnte. Er hatte sich als Zeuge bei seinen Aussagen in zahlreiche Widersprüche verstrickt und außerhalb der Verhandlung behauptet, nie ernsthaft an eine Heirat mit der Angeklagten Augustine Huber gedacht zu haben. Bei seinem eigenen Prozess in Wien waren als Zeugen auch etliche Frauen geladen, denen er versprochen hatte, sie zu heiraten und für den Rest ihres Lebens glücklich zu machen, und die ihm gerade aus diesem Grund ihre gesamte Mitgift überlassen hatten. Es gelangte auch eine große Anzahl von Liebesbriefen zur Verlesung, die Pokorny in überaus schwärmerischem Ton an seine Verehrerinnen gerichtet hatte. Alle Briefe zeigen denselben Inhalt. Sie beginnen zärtlich mit: ›Liebes Mädchen!‹, dann kommen hochfliegende Hoffnungen und Versprechungen und alle schließen dann in verlegener Plötzlichkeit mit der Bitte um Geld. Sieben Monate nach dem Prozess gegen die Huber-Schwestern wurde Joseph Pokorny in Wien zu zwei Jahren schweren Kerkers wegen argen Betruges und Zechprellerei verurteilt. Als einziger Milderungsgrund für den ehemaligen Bräutigam von Augustine Huber, einem rüstigen, behäbig wirkenden 42-jährigen Mann mit gekünsteltem Gehabe, wurde seine mangelhafte Aussprache in Erwägung gezogen, die ihn daran hindere, ›seine ihm von Gott gegebenen Mittel in entsprechender Weise zu verwerten‹. Damit war seine mangelnde Begabung als Sänger und Schauspieler gemeint und wer weiß, ob er jemals auf die Anklagebank gekommen wäre, wenn er ein gutes Deutsch, ohne diesen markanten Akzent, gesprochen hätte. Erschwerend kamen seine bisherigen Vorstrafen und Abmahnungen hinzu. Und deren gab es zur Genüge. Du siehst, dieser Joseph Pokorny, der sich von seinen Damen gerne ›Pepo‹ nennen lässt, war also eine mehr als zwielichtige Figur. Ich habe ja damals viel über ihn recherchiert, weil ich auch über den Prozess berichtet habe. Diese und meine anderen Unterlagen aus dieser Zeit habe ich – ich erzähle dir später gerne, warum – wieder ausgegraben. Aber ich denke, du weißt inzwischen schon genug über die Vergangenheit dieses Herrn.«

»Ja, aber jetzt ist er ja offensichtlich wieder in Wien. Was ist aus ihm geworden, wie ist er denn heute und was macht er überhaupt?« »Das ist eine gute Frage. Er hat sich nämlich vor zwei Monaten wieder bei mir gemeldet und mir erzählt, dass er nicht nur einen Verlag für das Buch gefunden hatte, sondern auch neue, aufsehenerregende Fakten zu dem noch immer nicht ganz geklärten Fall hatte. Und ich solle mit ihm gemeinsam, vor allem basierend auf seinen Erzählungen und Aufzeichnungen, das Buch schreiben. ›Jeder Mensch trägt seine Vergangenheit ständig mit sich herum‹, hat er zu mir gesagt. ›Und meine scheint wie einbalsamiert zu sein, alle guten und schlechten Erinnerungen leben noch in mir. Sie leben wie überflüssige Gegenstände, die ich nicht loswerden kann, die mir niemand abnehmen möchte. Am meisten plagt mich aber die Erinnerung an die schrecklichen Ereignisse und dass der tragische Mord an dem unschuldigen Dienstmädchen Maria Müller im Raxental noch immer nicht vollständig aufgeklärt ist. Und darum möchte ich, dass die volle Wahrheit ans Licht kommt.‹ Ich glaube zwar eher, dass es Pokorny vor allem um die Wiederherstellung seiner Reputation geht, aber auch, dass das Thema tatsächlich noch immer auf großes Interesse stoßen könnte. Daher habe ich mich auch schon zweimal mit ihm getroffen, mir Teile der Geschichte aus seiner Sicht erzählen lassen und dazu Notizen gemacht. Er hat mir auch schriftliche Aufzeichnungen überlassen – die hat er vor allem während seiner Gefängniszeit erstellt – und noch weitere versprochen. Allerdings drohte ich ihm, dass er diese neuen Fakten über den Mord auf jeden Fall beibringen muss, nur dann wird etwas daraus. Also, wir werden sehen. Das Buch ist ihm jedenfalls allem Anschein nach ein echtes Herzensanliegen. Denn er hat sich bei den Tantiemen sogar auf 80 Prozent für mich und 20 für sich herabhandeln lassen, und das soll bei so einem geldgierigen Kerl schon was heißen, und mir volle Freiheit für das Schreiben zugestanden. Sein Leben scheint er übrigens einigermaßen in den Griff bekommen zu haben. Er hat mir nämlich stolz erzählt, dass er gerade unter dem Künstlernamen Joseph Hochmaier in dieser Saison an der Volksoper engagiert ist und dort einen Lotsenkapitän gibt bei der Uraufführung einer Oper namens ›Liebesketten‹. Er meinte überzeugt, dass dies die Hauptrolle für Tenor sei. Und das dürfte auch stimmen. Ich hab mich bei einer Freundin erkundigt, die gerne in die Oper geht. Du weißt ja, mich interessiert das Gejaule dort gar nicht. Natürlich hat Pokorny mich gebeten, seine wahre Identität geheim zu halten, bis das Buch erschienen und sein Name rehabilitiert ist. Das habe ich ihm auch zugesagt, denn dass vor dem Erscheinen des Buches nichts bekannt wird, liegt auch in meinem Interesse. Das Ganze verspricht auf jeden Fall eine interessante Sache zu werden.« »Das kann ich mir vorstellen, ich hoffe, du hältst mich auf dem Laufenden, Josef!« »Aber, natürlich, Simon! Mich würde aber auch interessieren, wer diese Frau ist, die er angesprochen hat. Ah, Fräulein Lebhardt, wie geht es denn der Dame, die ohnmächtig geworden ist?« Die Zahlkassiererin kommt näher an den Tisch: »Ach, es geht schon wieder, sie hat ein Glas Wasser getrunken und jetzt schaut sie schon wieder viel besser aus.« »Dann ist es gut.« »Ja, aber es ist komisch. Die Dame erinnert mich an jemanden. Die ganze Zeit überlege ich, ob das stimmen kann. Aber Sie müssten sich eigentlich auch noch erinnern können, Sie waren damals beim Prozess dabei.« »Was meinen Sie denn leicht, wer das ist, Fräulein Lebhardt?«Jetzt ist Goldstein wirklich neugierig geworden. »Ich bilde mir ein, das ist die Josefine Huber. Ganz verhärmt und gar nicht mehr so hübsch schaut sie natürlich aus. Die hat sicher auch viel mitgemacht inzwischen.« »Was, die Josefine Huber? Sie glauben, das ist sie? Nein, das gibt es doch nicht! Aber wenn Sie es meinen, wird das schon stimmen, Sie vergessen keine Gesichter. Danke für diese wichtige Information!« Fräulein Lebhardt eilt zu einem anderen Tisch zum Abkassieren.

»Na sowas, Simon, die Fini Huber, die jüngere Schwester der Gusti Huber! Aber stimmt, sie müsste inzwischen aus dem Gefängnis entlassen worden sein. Sie wurde damals beim Prozess wegen Mittäterschaft verurteilt, obwohl ihre Rolle in dem ganzen Geschehen bis zuletzt unklar geblieben war. Ihre Schwester Gusti hat immer behauptet, dass Fini bei der Tat gar nicht beteiligt gewesen wäre und auch nichts davon gewusst hätte. Was eigentlich genau vorgefallen ist, hat auch Gusti nie erzählen wollen oder können und ist bis heute nicht geklärt. Ich habe auch meine Zusammenstellung von damals über die Familie Huber dabei. Also wenn du willst, kannst du das gerne lesen.«

»Na, das ist tatsächlich eine spannende Sache. Da tauchen doch glatt zwei der Beteiligten von damals heute hier im Café Schinagl auf. Das kann doch kein Zufall sein! Also, die Sache interessiert mich schon sehr. Was hast du zu den beiden Schwestern? Ich lese es gerne.« »Gut, ich schau inzwischen, ob es in der Zeitung etwas Neues gibt«, meint Josef Goldberg. Und sein Freund beginnt zu lesen:

Familie Huber. Recherche 1906

Die Familie Huber hatte eine kleine abgelegene Landwirtschaft in Neuberg, nahe am Waldesrand, mit einem Gemüseacker, der für alle genügend hergab, sodass niemand Hunger leiden musste. Der Vater verdingte sich als Werksarbeiter. Es waren zwar bescheidene Verhältnisse, doch solange die fleißige, selbstlose Mutter lebte, war alles geordnet und gut. Diese starb aber viel zu früh an einer Lungenentzündung und der Vater Lorenz blieb mit den vier Mädchen alleine zurück. Die Töchter hatten es sehr schwer, denn mit dem Tod der Mutter kamen bittere Zeiten: Der Vater wollte nicht glauben, dass es Gottes Wille war, dass die junge Mutter so früh verstarb, und so gab er dem Arzt und seinen Töchtern die Schuld an ihrem Ableben. Seiner Meinung nach hätten sie ihre Mutter im Haushalt und auf dem Feld zu wenig entlastet und der Arzt zu spät die Krankheit erkannt. Am Sterbebett hob er die Hände gegen den Himmel und meinte zu seinen Töchtern: »Seht sie euch nur an, die arme Frau! Sie war ihr Leben lang nie glücklich.« Fini war damals erst sieben Jahre alt.

Um die Not im Haus zu lindern, ging die älteste Tochter Johanna zunächst bei einem Bauern als Magd in Dienst. Sie erfuhr aber von einer älteren Bäuerin im Raxental, dass deren Enkeltochter es in Wien vom einfachen Stubenmädchen bis zur Kammerzofe einer vornehmen Dame gebracht habe. Die Bäuerin meinte, dass Johanna für die Arbeit in der Landwirtschaft doch viel zu schade und für die große Welt bestimmt sei. So entschloss sich das junge Mädchen, den Sprung ins neue Leben in Wien zu wagen. Die tüchtige Enkelin der Bäuerin war es letztendlich, die Johanna zu einem guten Platz in Wien als Dienstmädchen bei einer bürgerlichen Familie verhalf. Diese war damit die erste in der Familie, die nach Wien ging. Anfangs verspürte sie noch ein wenig Heimweh und hatte Sehnsucht nach ihren Schwestern.

Es war nicht unüblich, dass Geschwister, die den Sprung in die Großstadt wagten, ihre Familienmitglieder nachholten, sobald sie selbst sesshaft geworden waren. So war Gusti die nächste, die bei einem Schulleiter in einem nahegelegenen Dorf in Dienst war. Aber nach zwei Jahren dort gab das junge Mädchen zum Unverständnis des Schulleiters den Dienst in der kleinen Schule auf und ging ebenfalls nach Wien. Sie war froh, nicht mehr jeden frühen Morgen und zu jeder Witterung zu Fuß durch den Wald den langen Hohlweg ins Raxental marschieren zu müssen, obwohl ihre Schwester Fini sie nachmittags immer dort abholte und auch gern mit den Kindern des Schulleiters spielte.

Als Nächstes verließ Sophie die Heimat und im Jahre 1903 zog es schließlich auch die 15-jährige Fini in die verlockend-faszinierende Großstadt Wien. Fini war die jüngste der Töchter, vom Aussehen und Wesen der Mutter sehr ähnlich, und sie zog es vor, am längsten im Hause des Vaters zu bleiben. Er predigte ihr von morgens bis abends, was sie im Haushalt und am Feld zu tun habe. Eifrig führte sie den Haushalt so lange, bis ihr Vater eine Witwe aus Mürz-

zuschlag zu sich in das kleine Häuschen am Waldesrand holte. Sie war eine eigenartige, energische Frau und Fini konnte ihr nichts recht machen, wenngleich sie sich mehr als nur bemühte.

Und so gab es fast jeden Tag Streit bei den Hubers. Daher verbrachte Fini einen Großteil ihrer Zeit auf dem Gemüseacker oder bei den Tieren im Stall. Die meiste Freude im Herzen verspürte sie draußen bei den kleinen Hasen im Anbau und es war jedes Mal zum Weinen, wenn der Vater ihre niedlichen Freunde schlachtete. Sie hasste ihn dafür.

Anfangs kam ihre Schwester Gusti sogar noch zu Besuch aufs Land. Die Stadt hatte sie rasch verändert, ihr Kleidungsstil wurde vornehmer, den steirischen Dialekt legte sie sofort ab, als wäre sie bereits in Wien zur Welt gekommen. Mit der Zeit schien sie mit der Arbeit im Hotel zu beschäftigt, um in den Zug zu steigen und die Familie in Neuberg zu besuchen. Mit den beiden anderen Schwestern in Wien hatte die Familie lediglich noch Briefkontakt und Gusti hatte in einem ihrer letzten Briefe der jüngsten Schwester, die sich zu Hause immer unglücklicher fühlte, angeboten, sich nach ihrer Ankunft in der Großstadt um sie zu kümmern, alles würde gut werden, wenn sie wieder zusammen waren. Sie müsse nur über den eigenen Schatten springen und den Schritt ins Glück wagen – wie es so viele andere Mädchen zu dieser Zeit auch machten.

Für junge Mädchen war es wesentlich einfacher, in der Stadt in Stellung zu gehen, als ihre berufliche und soziale Stellung auf dem Land zu verbessern. Interessant war, dass sich viele Mädchen für eine Tätigkeit im Haushalt in der Stadt entschlossen, obgleich sie es zuvor am Land abgelehnt hatten, als Mägde in der Landwirtschaft zu arbeiten. Häufig waren es auch familiäre Unstimmigkeiten, wie bei Fini und ihren Schwestern, die junge Mädchen von zu Hause fortzogen. Im schlimmsten Fall wurden junge Frauen mit unehelichen Kindern von der eigenen Familie verstoßen und hatten gar keine andere Wahl, als die Heimat zu verlassen. Sie zogen die Gefahren einer Großstadt vor, dort gaben sie sogar das eigene Kind in fremde Hände, um sich fortbringen zu können.

Auch bei Fini dürfte die Aussicht auf eine gut bezahlte Stelle der Hauptanreiz gewesen sein, aufs Geratewohl von zu Hause wegzugehen. Es schien dem jungen Mädchen eine Freude zu sein, endlich die schwere landwirtschaftliche Arbeit gegen eine Tätigkeit in der Großstadt zu tauschen. Sie hatte die vage Vorstellung, in einem großen Hotel mitten in der Stadt Zimmermädchen zu werden, dort, wo nur die Reichen und Schönen abstiegen. Fini war zwar fast mittellos und hatte nur wenige Habseligkeiten bei sich, doch vertraute sie auf ihre Schwester Gusti, die sie bei der Arbeitssuche unterstützen würde. Wenn alle Stricke reißen sollten, wären ja noch ihre beiden anderen Schwestern in Wien, doch zu denen hatte sie kaum Kontakt. Ihr war nicht einmal bekannt, wo die zwei wohnten oder bei wem sie dienten. Lediglich aus den Briefen an den Vater wusste sie, dass sie vollkommen im Banne der Großstadt standen.

Simon Hufnagel blickt nachdenklich von seiner Lektüre auf. »Tja, das sind die Träume der Mädchen vom Lande – und dort haben sie es wirklich auch nicht leicht –, dass in der Stadt alles schöner und einfacher ist. Die Wirklichkeit schaut oft ganz anders aus.« Goldberg legt die Zeitung beiseite. »Ja, und stell dir vor, Simon, ich sowie noch einige andere Kollegen haben damals versucht, die schwierige Situation der beiden Mädchen zu beschreiben. In einem Leserbrief wurde es als ›eine Enthüllung des Tiefstandes unserer öffentlichen Moral in bedenklicher Weise‹ bezeichnet. Ich war damals ziemlich betroffen und hab ihn mir aufgehoben. Hör nur, der Abschnitt hier zeigt besonders gut, in welchem Geist geschrieben wurde: ›Die Judenpresse erwies sich wieder vollkommen ihres Berufes als Vergifterin der Volksmoral würdig und gebärdete sich, als ob die beiden Mörderinnen die eigentlichen unschuldigen Opfer seien. So wird der Gerechtigkeitssinn des Volkes abgestumpft und die Sünde und die Schande verherrlicht.‹ Wohin uns diese Art der Verhetzung und dieser dumpfe moralisierende Lobgesang auf Volk und Vaterland, Anstand und Sitte wohl noch führen werden?

Nun gut, ich muss allerdings zugeben: Besonders die junge Josefine Huber hat mir damals wirklich leidgetan. Aber schau, da kommt die Frau gerade heraus. Mir scheint, das ist sie tatsächlich, die Fini Huber! Ganz blass und verstört sieht sie aus. Älter ist sie natürlich geworden und die Jahre im Gefängnis dürften nicht spurlos an ihr vorübergegangen sein. Also scheint sie inzwischen frei und in Wien zu sein. Sehr interessant, sehr interessant! Aber warum spricht dieser Pokorny sie an? Der traut sich was. Nach allem, was die beiden Schwestern wegen ihm durchgemacht haben. Der Mensch hat wirklich keinen Genierer!«

Wien, 29. November 1912, Joseph Pokorny und Klara Herzberg

Eine Droschke mit einem Pärchen auf der Rückbank trabt hastig durch die Singerstraße. Der Kutscher treibt die Pferde mit der Peitsche an. Es macht fast den Eindruck eines missglückten Raubüberfalles, bei dem die Diebe versuchen, auf diesem Weg rasch zu entkommen. Was jedoch fehlt, ist die nachfolgende Polizei und ein hektischer Menschenauflauf. Im Gegenteil, es ist komplett ruhig auf der Straße und das matte Tageslicht schimmert friedlich. Keine Menschen sind unterwegs, die in Panik auf die Seite springen und dabei lautstark aufschreien. Niemand flaniert die Geschäfte entlang. Die Singerstraße ist um die Mittagszeit leer, die Leute entweder in der Gastwirtschaft oder zu Hause beim Essen.

»Machen Sie schnell! Dort, über die nächste Seitengasse und dann Halt beim Café Jelinek«, lautet Pepos strenge Anweisung für den nervös dreinblickenden Kutscher des Pferdegespannes. Dieser hebt die Augenbrauen und führt den Befehl pflichtbewusst aus. Mit einem lauten Pfiff gibt er seinen Pferden das Signal zum noch schnelleren Traben. Gemeinsam sitzt Pepo mit Klara, der Bekannten von Fini Huber, stillschweigend und angespannt auf der Rückbank. Der Droschkenkutscher, ein kleiner, schmächtiger Mann in dunkler Uniform, dreht mehrmals seinen Kopf zurück zu den beiden, anstatt sich auf die Straße zu konzentrieren. Mit verzogener Miene wundert er sich über das sichtlich verschlossene Verhalten seiner schweigenden Fahrgäste und versucht zaghaft, ein Gespräch zu beginnen, wie er es sonst gerne macht. Er probiert es mit einer Frage: »War ..., war kein Platz mehr frei drinnen ...?« Keine Reaktion von den beiden, sie wirken angespannt und unwirsch. Das Bemühen, ein wenig Konversation zu machen, scheitert also beim ersten Versuch. Beide entscheiden sich die Frage nicht zu beantworten.

Pepo verspürt ein eigenartiges Unbehagen und greift nach der Hand seiner Begleitung, probiert, sich mit dieser Geste anzunähern. Klara neben ihm erschrickt und zieht reflexartig ihre Hand zurück, legt sie unter ihren zerknitterten Mantel, der sorglos auf ihren Knien liegt. Starr richtet sie die Augen auf die Seite und will damit zeigen, wie verärgert sie ist und als wie unangenehm sich die Sache vorhin im Café Schinagl herausstellte. Sie hasst solche Situationen. Pepo schaut sie von der Seite an.

Wie versteinert sitzt Klara da. Ihre schwarzen Haare, zu einem strengen Zopf gebunden, hat sie hochgesteckt. Der Nasenrücken ist schmal und die dunklen Augen scheinen viel zu eng beieinander. Dass Pepo das noch nie aufgefallen ist! Ihre Hautfarbe ist blass, kaum geschminkt und mit ihren knapp fünfunddreißig Jahren wirkt sie wesentlich älter. Von der Seite hat er Klara noch nie genau betrachtet und heute erinnert sie ihn an seine ehemalige, strenge Lehrerin, die wie ein Vogel vorne in der Klasse stand und laut kreischte wegen der Unaufmerksamkeit ihrer Schüler, die sich nicht so benahmen, wie sie es wollte.

Wenn er Klara jetzt ansieht, wirkt sie ebenfalls wie ein Raubvogel und die Ähnlichkeit zu seiner ehemaligen Lehrerin ist erschreckend groß. Auch die konnte stur sein, wenn ihr etwas gegen den Strich ging. Klara verhält sich gerade nicht anders: stur und eigenartig. Ihr Gesichtsausdruck ist wütend. Pepo grübelt vor sich hin und überlegt, ob ihm nicht ein Fehler unterlaufen ist, ihr vor einem Monat die Ehe versprochen zu haben und vor allen Dingen wirklich daran gedacht zu haben, sie zu heiraten. Sie interessiert sich für seine Auftritte im Operntheater und scheint eine fast fanatische Liebe zur Oper und Musik zu haben, kennt den Wiener Spielkalender auswendig und hat auch das notwendige Geld dazu, ihn nach einer Aufführung elegant auszuführen. Außerdem hat sie ihm schon ein aufwändiges Kostüm finanziert und einige großzügige Geschenke gemacht.

Er wischt sich verlegen die Stirn ab, der Schweiß steht ihm zu Perlen und sein Herz klopft viel zu schnell. Er fragt sich, ob er etwas für diese hagere Frau empfindet. Er kommt zum Entschluss, dass ihm nicht besonders viel an ihr liegt, aber viel an ihrem Geld und der stattlichen Mitgift, die sie versprochen hat, in die Ehe mitzubringen. Ihr großes Interesse an seiner Person und die Schmeicheleien fühlen sich gut an. So etwas braucht er, denn viele Jahre gab es viel zu wenig davon für ihn. Seinem Talent zeigte zwar so mancher Anerkennung, aber er konnte es kaum unter Beweis stellen, weil alleine sein Akzent damals gegen ihn sprach und jede Chance, erfolgreich zu werden, schnell zunichtemachte. Diese Zeit als erfolgloser Sänger ist nun endlich vorbei.

An seiner zwanghaften Freudigkeit an Heiratsversprechen hat sich dagegen nichts geändert. Trotz der schlechten Erfahrungen mit all den Damenbekanntschaften will er aber nun allmählich ernsthaft wagen, unter die Haube zu kommen, bevor es zu spät ist. Er ist nicht mehr der

Jüngste. Obwohl Klara kaum etwas über ihn weiß, hat sie, ohne lange nachzudenken oder sich nach seiner Vergangenheit zu erkundigen, seine Frage, ob sie seine Gemahlin werden möchte, mit »Ja« beantwortet. Die beiden Verlobten kennen sich jetzt gerade zwei Monate. Pepo wollte am liebsten gleich, dass sie zusammenziehen, aber für Klara kommt das vor der Hochzeit nicht in Frage. Soll er sie also wirklich heiraten, fragt er sich nochmals kurz und kommt letztendlich zum Entschluss, dass es schon passt, nun den Bund der Ehe einzugehen. Klaras kürzlich geerbte Liegenschaft in der Steiermark ist schließlich auch nicht zu verachten. Somit hätte er ausgesorgt, man könnte dort nach der Eheschließung auch wohnen und hin und wieder ein nettes Engagement in Graz am Opernhaus annehmen. Sein früheres Hindernis, den böhmischen Akzent, hat er komplett abgelegt und gesanglich hat ihn der Unterricht in den letzten Jahren gut weitergebracht. Er ist ja gleich nach seinem Gefängnisaufenthalt – bei dem er übrigens, er wusste selbst nicht, warum, sein ›Böhmakeln‹ weitgehend verloren hatte – zu einigem Geld gekommen. Das hat er teilweise in Kostüme und weiteren Sprech- und Gesangsunterricht investiert. Und das Geld ist gut angelegt, er bekommt jetzt immer wieder Rollen, obwohl er in jeder Stadt einen neuen Namen benützt. Das ist bei ihm inzwischen ein fixer Brauch. An der Oper in Dresden, wo er 1911 sogar bei der Uraufführung des Rosenkavaliers den Wirt gesungen hatte, meinte ein junger Kollege damals im Vertrauen, er könne wirklich mit dem Leben zufrieden sein. Aber ist es auch so? Kann er mit dem Erreichten klaglos sein?

Während die Pferde dahintraben und die Häuser vorüberziehen, gibt er sich selbst die Antwort und zieht die

Stirn in Falten. Nein, er kann es nicht. Zu viele Fragen aus der Vergangenheit stellen sich als noch offen dar. Die Ungewissheit darüber, was seine ehemalige Braut, Gusti Huber betrifft, beschäftigt ihn noch immer. Selbst wenn der Vorfall bereits viele Jahre her ist, er beunruhigt ihn. Außerdem kündigte er großmächtig an, über den schrecklichen Mord im Raxental einen Roman zu schreiben. Damit wollte er beweisen, dass er seinerzeit vor Gericht als Zeuge mit den Zweifeln an der Täterschaft recht hatte. Unglaublich, als Lügner und Gauner hat er vor dem Gericht dagestanden, weil Gusti ständig ihre Aussagen zum Vorfall geändert und ihn letztendlich belogen und blamiert zurückgelassen hat. Mit ein Grund, warum er sich jetzt in Wien als Joseph Hochmaier gemeldet hat. Unter Pokorny bräuchte er gar nicht erst versuchen, ein Engagement zu kriegen. Zusätzlich hat er sein Aussehen so weit verändert, dass man nicht gleich an seine wenig glanzvollen Auftritte vor Gericht und auch an seine Verurteilung als Betrüger erinnert werden würde.

Diesen schrecklichen Mord und die Umstände endlich aufzuklären, damit auch seinem echten Namen wieder Reputation zu verleihen, das steht längst an. Nun wäre die passende Gelegenheit dazu. Ein Verlag ist an der Geschichte interessiert und der Journalist Goldstein hat zugesagt, mit ihm gemeinsam das Buch über den Kriminalfall aus dem Raxental zu verfassen. Sämtliche Zeitungsartikel über den Fall hat er fein säuberlich gesammelt und trägt sie ständig mit dabei in der Aktentasche. Es waren nicht wenige, denn damals war das Aufsehen enorm; es scheint ihm auch heute noch das Interesse der Bevölkerung an dem Fall und damit am Roman groß zu sein. Was ihm fehlt, ist der genaue Tathergang und wer nun diesen grausamen Mord letztendlich begangen hat. Um das herauszufinden, braucht er Fini Huber, denn nur sie weiß die Wahrheit über den Mord. Auch wenn sie vor Gericht darüber geschwiegen hatte und sich nicht kooperativ zeigte. Der Einfluss ihrer älteren Schwester auf sie und der Druck der Belastung in der Öffentlichkeit und ihrer Familie gegenüber schienen zu hoch für das junge Mädchen.

Es gelingt ihm kaum, seine Fantasien im Kopf abzustellen. Mit einer energischen Frage bricht er das Schweigen und die eigenartige Anspannung in der Droschke: »Was ist passiert im Café, dass du so schnell wieder draußen warst?« In Pepos Stimme liegt Verwunderung und seine Augen wandern von Klara zum Kutscher hin und auf die Straße. Klara gibt keine Antwort, bleibt still und unnahbar, zieht die Nase hoch, ohne sich zu räuspern. Dann rafft sie ihren Mantel noch mehr zu einem Knäuel zusammen, als möchte sie am liebsten absteigen. Pepo versteht ihre Geste und zieht die buschigen Augenbrauen hoch, auf seiner Stirn entstehen noch tiefere Falten. Verärgert meint er viel zu laut zum Kutscher: »Machen Sie halt! Wir beabsichtigen den Rest des Weges zu Fuß zu gehen!«

Der Fahrer erschrickt bei den barschen Worten. Für einen Moment ist er verwirrt. Klaras Schweigen bleibt ebenso hartnäckig wie ihr strenger Blick nach vorne, als ignoriere sie bewusst seine Bemerkung. Keine Reaktion. Daraufhin fordert Pepo den Fahrer erneut auf, sofort die Droschke zum Stehen zu bringen. Seine Stimme klingt unfreundlich, fast bösartig. Nach Begleichen der Fahrtkosten steigt Pepo verärgert ab und wartet mit böser Miene vor dem Gefährt, bis sie nachkommt.

Klara jedoch bleibt sitzen in der Hoffnung, dass ihr jemand die kleine Türe öffnet und beim Aussteigen behilflich ist. Mit beiden Händen klammert sie sich wie eine Ertrinkende an das Kreuz, das ihr Vater für sie einmal schmieden lassen hat und das sie an einer Goldkette immer um den Hals trägt. Sie schlägt die Augen nach oben und gibt einen lauten Seufzer von sich. In diesem Augenblick fühlt sie sich wirklich wie eine Ertrinkende. Der Kutscher, sichtlich genervt, steigt ab und bemüht sich mit einem gekünstelten Lächeln darum, ihr die Tür zu öffnen und beim Absteigen behilflich zu sein.

Unsicher und mit fragenden Augen steht sie nun auf der Straße, kreidebleich im Gesicht. Pepo wird klar, dass er ihr sein Verhalten und noch etliches mehr zu erklären hat, damit sie sich beruhigt. Er will sich gerade eine Zigarette anzünden, als sie ihr Schweigen bricht. Mit Tränen in den Augen fragt sie ihn, was es denn für eine Bewandtnis mit dem Zwischenfall von vorhin im Café Schinagl hatte.

Natürlich hatte Pepo sie in die Sache eingeweiht und ja, es war mit ihm ausgemacht, dass sie heute mit Fini Huber, die sie erst seit kurzer Zeit kennt, das Café Schinagl in der Nähe besuchen sollte. Bereits vor zwei Wochen hatte Pepo sie gebeten, das Kino, in dem die junge Frau arbeitet, zu besuchen und mit ihr ins Gespräch zu kommen. Er kenne die junge Frau von früher und es tue ihm leid, dass sie nun in so prekären Verhältnissen leben müsse und gar keine Freundin habe. Sie war richtig gerührt über sein weiches Herz gewesen und hatte das gerne gemacht. Fini war auch sehr nett gewesen und sie hatte sie nach dem ersten gemeinsamen Spaziergang sogar zu sich in ihr kleines, aber sehr aufgeräumtes Zimmer auf ein Gläschen Likör eingeladen. Inzwischen hatte sie Fini ihrerseits schon einmal zu einem kleinen Abendessen nach einem ihrer Spaziergänge eingeladen. Und so hatte sie heute auf Pepos Aufforderung diese gerne nochmals gebeten, mit ihr gemütlich eine Tasse Kaffee zu trinken. Im Schinagl sollte es sein, hatte er gesagt. Mehr nicht!

Als sie dort die verschreckte Fini hilflos am Boden liegen sah, verlor sie vollkommen die Nerven. Sie flüchtete aus dem schummrigen Café raus. Das hält keine Frau aus, das musste man doch verstehen. Sie fühlte sich überhaupt nicht in der Lage, der armen Fini zu helfen. Im Gegenteil, sie war total überfordert mit dieser unangenehmen Situation. Besonders peinlich empfand sie die Sache mit den am Boden liegenden Geldscheinen. Dass Pepo ihnen so frech nachstellte und von Anfang an die Absicht hatte, vor dem Café Schinagl ihre Bekannte abzupassen, um sie unverfroren anzusprechen, darauf war sie nicht vorbereitet. Sie sieht es noch immer als eine große Frechheit seinerseits an. Fini geriet durch sein plötzliches Erscheinen sichtlich aus der Fassung.

Das Pferdegespann ist bereits abgefahren. Die beiden stehen mitten auf der Straße. Als Klara beginnt, ihn zur Rede zu stellen, unterbricht Pepo sie sofort. Er wirft in der Aufregung die Zigarette zu Boden, tritt mit dem Fuß kurz drauf und fasst sie grob am Arm. »Klara! Lass das jetzt!« Seine Augen funkeln und ihre Haltung versteift sich. Sie entzieht ihm den Arm und ihr Mantel fällt zu Boden. Vorbeigehende Leute drehen sich nach den beiden um. Klara probiert, das Beste aus der Peinlichkeit zu machen, mit einem aufgesetzten Lächeln ruhig zu erscheinen. Noch während sie den Mantel vom Boden aufhebt, überlegt sie, ob es nicht besser wäre, einfach wegzulaufen. Aber nein, sie darf diesen Mann doch nicht verlieren! Ihre Zukunft liegt in seinen Händen. Sie möchte schließlich die Frau des großartigen Tenors Joseph Hochmaier werden, dessen Name gemeinsam mit dem der Paula Windheuser, der tragisch für ihren betrügerischen Geliebten ermordeten Sadika in den Liebesketten von d'Albert, an vielen Stellen der Stadt zu lesen ist. Sie war selbst bei der Uraufführung in der Volksoper, und bei der Schlussszene, in der der geläuterte Lotsenkapitän sich nach Island aufmacht, um dort in der eisigen Einsamkeit des Nordmeeres seinen Tod zu finden, war sie zu Tränen gerührt. Diesen Peter Martin spielt und singt ihr Pepo wirklich fantastisch. Dass er bei der Premierenfeier ihr Angebot, ihn nach der nächsten Aufführung zum Essen einzuladen, sofort begeistert angenommen, sich bei der Gelegenheit dann gleich unsterblich in sie verliebt hat ... Also selbst wenn er manchmal vielleicht eigenartige Anschauungen von sich gibt und eine Spur zu grob sein kann im Umgang mit ihr, wenn sie einmal nicht einer Meinung sind, hat sie ihn in ihr Herz geschlossen. Er wird ihr seine Gründe für die heutigen Ereignisse sicher erklären können. So schnell ihre Verstimmung gekommen ist, so schnell verschwindet sie wieder.

Arm in Arm schlendern sie daher nun wieder wie Eheleute die Straße entlang und lassen manchen schnellen Blick in die Auslagen der Geschäfte schweifen, als sei alles in bester Ordnung. Im Innersten hofft Pepo jedoch, dass sie an keinem Brautwarengeschäft vorbeikommen, er kennt einen solchen Laden in der Nähe und seine Schritte werden langsamer. Stille begleitet sie, keiner spricht ein Wort. Jeder wartet, dass der andere ein Gespräch beginnt, sei es noch so belanglos.

Klaras Stimmung ist trotzdem wesentlich besser geworden als eine halbe Stunde vorher, und es gelingt ihr mittlerweile sogar, ein Lächeln über die Lippen zu bringen. Die letzten Sonnenstrahlen am Himmel verschwinden hinter den Wolken, ein warmer Wind zieht auf und unvermittelt beginnt es zu nieseln. Bis sie beim Café Jelinek ankommen, sind sie beide schon reichlich nass geworden. Am Eingang zum Lokal zögert Pepo einen Augenblick, er drückt sie fest am Arm und meint mit einem Anflug von Unsicherheit in seiner Stimme: »Klara, bevor wir den Bund der Ehe schließen, möchte ich dir etwas erzählen, was mir schon lange am Herzen liegt!« Klara räuspert sich und streicht ihm vertrauensvoll über die Schulter. »Vor mir brauchst du keine Geheimnisse zu haben, Pepo«, antwortet sie mit feuchten Augen. »Heute habe ich meinen freien Tag, und da nehme ich mir gerne für dich Zeit«, fügt sie hinzu.

Das ist übrigens der einzige Wermutstropfen in ihrer baldigen Ehe: Sie hat eine sehr angenehme Stellung als Gesellschafterin bei einem feinen wohlhabenden verwitweten Herrn, einem früheren Freund ihres Vaters. Dieser hatte sie schon vor zwei Jahren gebeten, ihm doch ein paar Stunden am Tag Gesellschaft zu leisten, ihm vorzulesen, mit ihm zu Abend zu essen oder mit ihm ins Café, ins Theater oder in die Oper zu gehen. Und das tat sie besonders gern, war es doch für sie als alleinstehende Frau auch eine gute Möglichkeit, sich an all diesen Orten zu bewegen ohne irgendjemanden als Begleitung auftreiben zu müssen.

Auch wenn sie diese recht gut bezahlte Anstellung nach der Heirat mit Pepo aufgeben wird müssen, hat sie ja dann ihren Ehemann, der sie ausführen wird. Geld hat sie außerdem genug. Sie ist durch die Erbschaft von ihrem Vater wohlhabend, und gerade vor kurzem hat sie eine große Liegenschaft in der Untersteiermark von einem kinderlosen Onkel geerbt. Die wird von einem Verwalter gut geführt und wirft auch einigen Ertrag ab.

Klara weiß außer dem, was er ihr selbst erzählt hat, nichts über die Vergangenheit des Opernsängers, der demnächst ihr Ehemann werden soll. Die Bemerkung von Fini Huber ein paar Stunden zuvor, dass er sämtliche Frauen ins Unglück stürzte, hatte sie längst vergessen. Der Vorfall im Schinagl ist weit aus ihren Gedanken verschwunden. Einzig und allein ihre nahe Zukunft scheint ihr jetzt wichtig zu sein. Sie betritt mit Pepo lächelnd das Café, wo man sie beide überfreundlich begrüßt und ihnen der Ober höflich zuwinkt. Sie umklammert fest den Arm ihres Verlobten und schreitet mit hocherhobenem Haupt auf den reservierten Tisch am Ende des Raumes zu, der mit einem Blumenstrauß geschmückt ist. Die neugierigen Blicke der anwesenden Damen lassen sie noch stolzer werden. »Die Leute können es ruhig sehen, das ist die angehende Ehefrau des bekannten Opernsängers«, schwirrt ihr durch den Kopf. Nicht, dass sie sich seiner Gefühle unsicher ist, doch will sie die Hochzeit so schnell wie möglich erledigt wissen. Bei diesem Gedanken fasst sie Pepos Arm noch fester und wirft ihm einen prüfenden Blick zu.

Er, der wie immer elegant gekleidet ist, wirkt angespannt, sein Gesicht zeigt keine Regung. Sein Mantel weist Spuren vom Schneeregen auf und ist leicht zerknittert. Durch den Wind ist sein dunkel gescheiteltes Haar zerzaust, was ihn wiederum in diesem Moment sympathisch wirken lässt. Ein Geruch von frischem Kaffee und süßen Mehlspeisen umgibt sie. Mit großen, fragenden Augen erhofft sich Klara, wie schon einige Male an gemütlichen Nachmittagen, wo sie harmonisch in ihrer Wohnung beisammen saßen, eine bezaubernde Geschichte aus Pepos Vergangenheit zu hören.

Meistens knabberte sie genüsslich an den Süßigkeiten, die er ihr oftmals mitbrachte, während er von den Auftritten in aller Welt erzählte. Sie hörte ihm nur zu und sagte selbst nie ein Wort. Auch dann nicht, wenn seine Stimme von Zeit zu Zeit abbrach, während er von den Schwierigkeiten seiner Anfangsjahre erzählte, die er stets bravourös bewältigt hatte. Oft war es nicht leicht für ihn gewesen, sich unter den zahlreichen anderen Künstlern zu behaupten. Dann strich sie ihm jedes Mal sanft durch das Haar, wartete und ließ ihm Zeit, bis er wieder bereit war, sich sein aufregendes Leben von der Seele zu reden. Was Pepo als prominenter Opernsänger alles erlebt hatte! Seine spannenden Erzählungen waren ein Geschenk für sie und ließen sie in eine eigene Welt eintauchen. In eine Zauberwelt, die sie gefangen hielt und die Realität ausblenden ließ.

Was er ihr wohl heute zu erzählen hat? Ob es sich gar schon um die Hochzeit drehen wird? Diese Fragen beschäftigen sie in Gedanken, während der Ober Kaffee und Kuchen serviert. Pepo richtet sich auf, sein prüfender Blick schweift zum Nachbartisch und dann zurück zu Klara. Er fasst nach ihrer Hand und bemerkt ihre neugierige Aufregung. Sie beginnt vertraulich und zufrieden zu lachen. Das verunsichert ihn. Als hätte sie unterdessen etwas über ihn in Erfahrung gebracht und könne im Besitz dieses Wissens nun mit ihm machen, was sie wolle. Hat womöglich Fini Huber ihr schon etwas über ihn erzählt? Die beiden waren doch schließlich eine längere Zeit gemeinsam in der Stadt unterwegs.

Er betrachtet sie aus dem Augenwinkel heraus und stellt eher tonlos die Frage: »Wie gut kennst du diese Fini Huber eigentlich inzwischen schon?« Sie zuckt belanglos mit den Schultern. »Habt ihr über mich gesprochen?«, will er weiter wissen. Sein Herz klopft und sein Hals ist trocken. Sollte er Klara sagen, dass die Geschichten des Lebens, wenn sie von jemand anderem berichtet werden, immer nur aus deren Sichtweise gesehen werden und womöglich gar nicht der Wahrheit entsprechen? Dass die Erzählung über ihn, aus der Sicht von Fini Huber, womöglich falsch und verlogen gewesen sein könnte?

Unumstritten ist, dass seine Vergangenheit seit dem Jahr 1905 eine gemeinsame mit der von Gusti und Fini Huber darstellte. Die hübsche Gusti lernte er bereits kurze Zeit nach seiner Ankunft in Wien im Hotel »Österreichischer Hof« kennen. Sie arbeitete dort als Stubenmädchen und wusste über jeden Gast Bescheid, sobald er im Hotel die Koffer an der Rezeption abstellte. »Du bist ein gutes und einfaches Mädchen«, sprach er zu Gusti. »Wie kommst du zu all diesen Informationen?« Zu dem Zeitpunkt konnte er nicht wissen, dass Gusti eine fragwürdige Beziehung zu dem älteren Mann an der Rezeption pflegte. Gerade dieses Verhältnis sicherte ihr auch die Dienststelle im Hotel, selbst wenn es schon mal vorkam, dass Gäste beobachteten, wie Gusti in ihrem Eigentum herumschnüffelte.

Ihre um etliche Jahre jüngere und noch hübscher aussehende Schwester Fini lernte er erst viel später zufällig im Café Schinagl kennen. Sie galt als eine der wenigen Freundinnen der eigenwilligen Maria Müller. Das war diese um eine Spur zu große junge Frau. Seit der Auszahlung ihrer Erbschaft ging sie keiner geregelten Arbeit mehr nach. Unbeschwert verkehrte Fräulein Müller jeden Tag im Café Schinagl. Ganz so wie es die feinen Damen zu tun pflegten, während ihre Ehemänner einer Einnahmen bringenden Beschäftigung nachgingen.

»Diese Weibsbilder«, sagt er leise zu sich und atmet tief durch. Klara hat sein Murmeln verstanden, es war nicht zu überhören. »Was es mit diesen Weibsbildern auf sich hat, willst du wissen? Willst du es wirklich wissen?« Klara nickt leicht mit dem Kopf und setzt sich näher neben ihn. Mit einer Hand hält sie die Goldkette fest. Ihre Blicke streifen flüchtig die restlichen Gäste im Raum, die ihre Köpfe verlegen wegdrehen, weil sie sich beim Anstarren ertappt fühlen. Ein wohltuendes Gefühl umgibt sie, und sie erinnert sich an die schöne Zeit mit ihrem geliebten Vater, wenn sie als kleines Mädchen neben ihm sitzen durfte und er ihr von seinen aufregenden Geschäftsreisen erzählte. Viel zu früh musste er von dieser Welt, sie vermisst ihn jeden Tag.

Pepos Art der wohltuenden Konversation und sein abenteuerliches Verhalten erinnern sie an ihren geliebten Vater. Sehnsucht erfüllt ihr Herz wie in einem Liebesroman. Sie streckt ihre Hand nach Pepo aus, berührt ihn, und ihre Augen suchen nach einer gewissen Antwort. Eine Antwort, die ihr alles erklärt. Wann wird er sie heiraten? Wie wird das Leben mit ihm werden? Natürlich ist sie aber auch auf seine Geschichte aus der Vergangenheit neugierig. Schließlich soll sie doch bald ein Teil seines Lebens werden, die Gattin des begehrten Opernsängers Joseph Hochmaier, die von allen Frauen darum beneidet werden wird.

Pepo weiß, dass seine Geschichte eine lange sein wird und Geheimnisse enthält, die er nicht jedem anvertrauen kann. Wie soll er beginnen? Er muss Klara einen Teil der Wahrheit über Fini Huber und ihre Schwester Gusti erzählen, bevor sie es letztendlich selbst herausfinden wird. Nicht in allen Details, versteht sich. Jedoch in den wesentlichen groben Zügen. Er weiß, sie wird ihn verstehen und

Verständnis zeigen. Klara scheint ihm eine der wenigen Frauen zu sein, die es nicht nur deshalb auf seine Person abgesehen hat, weil er der bekannte Tenor ist. Keine, die nur auf seine Position und Karriere schaut und der es nur wichtig ist, die Gattin eines Opernsängers zu werden.

Nachdenklich beginnt er zu erzählen: »Als ich im Herbst 1906 von Preußen, wo ich meine letzten mehr oder weniger erfolgreichen Auftritte hatte, nach Wien kam, hatte ich großes Glück. Zufällig erwartete man gerade an diesem Tag außer mir noch einen weiteren Opernsänger im Hotel ›Österreichischer Hof‹, weil die Proben zu einem neuen Stück am Hofoperntheater am darauffolgenden Tag beginnen sollten. Es handelte sich um einen bekannten Künstler, und dementsprechend groß war die Freude und Erwartung beim Hotelpersonal, bekamen sie von solchen doch meist ein großzügiges Trinkgeld. Natürlich hatte ich zur damaligen Zeit in Wien kein fixes Engagement und auch nur noch wenig Geld vom Ersparten. Doch da dieser begehrte Künstler kurzerhand seinen Wienaufenthalt abgesagt hatte, was ich durch Zufall erfuhr, machte ich mir einen Spaß daraus. Ich verhielt mich so, als ob ich dieser sei. Ich gab mich besonders vornehm und stattlich bei meiner Ankunft im Hotel. Beim Empfang erzählte ich einer älteren Dame lautstark, dass man mich kurz zuvor im Sommergartentheater in Petersburg unter dem Namen Giuseppe Arcano für Traviata engagiert hatte. Sie lauschte aufmerksam meinen Worten und lud mich zum Abendessen ein. Weitere Gäste des Hauses kamen auf mich zu, freuten sich über Autogramme und entboten Glückwünsche. Als es mir zu viel wurde, winkte ich höflich ab mit den Worten, ich sei gerade aus Prag angereist und wollte mein Zimmer aufsuchen, um auszuruhen. Vornehmen Schrittes flanierte ich mit Hut und weißen Handschuhen durch die Empfangshalle direkt auf den Portier zu. Da geschah etwas, was ich mich nie zu träumen gewagt hätte.

Der Portier begrüßte mich vornehm und hofierte mich mit jedem seiner Worte. Das schönste Zimmer des Hotels im fünften Stock mit Blick auf den sonnigen Innenhof, der eine zauberhafte Grünanlage besaß, durfte ich beziehen. Natürlich mit Balkon und eigenem Badezimmer. Selbstverständlich ahnte ich, dass die Kosten dafür nicht aufzubringen sind, aber zog trotzdem ein. Gewisse Umstände verpflichten, wenn du verstehst, was ich meine und wie ich so auf dem vornehmen Bett mit seinen zahlreichen Pölstern Platz nahm, überkam mich ein sanftes, feines Kribbeln. Ich schlief kurz ein, und beim Aufwachen fühlte ich mich zwischen den Ufern von Wirklichkeit und Traum.

Du musst bedenken, eine Woche zuvor war noch alles wie in Nebel gehüllt und ich wusste weder ein noch aus. Die mir versprochene Rolle hatte man einem anderen Sänger gegeben, der bessere Beziehungen hatte. Doch eine junge Gönnerin aus Berlin gewährte mir ein kleines Darlehen für ein Kostüm – ich wollte für den Monostatos in Mozarts Zauberflöte vorsingen – und buchte mir das billigste Zimmer in diesem Hotel. Sie meinte, damit ich in Wien einigermaßen standesgemäß für einen Opernsänger logieren könne. Wäre es nach meiner finanziellen Situation gegangen, hätte ich in der billigsten Absteige, womöglich in einem kleinen, kalten Kellerzimmer, übernachten müssen. Zum Glück schickte mir Anna, die junge vermögende Dame aus Berlin, später noch Tausend Mark für Gesangsstudien und versprach, mich in Wien zu besuchen. Ja, ich gebe es zu! Dem Fräulein hat es vielleicht vorgeschwebt, meine Braut zu werden. Das Geld habe ich ihr natürlich bei ihrem ersten Wienbesuch zurückerstattet und die Verhältnisse geklärt. Samt Zinsen, nachdem ich eine fixe Anstellung in Wien vorweisen konnte.

Bereits wenige Stunden nach meiner Ankunft lernte ich das hübsche Zimmermädchen Gusti Huber, die ältere Schwester von Fini Huber, im Flur kennen. Sofern du das nicht von ihr gehört hast?«

Klara schüttelt den Kopf und hört ihrem Verlobten gespannt zu. Pepo zeigt sich beruhigt und fährt fort.« Sie war noch sehr jung und neugierig. Gusti verfolgte mich auf Schritt und Tritt und sorgte dafür, dass es mir an nichts fehlte. Es war nicht zu übersehen, dass sie für ihren Lohn im Hotel hart arbeitete, aber auch, dass sie sehr ehrgeizig und wissbegierig war. Das Mädchen gefiel mir mit ihrer Art natürlich auf Anhieb. Selbst wenn ich es heute sehr bereue und als schweren Fehler meinerseits sehe, hat sie zu meinem Erstaunen kurz nach unserem Kennenlernen einige aufregende Nächte bei mir im Zimmer verbracht. Du lachst, ja, natürlich auch aus dem Grund, weil ich nicht alleine sein wollte, waren meine Tage mit den Gesangsproben doch ermüdend und leer. Aber auch deshalb, weil Gusti meinte, sich in einem kleinen Zimmer ein Bett mit einer Freundin teilen zu müssen, die lautstark schnarcht und im Schlaf redet und sie selbst kaum schlafen könne.

Eines Abends, als sie wieder bei mir im Hotelzimmer weile, holte sie eine goldene Kette aus ihrer weißen Arbeitsschürze und machte sie mir einfach zum Geschenk. Sie sagte, dass ich die Kette als ein Symbol ihrer Liebe zu mir behalten solle. Es sei ein Erbstück ihrer Großmutter. Ich war sehr verwundert darüber. Das junge Mädchen gefiel mir sehr und wir hatten eine wunderbare Zeit gemeinsam im Hotelzimmer. Selbstverständlich war alles streng geheim. Du kennst mich ja, wie ich bin. Ich wollte ihr auf gar keinen Fall wehtun, mir aber auch den Spaß, den ich an der Liaison hatte, nicht verderben! Was ich geantwortet habe, bereue ich heute zutiefst. Es war wohl eine große Dummheit von mir. Ich sagte ihr, dass ich sie ebenfalls liebgewonnen hätte und sollte ich wieder einmal in Russland ein Engagement bekommen, würde ich sie sofort dorthin mitnehmen, damit sie etwas von der weiten Welt sieht. Sie nicht nur ein armes, dienendes Zimmermädchen in Wien bleiben muss. Auf diese Worte hin hat sie mich umarmt und geküsst vor Glück und Freude und gefragt, woran es denn scheitere, dass ich nicht nach Sankt Petersburg zurückkehre?«

Sein Blick wird ernst. Er mustert Klara. Ihm kommt vor, als könne er ihre Gedanken lesen. Pepo nippt verlegen an der Kaffeetasse und seufzt laut vor sich hin. »Ein Engagement zu bekommen, wäre nicht das Problem gewesen, kannte ich dort ja eine Dame, die das Sommertheater leitete. Aber wie du dir denken kannst, hatte ich nicht das nötige Geld für die Reise beisammen, und das versuchte ich Gusti in Ruhe zu erklären. Und dann habe ich ihr von Petersburg, der Zarenfamilie und den vornehmen Leuten am Sommertheater dort erzählt. Das alles hat sie mit Neugier und großen Augen aufgesogen und beschäftigt. Gusti hatte die ganze Nacht kein Auge zugetan und sich von einer Seite auf die andere gewälzt.

Ich weiß nicht, was alles in ihrem schönen Kopf so vor sich ging. Am nächsten Morgen fragte sich mich mit glänzenden Augen, ob meine Worte ernst gemeint waren und ich wirklich mit ihr nach Petersburg gehen würde. Ich habe laut gelacht und wusste, dass dies kaum der Fall sein würde. Ich hatte überhaupt keine fixe Anstellung in Wien und kein geregeltes Einkommen. So erlaubte ich mir, einen kleinen Scherz zu machen. ›Natürlich nehme ich dich mit, meine Liebste, vielleicht sogar als meine Gattin‹, meinte ich und trällerte ein Lied aus der Zauberflöte dazu. Gusti strahlte über das ganze Gesicht wie eine Königin und ich freute mich, sie glücklich gemacht zu haben. Ich liebe es, wenn Menschen durch ihre Fantasien und Vorstellungen alleine schon froh sein können. Aus diesem Grunde ließ ich Gusti in diesem schönen Glauben an eine gemeinsame Zukunft in Petersburg. Auch das war ein sehr schwerer Fehler von mir, für den ich später bitter bestraft werden sollte.

Der Gedanke an Russland und daran, die Frau eines Opernsängers zu werden, ließ sie nicht mehr los. Gusti war wie besessen davon und so begann unsere gemeinsame, tragische Geschichte. Sogar der Rezeptionist sprach mich darauf an, dass Gusti ein strebsames Mädchen sei und alles, was sie sich in den Kopf setzt, unbedingt erreichen müsse. Er wusste bereits über uns Bescheid und warnte mich, unbedingt meine Versprechen einzuhalten, denn mit den Gefühlen von jungen Frauen vom Land sei nicht zu scherzen. Diese können sehr stur und energisch sein, weil sie am Lande hart arbeiten müssten, um an ihr Ziel zu kommen. Je mehr ich über Gusti nachdachte, so konnte ich sie tatsächlich nur als äußerst strebsam und zielstrebig einstufen. Ich wusste aber auch genau, was sie wollte und dass sie alles dransetzen würde, um an ihr Ziel zu kommen.

Wenn ich zuvor meine Worte nicht ganz so ernst genommen hatte, zu diesem Zeitpunkt wurde mir bewusst, dass ich zu große Töne gesprochen hatte und nun schauen sollte, wie ich mich aus dieser Situation mit dem Stubenmädchen vom Österreichischen Hof befreien könnte. Schau mich nicht so prüfend an! Natürlich hat mir das junge Mädchen gefallen und sie war mir sehr ähnlich, wenn es darum ging, sich um jeden Preis seine Träume zu erfüllen! Vorsichtig und vorausblickend wie ich war, beglich ich die Hotelrechnung von meinem Ersparten und bezog ein bescheidenes und bezahlbares Zimmer in der Schleifmühlgasse für 65 Kronen im Monat.

Zwischenzeitlich wurde mir in Graz zur Aussicht gestellt, am dortigen Opernhaus aufzutreten. So begab ich mich bereits am selben Tag dorthin für ein Vorsingen, in der Hoffnung, eine Anstellung zu bekommen. Dies in Gedanken deshalb, um von Gusti und meinem Versprechen Abstand zu gewinnen. Ich hoffte auch, dass sie das Ganze doch nicht so ernst genommen hatte und rasch jemand anderen kennenlernen würde. Ich habe wirklich nichts Schlechtes getan, Klara! Vielleicht habe ich ein wenig übertrieben, das mag sein. Doch bereue ich mein Versprechen heute noch!«

Pepos Augen verengen sich. Ihm stockt das Herz bei diesen Erinnerungen und er bestellt sich abermals einen starken Kaffee beim Ober. Eine seltsame Ahnung durchfährt ihn kurz und schmerzhaft. Vergeblich wartet er auf eine erste Reaktion von Klara. Sie reagiert nicht auf seine Geschichte, weder ein Seufzer, noch ein verständnisvolles Lächeln. Sie hört seinen Erzählungen zwar aufmerksam zu, hält dabei aber mit verträumtem, sinnendem Blick seinen Arm umschlungen. Sie stellt weder Fragen, noch äußert sie sich dazu, ob sie wissen will, wie denn die Geschichte um die beiden Huber-Schwestern weitergeht. Pepo lächelt verlegen, seine Ohren werden rot.

Eines ist Klara auf jeden Fall klar: Pepo hat weder Gusti noch Fini jemals geheiratet, er ist nach wie vor unverheiratet und ein Mann in den besten Jahren. Diese Tatsache hat sie beim zuständigen Amt bereits herausgefunden. Sie hat sich nämlich dort erkundigt und erfahren, dass der Herr Joseph Hochmaier weder geschieden noch verwitwet, sondern ledig ist. Somit steht nichts im Wege, die Gattin des bekannten Opernsängers zu werden. Was das Geld für eine Reise nach Sankt Petersburg oder wohin auch immer betrifft, müsste er sich diesmal keine Sorgen machen, das wäre ausreichend vorhanden. Sollte er denn nach Petersburg wollen.

Also scheint doch alles gut zu sein, auch Pepos Eheversprechen vor Kurzem klang ehrlich und aufrecht. Ihre Träume von einem ehrbaren Mann an ihrer Seite werden sich somit demnächst erfüllen und das Leben wieder Sinn machen für sie nach all den Turbulenzen der letzten Jahre. Nachdem der Ober Pepo den Kaffee und ein Glas Wasser bringt und zwei Damen an den Tisch eilen, um von ihm ein Autogramm zu erhaschen, erzählt er mit gebrochener Stimme weiter. Ihm ist bewusst, dass er nun zu einem sehr heiklen Thema kommen wird. Eine Geschichte, die ihm in den letzten Jahren sehr viel Leid brachte.

Mit einem Male packt ihn wieder dieses sinnlose Angstgefühl, gegen das er seit Jahren ankämpft und das ihm schlaflose Nächte bereitet. Wie immer hat es mit seiner ehemaligen Braut Gusti Huber, der er sogar im Gefängnis noch die Ehe versprochen hatte, zu tun. Erst nach ihrem Tode vor vier Jahren erfuhr er, dass aus ihrer Liebe und Sehnsucht nach ihm grenzenloser Hass wurde und sie die schlimmsten Rachepläne gegen ihn schmiedete. Umbringen würde sie ihn, sollte sie jemals aus dem Gefängnis kommen. Ihn, den Heiratsschwindler, der an allem schuld war und der ihr Leben und das ihrer Schwester zerstört hatte. Das hatte sie angeblich geschworen.

Er versucht, sich seine Verwirrung nicht anmerken zu lassen und sich in Gedanken auf den Roman zu konzentrieren, mit dem er diese immer wieder plötzlich aufkommende Unruhe seit Längerem zu verarbeiten versucht. Zeile für Zeile und Wort für Wort wird das Bittere aus seiner Vergangenheit entweichen, bis er im Kopf wieder frei und wirklich für ein neues Leben bereit ist. Dann könne er sich endlich zurückfallen lassen.

Er schreckt zusammen, bemüht sich seine Unsicherheit zu überspielen. Lächelnd fragt er Klara: »Liebes, wo war ich mit meiner Erzählung stehen geblieben?«

Entwurf Buch Goldstein

Gusti Huber traute ihren Ohren nicht, als ihr Karl, der heimliche Informant und schrullige Rezeptionist des Hotels, zusteckte, dass der allgemein beliebte und gern gesehene Opernsänger Pokorny spontan abgereist war. Die Nacht zuvor verbrachte sie noch etliche Stunden mit Pepo in seinem Zimmer, wobei er ihr von seinen Zukunftsplänen in Russland erzählte. Er erwähnte weder mit einem Wort eine baldige Abreise, noch, dass er kurzfristig in eine andere Stadt umziehen müsse. Gusti war durch die Nachricht seines Verschwindens wie vor den Kopf gestoßen. Sie wirkte sehr verunsichert, und nach langem Drängen rückte Karl doch die Adresse heraus, an der Pokorny sich aufhalten könnte. Seine neue Unterkunft war angeblich in der Schleifmühlgasse bei Maria Zwirner, denn dorthin musste ihn das angeforderte Gespann vom Hotel weg hinbringen.

Noch am selben Abend raffte sie sich voll Zorn zusammen und suchte ihn dort auf. Sie machte ihm eine lautstarke Szene. Hatte er ihr doch Tage zuvor die Ehe versprochen – und nun dieser jämmerliche Vertrauensbruch.

Pokorny erkannte die heikle Situation und lenkte ein, als Gusti ihm verzweifelt erklärte, dass ihre eigene Quartiersgeberin die Forderung stellte, dass nur noch eine Person weiterhin im kleinen Zimmer nächtigen dürfe. Sie teilte sich seit Kurzem das karge Zimmer. Entweder sie oder das jüngere Mädchen durften in der Unterkunft weiterhin bleiben. Beide jedoch nicht. Sie hatte sich selbstlos für das andere Mädchen entschieden, das erst kürzlich nach Wien gekommen war, um dem trüben Dasein am Land zu entfliehen. Dieses Mädchen hatte nach längerer Suche endlich einen Posten als Buffetmädchen im Café Rotmeyer gefunden und musste dort den ganzen Tag arbeiten. Daher konnte sie ihr eine Wohnungssuche in Wien nicht zumuten. Nicht nur würde diese zu viel Zeit in Anspruch nehmen, es hatte außerdem der Cafébesitzer, Herr Rotmeyer, verlangt, sie müsse, um eingestellt zu werden, eine sichere Unterkunft vorweisen können, wo sie sich nachts aufhielt.

Gusti wusste aus eigener Erfahrung, dass die Arbeitgeber streng handelten und sogar imstande waren, den nächtlichen Aufenthaltsort ihrer Bediensteten zu überprüfen. Sollte sich das Mädchen bei der Arbeit im Kaffeehaus bewähren, dürfte sie weiterhin den Dienst verrichten, auch wenn das früher im Dienst gestandene Mädchen, welches für längere Zeit aus Gesundheitsgründen ausgefallen war, wieder aufgenommen werden sollte.

Nach einigem Hin und Her bot Pepo ihr schließlich an, sich mit ihm das kleine Zimmer in der Schleifmühlgasse zu teilen. Gusti verneinte aber mit dem Argument, dass sie keine Lust darauf habe, sich abermals mit jemandem ein kleines Zimmer zu teilen. Außerdem würde es sich für einen bekannten Opernsänger nicht schicken, mit seiner Braut in einer notdürftigen Unterkunft zu wohnen. Abgesehen davon, dass er, wenn er seine Gesangsproben abhalten möchte, mit seinem Lehrer einen freien Raum dafür benötige.

So bezogen sie bereits am nächsten Tag eine Wohnung mit drei Zimmern in der Pressgasse, weil Gusti mit einer bevorstehenden Erbschaft aus dem Raxental selbst seine finanziellen Zweifel zu beseitigen versuchte. Am Geld sollte es daher keinesfalls scheitern, dass sie eine ihrem Standard entsprechende Wohnmöglichkeit in Anspruch nehmen konnten. Pepo erzählte dem Wohnungsgeber, dass er in Russland als Opernsänger viel verdient habe, dass er hier in Wien in den Verband der Wiener Oper eintreten sollte, aber ihm die Bedingungen nicht gepasst hätten und er gemeinsam mit seiner Braut, die eine beachtliche Erbschaft oder Mitgift erwartete, nach Russland zurückgehen werde.

Ihre Zweisamkeit schien anfangs sorglos zu funktionieren, sodass Gusti kaum noch Kontakt zu ihren Freundinnen pflegte, sie hatte nur noch Augen für ihren Bräutigam. Da sie tagsüber im Hotel arbeitete, kümmerte sie sich auch nicht darum, was ihr Bräutigam den ganzen Tag machte, ob er probte oder im Operntheater arbeitete. Anstatt zu kochen, gingen die beiden Frischverliebten zum Abendessen, und im Gasthaus, wo sie täglich nach der Karte speisten, blieb Pokorny wiederholt die Zeche schuldig, ebenso in den Kaffeehäusern der Stadt, wo sie verkehrten.

Pokorny gab immer wieder vor, dass sein Geld von zu Hause momentan ausgeblieben sei und dass sein Onkel ihm eine Schuld von 6.000 Kronen nicht pünktlich zahle. Gusti wiederum versuchte, um jeden Preis den Mann, der sich und ihr eine glänzende Zukunft versprach, festzuhalten und die Geldmittel für den Haushalt sowie für die Reise nach Russland aufzubringen. Im August bat sie eine Bekannte dringend um ein Darlehen von 1.400 Kronen, bei dem sie 600 Kronen an Zinsen verdienen könne. Pokorny fügte bei, er brauche das Geld für die Reise nach Russland, wo er für einen Kunstabend schon 1.000 Gulden bekommen habe. Trotzdem gewährte die Bekannte das Darlehen nicht, und Gusti fuhr spontan nach Mürzzuschlag, um dort bei ihrem Taufpaten und anderen Bekannten das Geld aufzutreiben, was ihr zunächst nicht gelang.

Über die Bemühungen, dem Manne, von dem sie sich eine goldene Zukunft erträumte, Geld zu verschaffen, geben einige Briefe, die sie an ihren Vater schrieb, genaue Aufklärung. Sie schrieb ihm am 18. September: *»Ich und mein Bräutigam leben im größten Streite. Wenn ich ihm 700 Gulden auftreiben könnte, wäre alles gut und ich bin am Sonntag verheiratet. Lieber Vater, ich bitte Dich um Deine Hilfe. Die Fini sagt, die alte Stanzl von Altenberg hat das Geld. Ich bitte Dich, nimm sofort den Rock und geh zu ihr. Versprich ihr bis zum neuen Jahr die Rückgabe von 700 Gulden und 300 Gulden Zinsen. Vergiss nicht, dass dabei das Leben Deiner Tochter davon abhängt, die es Dir hundertfach zurückzahlen wird. Sonst nimmt sich mein Bräutigam eine reiche Frau und ich erschieße mich.«*

Nachdem sie ihrem Vater wiederholt zugesagt hatte, dass Petersburg eine Goldgrube für ihren Bräutigam sei, gelang es Gusti schließlich das Darlehen zu erhalten. Ein Geschäftsdiener in Wien, der mit seiner Frau ein erspartes Vermögen besaß, gewährte ihr gegen einen von ihr und ihrem Bräutigam unterschriebenen Schuldschein, bekräftigt durch eine Gutstehungserklärung ihres Vaters, ein Darlehen von 1.400 Kronen. Dieses sollte am 1. Jänner 1906 nebst 600 Kronen Zinsen zurückgezahlt werden. Bemerkenswert war, dass der Schuldschein weder den Namen des Darlehensgebers noch des Gläubigers enthielt.

Somit waren nun die Mittel beschafft, um die Reise nach Russland, dem Lande, in dem sich der Traum der Gusti Huber von ihrem Lebensglück erfüllen sollte, anzutreten. Die Reise dahin blieb jedoch aufgeschoben, wohl auch aufgehoben. Angeblich wegen der revolutionären Bewegung in Russland. Der Petersburger Blutsonntag solidarisierte schon seit Monaten russische Arbeiter und führte zu einer Radikalisierung und Mobilisierung der Bevölkerung. In Wahrheit aber mangelte es dem angeblichen Opernsänger Pokorny an ernsten Beziehungen zu den Quellen, aus denen ein Künstler reiche Einkünfte schöpfen konnte. Das so schwer erlangte Darlehen schwand für die Deckung der alltäglichen Lebensbedürfnisse der Verlobten. Jeder Tag, mit dem die Fälligkeit der Schuld näher rückte, erhöhte die Aufregung des inzwischen mittellos dastehenden, sogenannten Brautpaares.

Gusti Huber, die anderen Leuten ebenso wie auch ihrem Bräutigam vorgespielt hatte, dass sie eine reiche Mitgift von ihren Angehörigen bekommen werde, musste, wenn das Projekt der ersehnten Ehe nicht scheitern sollte, um jeden Preis verhindern, dass Pokorny von ihrer und ihrer Angehörigen Vermögenslosigkeit erfuhr. Aufgrund eines Ungeschickes im Hotel hat sie sich letztendlich den Zorn des Rezeptionisten zugezogen. Gusti wurde aufgrund einer grobfahrlässigen Verfehlung in der Arbeit fristlos entlassen. Der gutgläubige Mann war nicht mehr bereit, sie und ihre Machenschaften weiterhin zu decken. Abgesehen davon, zeigte sie sich nur mehr unwillig bereit, ihm persönliche Gefälligkeiten zu leisten. Ihre finanzielle Belastung wurde somit doppelt so groß und ihre Verzweiflung ebenfalls. Pokorny konnte sehr grob und ungehalten sein, wenn ihm etwas gegen den Strich ging. Besonders, wenn das notwendige Geld für seinen freizügigen Lebenswandel nicht mehr vorhanden war.

Als sich die hilfsbereite Frau des Wohnungsgebers bei ihr über Pokorny und sein flegelhaftes Benehmen beschwerte, meinte Gusti mit der Schulter zuckend: »Lassen Sie ihn gehen, er ist ein grober Büffel. Mit mir ist er auch immer grob und von mir hat er aber das …!« Wobei sie durch Zeichen Geld andeutete. Einmal klagte sie der schrulligen Dame jedoch selbst, dass Pokorny sie oftmals so sekkiert, dass sie des Nachts vor Verzweiflung bitterlich weinen müsse. Auf die Frage, warum es dabei ginge antwortete sie verbittert: »Darüber spreche ich lieber nicht!«

Alle Zeichen deuten darauf hin, dass sie mit Pokorny keine wahre, edle Zuneigung verbunden hatte. Allein sie kettete unglücklicherweise ihr Geschick an seines. So äußerte sie sich öfters zu Bekannten: »Ich habe mich jetzt so an den Pepo gewöhnt, dass ich nicht mehr von ihm lassen könnte!« Das Geschick der beiden Brautleute wurde von Tag zu Tag misslicher. Die Gläubiger drängten ständig nach Rückzahlung ihres Geldes samt versprochenen Zinsen und würden sogar fremde Hilfe in Anspruch nehmen, sollte dies nicht erfolgen. Mit dem Argument, sie hätte mit einem Los 2.600 Kronen gewonnen, dies sei jedoch noch nicht ausbezahlt, vertröstete sie die Leute. Sie müssten sich nun doch noch in Geduld üben, bis die Lotterie ihren Gewinn ausbezahlt habe.

In all ihrer Verzweiflung wandte sie sich sogar an ihre jüngere Schwester Fini, mit der sie sich einst das Zimmer geteilt hatte und die sie stets vor Pokorny geheim gehalten hatte. Sie pflegte schon länger keinen Kontakt mehr zu ihr, obwohl sie von etlichen Personen darauf angesprochen worden war, sich doch um ihre jüngste Schwester zu kümmern. Hätte sie ihr doch versprochen, in Wien auf sie Acht zu geben. Gusti wollte auf keinen Fall, dass ihr Bräutigam etwas über ihre genauen Familienverhältnisse in Erfahrung bringen könnte, und erwähnte ihre drei Schwestern in Wien daher nie.

Mit ihren beiden älteren Schwestern in Wien pflegte sie schon lange keinen Kontakt mehr. Und anders als gewünscht, hatte ihre jüngere Schwester Fini zu dieser Zeit gar keine Anstellung mehr und war daher frühzeitig in einen leichtfertigen Lebenswandel verfallen. Bereits Ende November 1905 war sie endgültig ohne Anstellung. Zuvor hatte sie es Anfang November eher schlecht als recht noch einmal als Buffetmädchen versucht, doch nach einem Monat scheiterte sie mit ihrer Arbeit im Café Rotmeyer. Insgesamt zwei Tage war sie noch als Blumenmädchen im Budapester Orpheum beschäftigt. Ihre Arbeitsbereitschaft reichte leider nicht aus, um länger dort angestellt zu bleiben, weil sie sich nach Geschäftsschluss bis zum nächsten Morgen in Nachtcafés herumtrieb und Herrenbekanntschaften knüpfte.

Aus Fini war also innerhalb kurzer Zeit ein käufliches Mädchen geworden, es hatte auch den Anschein, dass sie dieser unglücklichen Wendung ihres Schicksals gegenüber eine gewisse Gleichgültigkeit an den Tag legte. Womöglich auch aus Enttäuschung darüber, dass sich ihre Schwester Gusti, die doch versprochen hatte, sich um sie zu kümmern und ihr zu helfen, sich auch nach mehrmaliger Aufforderung von Freunden nicht mehr bei ihr gemeldet hatte, sie ihr anscheinend egal geworden war. Oder dass ihre geliebte Schwester eben nur ihr eigenes Glück im Sinne und daher kein Interesse mehr an ihr hatte.

Fini verkehrte auch tagsüber im Café Schinagl und jeder konnte sehen, dass es ihr in diesen Verhältnissen nicht gut ging. Einzig eine junge Frau, Maria Müller, mit der sie sich im Café angefreundet hatte, stand ihr zur Seite. Diese selbst sehr bescheidene Frau unterstützte Fini gelegentlich, so wie sie auch anderen jungen arbeitslosen Mädchen oftmals unter die Arme griff und sich als Retter in der Not bewies. Dass die beiden sich angefreundet hatten, erstaunte die Angestellten und Gäste gleichermaßen, war Maria Müller doch bisher immer gerne für sich geblieben und Fini von fremden Leuten stets angetan. Aber nun fand man die zwei Frauen immer wieder in vertrautem Gespräch. Maria Müller schien sehr interessiert am Leben der jüngeren Huber-Schwester aus dem Mürztal. Die beiden teilten zwar das gemeinsame Schicksal, komplett alleine auf der Welt zu sein, aber nicht das der Geldnot, denn Maria Müller war vermögend. Fini besaß nur sehr wenig gute Kleidung und Wäsche und schien von Tag zu Tag immer ärmlicher auszusehen.

In ihren trübseligen Erzählungen erwähnte Fini stets, dass sie ihre Schwester Gusti um ihr Glück und die Arbeit im Hotel beneide und diese in Kürze mit ihrem Verlobten nach Russland ziehen würde, wo dieser sehr viel Geld verdienen würde. In Wahrheit hatte sie überhaupt keine Ahnung, wie es ihrer Schwester tatsächlich ging, zu der sie so aufschaute, bis diese eines Tages völlig unerwartet im Café Schinagl auftauchte und verzweifelt vor ihr stand. Fini schäkerte gerade mit einem jungen Mann. Sie fühlte sich dabei in ihrem freizügigen Lebenswandel ertappt und konnte nicht anders, als ihre ältere Schwester erschrocken anzustarren. Kalt wurde ihr, dann schlagartig heiß. Eine Gänsehaut überlief ihren Körper. Gusti war kaum wieder zu erkennen. Zum ersten Mal tat ihre Schwester Fini leid. Sie schämte sich sogar dafür, sich bislang keine Gedanken mehr um Gustis Leben gemacht zu haben. Ging es ihr wirklich gut?

Wien, 29. November 1912, Joseph Pokorny und Klara Herzberg

PEPO ZÖGERT. Er schaut prüfend von Klara zu den Frauen am Nachbartisch und wieder zurück, während sie ihn dabei genau beobachtet. »Der starke Kaffee hat mir gutgetan, meine Liebe! Natürlich werde ich dir erzählen, wie ich Fini Huber, die jüngere Schwester von Gusti, kennengelernt hab. Aus irgendeinem Grund, den ich nicht kannte und nach dem ich mich nicht zu fragen wagte, hat mir Gusti ihre Familienverhältnisse verheimlicht. Ich bin nur durch Zufall darauf gekommen, dass es sogar drei Schwestern von Gusti in Wien gegeben hat. Fini ist die jüngste Schwester meiner ehemaligen Verlobten und war erst unlängst nach Wien gezogen, um sich eine neue Zukunft aufzubauen. Ich lernte sie zufällig im Café Schinagl kennen. Sie war das junge Mädchen, mit dem sich Gusti das kleine Zimmer teilte und das einst mit Maria Müller, der 6.000-Gulden-Köchin, bekannt wurde und sich sogar mit ihr angefreundet hatte.

Genau dort, wo Fini die kalten Wintertage und Nächte verbracht hat, kam ich eines Abends vorbei, nachdem ich mit Gusti wie so oft Streit wegen einer Kleinigkeit hatte. Sie war furchtbar wütend, weil ich einen Brief an ihren Vater, den sie begonnen hatte zu schreiben und liegen gelassen hat, gelesen habe. Es stand nichts im Brief, was von

Bedeutung gewesen wäre, aber nach ihren Wutausbrüchen bin ich trotz heftigen Schneefalls ins Café Schinagl geflüchtet. Dort hat mir der Ober sofort meine schlechte Stimmung angesehen und mir geraten, mich mit einem hübschen Mädchen auf das Zimmer im ersten Stock zu begeben. Er zeigte mit der Hand auf ein junges, hübsches Mädchen, das einsam und verlassen in der Ecke saß, und meinte, dass diese ebenfalls sehr deprimiert sei, weil sie von einer Männerbekanntschaft versetzt worden war. Ob ich mit ihr auf das Zimmer gegangen bin? Ja, das gebe ich sehr gerne zu, aber nicht, weil ich das im Hinterkopf hatte, was du dir jetzt denken magst. Ich wollte dem verzweifelten Mädchen natürlich helfen und ein guter Zuhörer sein. Und das war ich auch!

Als wir im kalten Zimmer waren, bat ich sie, mir den Grund ihrer traurigen Augen zu nennen. Plötzlich begann sie verzweifelt zu weinen. Ich drückte sie an mich und umhüllte sie mit einer wärmenden Decke. Sie erzählte mir mit zaghafter Stimme ihre triste Lebensgeschichte in Wien, von der erfolglosen Arbeitssuche und dass sie nur wegen ihrer älteren Schwester nach Wien gezogen sei. Zu Hause am Land hätte sie zwar auch eine sehr schwierige Familiensituation gehabt, doch in Wien hätte sie gar niemanden mehr, nicht mal ihre Schwestern hier nehmen sich Zeit für sie.

Als ich sie fragte, wo ihr Zuhause ist, meinte sie schluchzend, auch wenn sie mir den Ort sagen würde, würde ich diese abgelegene Gegend hinter dem Semmering nicht kennen. Ich drückte sie näher an mich und zeigte mein tiefes Interesse, sodass sie mir von Neuberg erzählte. Dass ihre Mutter sehr früh verstorben sei und der Vater sich eine neue Frau gesucht hätte, bedrückte das junge Ding ebenfalls. Alles wäre nicht so schlimm gekommen, wäre nicht auch noch ihre geliebte Schwester Gusti nach Wien gezogen und nun in einem Hotel beschäftigt.

Bei diesen Worten wurde ich erstmals hellhörig und bat sie weiterzuerzählen, warum das so schlimm für sie war. Ihre Augen bekamen einen leuchtenden Glanz, und mit einem Lächeln berichtete sie wie ein Wasserfall von früher, von den Zeiten, als ihre Schwester Gusti noch im Raxental im Schulhaus einer Arbeit nachgegangen war und sie diese öfters dort besuchte und mit den Kindern spielen durfte. Da war ihre Welt noch in Ordnung, doch mit ihrer eigenen Abreise nach Wien, dem Streit mit ihrem Vater hierüber wurde ihr einst unbeschwertes Leben zur Qual. Ich denke, am liebsten hätte sie geschrien vor Verzweiflung und wäre liebend gerne wieder in die Heimat zurück, doch sie hatte Angst davor. Nun vermutete ich, dass dieses junge Mädchen die Schwester von Gusti war und ich der Grund sein könnte, warum sich ihre Schwester nicht mehr um sie kümmerte.

Ich fragte vorsichtig nach Freundinnen, wollte nicht indiskret sein. Doch sie schüttelte verzweifelt den Kopf, denn außer zu dieser komischen Maria Müller, die sie unlängst kennengelernt hatte, pflegte sie überhaupt keinen Kontakt mehr zu anderen Mädchen, sondern nur mehr zu Männern, die ihr nach Zärtlichkeiten Geld zusteckten. Ich war entrüstet, das junge Ding hat mir enorm leidgetan. Als ich sie dann ernsthaft nach dem Grund fragte, warum ihre Schwester sie jetzt so kläglich im Stich ließe, meinte sie zu meinem Entsetzen, dass diese einen wohlhabenden Opernsänger als Bräutigam gefunden hätte. Dieser würde mit ihr nach Russland gehen und sie zuvor noch vor den Traualtar führen. Sie würde auch sehr gerne heiraten und hätte sogar schon einen Mann, einen etwas älteren Beamten im Auge, doch der zeige kein ernsthaftes Interesse an ihr. So wird sie eines Tages noch in Wien untergehen, wie es ihr Vater bei der Abreise voraussagte.

Ich war schockiert meine Beste. Leider hatte ich selbst nicht die notwendigen Beziehungen, ansonsten hätte ich ihr eine Anstellung vermittelt. Nein, ich habe mich nicht zu erkennen gegeben, aber dafür der Fini Mut zugesprochen, dass auch für sie der richtige Mann sich finden wird. Ich bat sie innig, nicht so leichtfertig aufzugeben, wäre sie doch so ein hübsches Fräulein. Das brachte das arme Kind noch mehr zum Weinen und Fini meinte, in Wien gäbe es keine guten Männer, schon gar nicht, wenn man mittellos sei wie sie. Alle wollen nur das eine von den jungen Mädchen. Diese Maria Müller wäre auch sehr enttäuscht worden von den Männern und kein Mann würde es ernst mit ihr meinen, obwohl sie die notwendige Mitgift hätte. Alle wollen nur das Geld dieser Frau, nicht ihre Liebe.

Ich bedauerte das junge, bezaubernde Mädchen. Sie schien am Ende zu sein. Doch was sollte ich machen, ich konnte nicht mit Gusti darüber reden. Wir befanden uns doch im Streit und ich kannte den wahren Grund nicht, warum sie mir ihre Schwester verheimlichte. Womöglich schämte sie sich für das freizügige Leben von Fini, aber hatte sie nicht selbst auch dazu beigetragen? So quälten mich die Fragen. Zufällig hatte ich noch 40 Kronen in der Geldtasche, die ich ihr geben konnte. Betroffen nahm ich mir vor, das Café Schinagl zu meiden, um nicht erneut auf das traurige Mädchen zu treffen. So habe ich Fini Huber kennengelernt. Aber leider war es nicht das letzte Mal, dass ich sie getroffen habe.«

Klara ist gerührt. Pepo hat wirklich ein weiches Herz. Sogar jetzt will er noch etwas für Fini tun. Deshalb hatte er sie also gebeten, Fini zu treffen, damit er ihr ein bisschen Geld zustecken konnte. Pepo nimmt noch einen Schluck. Dann meint er: »Diese ganze Sache belastet mich sehr. Willst du noch einen Kaffee?« Klara verneint. Er wird unsicher. Das bisherige ist ja alles recht gut gelaufen, aber jetzt kommt er zum unangenehmen Teil. Wie wird Klara den aufnehmen? Soll er ihr überhaupt davon erzählen? Aber was bleibt ihm anderes übrig. Denn bevor Fini ihre eigene Version Klara irgendwann erzählt, ist es besser, er legt seine Sichtweise dar, bevor zu spät ist.

Klara stockt, sie scheint von der traurigen Geschichte der Fini Huber betroffen. Einen Moment lang herrscht eine eigenartige Stille zwischen den beiden. Mit einem leicht verlegenen Lächeln, versucht sie ihre Nachdenklichkeit zu überspielen. »Pepo, wir sind beim Hergehen an so einem schönen Geschäft vorbeigekommen. Da würde ich gerne bald mit dir hingehen!«, meint sie mit einem Funkeln in den Augen. Pepo mustert sie hellhörig. Ach Gott, das Brautmodengeschäft, immer denkt sie nur an diese blöde Hochzeit! Hat sie denn gar nichts anderes mehr in ihrem dummen Kopf?

Aufgesetzt versucht er selbst ein Lachen über sein Gesicht zu bringen, doch es heitert ihn nicht auf. Gekünstelt nickt er höflich zu und sagt um eine Spur zu übertrieben: »Ja gerne Liebes, bald einmal. Aber wahrscheinlich willst du jetzt die Geschichte von den Huber-Schwestern weiterhören. Wo war ich stehen geblieben? Ach ja, dass ich Fini Huber kennengelernt hatte, aber mit meiner Braut Gusti nicht darüber reden konnte. Und im Lauf der Zeit hat mich das immer mehr geärgert. Gusti wurde zudem immer grantiger und übellauniger, auch das Geld war wieder einmal knapp. Als ich zufällig gerade beim Schinagl vorbeiging, kam mir Fini entgegen. Sie sah komplett verloren und traurig aus und bemerkte mich gar nicht. Warum kümmerte sich Gusti nicht um sie? Mir stieg bei diesen Gedanken die Wut in den Kopf. Beim Nachhauseweg malte ich mir bereits aus, wie ich Gusti nun doch zurechtweisen würde, sich um ihre verlorene Schwester zu kümmern. Gusti hatte Einfluss in diesem Hotel, wo sie bedienstet war, und das müsste bestimmt reichen, um Fini dort unterzubringen. Du kannst dir vorstellen, wie aufgewühlt ich war, bin ich doch ein Mensch, der stets um Gerechtigkeit bemüht ist. Es war an der Zeit, ein ernsthaftes Wörtchen mit meiner Verlobten zu reden.

Ein paar Tage später kam ich vom Café nach Hause mit der Absicht, Gusti damit zu konfrontieren, dass ich von ihrer Schwester in Wien wusste. Doch als ich in die Wohnung kam, war diese leer. Gusti war nirgendwo zu finden. Lediglich einen Zettel hatte sie mit der interessanten Nachricht hinterlassen, dass sie am nächsten Tag sehr früh zum Bahnhof müsse, um ins Mürztal zu fahren. Es wären dringende Erbschaftsangelegenheiten mit ihrem ins Alter gekommenen Vater zu regeln. Die so sehr erhoffte Erbschaft würde ihr demnächst ausbezahlt werden. Durch diesen vorzeitigen Geldsegen stünde einer gemeinsamen Reise nach Russland nichts mehr im Wege. Mit dem ergänzenden Hinweis: Natürlich nur dann, wenn ich zuvor mein ehrliches Eheversprechen eingelöst hätte.

Ein komisches Gefühl beschlich mich und ich las die Nachricht noch einige Male. Dabei wurde mir klar, wie verbissen Gusti auf unsere Heirat war. Wie unbedingt sie mit mir nach Russland wollte. War es nun zu spät dafür, alles richtigzustellen? Zweifel und Schuldgefühle plagten mich, ich konnte die ganze Nacht nicht schlafen. Ich wälzte mich im Bett hin und her. Schließlich fasste ich den Entschluss, am frühen Morgen zum Bahnhof zu eilen und mit Gusti vor ihrer Abreise zu reden, ihr meine Bedenken in Ruhe zu schildern und für Aufklärung zu sorgen, bevor es zu spät war.

Vor Erschöpfung und Unruhe bin ich erst sehr spät eingeschlafen und leider erst aufgewacht, als es draußen bereits hell war. Der Zorn auf mich selbst stand mir beim ersten Blick in den Spiegel ins Gesicht geschrieben. Ohne eine Mahlzeit zu mir zu nehmen, stapfte ich durch den Schnee und eilte ins Café Schinagl, um mit Gustis Schwester zu reden, mich ihr zu erkennen zu geben und ihr die Wahrheit zu sagen. Schweißgebadet stand ich im Lokal, schaute mich um und bat eine Bedienstete höflich, sich im Frauenabteil nach Fini Huber umzusehen. Sie warf mir einen verwunderten Blick zu, rannte in das Nebenzimmer und kam mit Kopfschütteln zurück. Fini war nicht anwesend.

Meine letzte Rettung war der Kellner vom letzten Mal. Ihn fragte ich diskret, ob er nicht wisse, wo Fini Huber sei, ob sie sich in einem der Zimmer im ersten Stock befinde. Er verneinte ebenso kopfschüttelnd und zuckte mit den Achseln. Verzweifelt wollte ich bereits das Café verlassen, da fragte mich ein zweiter Kellner leise, ob es um eine gewisse Fini gehe, die so unglücklich sei. Wenn ja, dann befinde sie sich nicht mehr in Wien, sie wäre heute unerwartet mit der Bahn in die Steiermark zu ihrem Vater abgereist. Auf die Frage, ob er wisse, warum sie in die Heimat zurück wollte, schüttelte er den Kopf und meinte diesmal laut und deutlich: ›Über unsere Gäste wird nichts ausgeplaudert!‹ Ich war verwundert über seinen schroffen Ton. Später noch mehr, als er mir zum Ausgang folgte und im Vertrauen leise anbot, für zwei Kronen mehr zu diesem Thema zu berichten. Natürlich hatte er zuvor in Anwesenheit seines Arbeitskollegen nichts gesagt. Nur für ein paar Kronen war der Schurke dann sichtlich bereit, über seine Gäste Auskunft zu geben. So konnte ich weitere Details erfahren. Die beiden Huber-Schwestern waren gemeinsam mit dieser Freundin von Fini, Maria Müller, unerwartet ins Mürztal abgereist. Sie wollten sich dort mit einem Mann, den die Müller von früher kannte, treffen und anschließend den Vater in Neuberg besuchen. Sogar weiter nach Graz zu fahren, stünde auf ihrem Plan, berichtete er mir. Der Kellner war somit besser informiert als ich. Ich wusste nur, wenn sie sich etwas in den Kopf setzte, konnte sie keiner davon abbringen. Du kannst dir meine Verwunderung vorstellen, ich hatte nicht den geringsten Schimmer von Gustis Vorhaben. Lediglich diese knappe Notiz auf einem Zettel hatte sie mir hinterlassen. Drei Frauen, zuerst ins Mürztal und dann nach Graz? Das am 24. Jänner 1906, also mitten im Winter und bei starkem Schneetreiben, an einem Mittwoch! Wenn das nur gut geht? Sie wählten dafür nicht einmal ein Wochenende? Natürlich war ich mir der Situation bewusst, es war zum Teil meine Schuld. Gusti war wohl spontan nach Neuberg gereist, vermutlich um Geld für unsere Reise aufzutreiben. Zweifel und Fragen plagten mich. Die eigenartigsten Vorstellungen schwirrten in meinem Kopf herum. Hat sie ihre Schwester Fini und diese Maria Müller als Verstärkung mit auf die Reise genommen? Oder wollte sie Fini beim Vater abliefern und mit ihm darüber reden, dass es doch besser für ihre Schwester sei, wieder von der Stadt wegzuziehen? War es Gustis Plan, diese Maria Müller mit jemandem zu verkuppeln und dafür Geld zu bekommen? Womöglich wollte sie tatsächlich ihre Erbschaft vorzeitig ausbezahlt bekommen?

Ich war komplett überfordert und eilte vom Café Schinagl weiter ins Hotel Österreichischer Hof, wo ich zuvor untergebracht war und ich annahm, dass Gusti dort als Stubenmädchen arbeitete. Gleich beim Empfang lächelte mir der Rezeptionist entgegen und fragte, ob ich wieder als Gast zurück sei. Ich verneinte hektisch und fragte, wann Augustine Huber wieder im Hotel zu erreichen wäre. Der ältere Herr war sehr neugierig und fragte leise, aus welchem Grund es mir ein Bedürfnis sei, dies zu erfahren. Unüberlegt war meine Antwort, dass ich dem Stubenmädchen Geld geborgt hätte und dieses demnächst zurückhaben wollte. Mir fiel nichts Besseres ein und zuckte betroffen mit den Achseln. Als er mich auslachte, war ich noch mehr verlegen und forderte ihn auf, das eigenartige Lachen zu unterlassen. ›Dann wäre ich wohl nicht der Einzige, der dem eigenwilligen Stubenmädchen Geld geliehen hatte und es wahrscheinlich nicht mehr zurückerhalten werde‹, meinte er zynisch.

Ich wurde neugierig und fragte, wie er darauf käme. Für einen Moment war es still. Seine Augen wurden groß, als er mir ganz aufgebracht berichtete, wie man im Nachhinein dem Stubenmädchen Augustine Huber auf die Schliche gekommen sei, dass sie nicht nur den Gästen Dinge entwendet hatte, sondern sich auch von den Hotelgästen Bargeld ausgeliehen hatte. Das wäre mit ein Grund gewesen, warum sie unlängst fristlos entlassen wurde und das Hotel nicht mehr betreten dürfe. Ich war schockiert, hatte mir Gusti doch die ganze Zeit etwas vorgemacht und mich belogen.

Bis Donnerstagabend musste ich warten, um Gusti zur Rede zu stellen. Die Zeit schien mir wie eine Ewigkeit und ich konnte mich weder auf meine Proben noch meine bevorstehenden Auftritte konzentrieren. Dabei sollte ich zum Wochenende im Grazer Opernhaus als Pedrillo in der ›Entführung aus dem Serail‹ oder vielleicht auch als Wenzel in der ›Verkauften Braut‹ erstmals unter meinem neuen Künstlernamen Joseph Schmied auftreten.

Alles Mögliche hatte ich mir ausgedacht, ihr zu sagen, wenn sie bei der Türe reinkommt. Doch als es dann so weit war, brachte ich es nicht mehr übers Herz. Du weißt wie ich bin. Gusti war wie ausgewechselt, sie strahlte über das ganze Gesicht, fiel mir herzenslieb in die Arme und küsste mich. So offen und liebevoll kannte ich sie schon länger nicht mehr und war mehr als verwundert. Mein Herz tat sich auf und ich hielt sie minutenlang ganz fest im Arm.

Auf meine Frage, woher die Kratzspuren in ihrem schönen Gesicht kamen, erhielt ich keine Antwort. Sie begann wie ein Wasserfall über die Erbschaft zu reden: ›Stell dir vor, Pepo, nach mühsamem Kampfe konnte ich den Vater dazu bewegen, mir vorzeitig meine Erbschaft herauszugeben! Was sagst du dazu?‹ Mir fehlten die Worte, aber ich wäre auch sonst nicht dazu gekommen, darauf zu antworten oder zu fragen, ob es tatsächlich wahr sei. ›Lass uns den Vermieter als Trauzeugen nehmen und diese Woche noch heiraten. Wenn du mir deine Kontakte zum Sommertheater in Petersburg nennst, schreibe ich heute noch hin, damit du rechtzeitig Ende nächster Woche mit den Proben beginnen kannst, denn bis dahin habe ich den Sparkassendepotschein vom Vater und unserer Reise steht nichts mehr im Wege. Hier hält mich nichts mehr!‹

Ich konnte es nicht fassen, so schnell sollte dies alles über die Bühne gehen, Erbschaft, Hochzeit und Reise nach Russland. Dann drückte sie mir freudestrahlend 280 Kronen in die Hand und meinte, ich sollte mir schon mal die passende Kleidung für die Reise besorgen. Ich fragte Gusti, was mit ihr sei, ob sie keine neue Kleidung für Russland benötige. Darauf meinte sie nur lächelnd, dass eine großzügige Freundin von ihr ebenfalls Wien verlässt, noch diese Woche nach Budapest ziehen werde und einen vollen Reisekorb Wäsche und Habseligkeiten in Wien für sie zurückließe. Dafür müsse sie die Meldeformalitäten und einiges erledigen, unter anderem einen Taufschein für sie abholen. Das würde jetzt natürlich etliche Zeit in Anspruch nehmen, in der sie nicht bei mir zu Hause sein könnte.

Mich bat sie liebevoll, diesen Reisekorb der mir noch unbekannten Freundin am nächsten Tag in den Abendstunden in der Riemerstraße 11 abzuholen. Sie meinte damit Maria Müller, wie ich später erfuhr. In deren Wohnung würde nämlich eine jüngere Schwester von ihr endlich eine neue Unterkunft finden, dafür hätte sie bereits gesorgt, um der üblen Nachrede zu entwischen, sich nicht um diese Schwester in Wien zu kümmern. Die Rede war von Fini. Gusti versicherte mir zuversichtlich, alle notwendigen Schritte seien bestens durchdacht und müssten nur mehr erledigt werden. Zu diesem Zwecke würde sie die nächsten Tage erstmals nicht zur Arbeit gehen. Als ich darauf sagen wollte, dass ich im Hotel gewesen war und alles wisse, hielt sie mir den Mund zu. Gusti bat mich mit Augenzwinkern, den Reisekorb mit den Dingen, die sie nicht benötigte, am darauffolgenden Tag in die Garderobe des Staatsbahnhofs zu bringen, da sie für sich und ihre Schwester die Meldeangelegenheiten zu regeln hätte.

Innig bat sie mich zu kontrollieren, ob irgendwo in den Sachen etwas zu finden sei, worauf ein Name der Freundin steht, und auch unbedingt alle Etiketten aus der im Korb verbleibenden Kleidung zu schneiden. Sie umarmte und küsste mich voller Freude. Noch bevor ich etwas sagen oder antworten konnte, fragte sie mich nach der Buchengasse 45, wo sie bei einer gewissen Frau Tristinger ebenfalls etwas zu erledigen hätte, und rannte voller Tatendrang aus der Wohnung.

In der Hand hatte Gusti einen bereits vorausgefüllten Meldezettel, was mich etwas verwunderte. Nur dachte ich mir zu diesem Zeitpunkt nichts dabei und freute mich über die 280 Kronen. Plötzlich waren alle meine Zweifel über die Hochzeit mit Gusti wie vom Winde verweht. Selbst über den Verlust ihres Arbeitsplatzes und meine schlechte finanzielle Lage machte ich mir keine weiteren Gedanken mehr. Sie sprühte nur so vor Lebensfreude und Erleichterung, ihre Augen strahlten wie noch nie zuvor und sie war bester Laune. So kannte ich diese Frau nicht. Gusti schien die glücklichste Braut zu sein, was mein Herz höherschlagen und mich mit Zuversicht auf eine gemeinsame Zukunft blicken ließ. Ebenso freute es mich, dass sie sich ohne mein Zutun um ihre Schwester Fini kümmerte.«

Seinen überschwänglichen Worten folgt eine längere Stille. Klara sitzt da und kann nicht anders, als ihn mit großen Augen anzustarren. Eine Gänsehaut überläuft ihren Körper. Sie besinnt sich seiner Worte und scheint etwas verlegen zu sein, als würde sie bezweifeln, dass er Gusti doch nicht geheiratet hat, oder gar Fini, ihre jüngere Schwester. Hatte Pepo sie die ganze Zeit belogen? Irgendetwas traf sie tief ins Herz. Doch wagt sie es nicht, ihn zu fragen und empfindet die Stille schmerzhaft. Es kommt ihr vor, als lese Pepo ihre Gedanken.

Erst als er zärtlich nach ihrer Hand greift und ihr liebevoll über den Handrücken fährt, verspürt sie wieder dieses lang entbehrte Gefühl von Nähe. Es tut ihr sehr wohl, sich nicht mehr alleine zu wissen! Die Gedanken an ihren verstorbenen Vater schiebt sie weg, hier sitzt ihr angehender Ehemann. Pepo rückt merklich näher an sie heran, sie fühlt, wie seine Finger ihren Arm streicheln. In seinen Augen kann sie einen hellen Schimmer erkennen. Da gibt sie sich einen Ruck und fragt ihn zaghaft danach, warum er denn noch immer unverheiratet sei, wenn er bereits die glücklichste Braut an seiner Seite hatte. Mit einem behutsamen Lächeln erhofft sich Klara eine ehrliche Antwort von ihm.

»Was meinst du, Klara?«, murmelt er endlich. Sein Blick ist ernst geworden, ein Schauer läuft ihm durch die Glieder. Seine Wangen werden rot und glühen. Er hat ihre Frage sehr wohl verstanden und versucht, mit der Gegenfrage Zeit zu gewinnen. Was weiß Klara bereits? Die Frage beschäftigt ihn ganz kurz, und während er nach Worten ringt, drängen sich in diesen Sekunden abermals die ungeklärten Fragen auf: Was ist seinerzeit im Raxental tatsächlich unter den drei Frauen geschehen, dass so etwas Furchtbares passieren konnte?

Klara scheint durch sein Zögern verwirrt, versucht zu lächeln. Sie bittet ihn leise, keine Geheimnisse vor ihr zu haben und ihr endlich zu vertrauen. Mit ruhiger Stimme lässt sie ihn wissen, dass er jetzt, wo er sie an seiner Seite wisse, sich keine unnötigen Sorgen mehr zu machen braucht und alles vergessen kann, was ihn aus der Vergangenheit zu quälen scheint. Trotzdem sich ihre Worte sehr beruhigend anhören, spürt Pepo, wie sich seine Brust unter nervösen Atemzügen auf und ab bewegt. Behutsam greift er mit einem Unbehagen in seine Jackentasche. Er holt einen Zeitungsartikel heraus und legt ihn vorsichtig auf den Tisch, direkt vor Klara. Sie lächelt ihn zurückhaltend an und er senkt daraufhin den Blick. Mit großem Zweifel, ob es tatsächlich der richtige Moment sei, ihr nun diesen Zeitungsabschnitt zum Lesen zu geben, fasst er ihren Arm. Nun sind die Würfel gefallen. »Meine Liebste, bitte lies das in Ruhe durch! Vielleicht verstehst du mich dann, warum ich unbedingt mit Fini Huber sprechen muss! Es ist höchste Zeit zu erfahren, was an diesem Tag im Raxental geschehen ist«, stottert Pepo. Das Lächeln, das sie dabei einander schenken, scheint lediglich aus einer Verlegenheit heraus zu sein.

Klara zieht ihre Hand, die er umschlungen hält, rasch zurück und greift nach dem Zeitungsartikel. Ihr zuvor noch ruhiger Blick erschrickt bei der Überschrift. Am Titelblatt ist eine Frauenleiche in einer Schneemulde abgebildet, um welche sich etliche Personen, darunter auch Gendarmeriebeamte, scharen. Ein nicht unbedingt erfreulicher Anblick. »Was willst du mir damit sagen?», erkundigt sie sich verwundert. Er zögert und runzelt die Augenbrauen. Er jedoch schaut nachdenklich drein und verweigert die Antwort. Gleichsam hypnotisiert, mit einem ernsten und verschleierten Gesichtsausdruck, beginnt sie daraufhin Zeile für Zeile zu lesen.

Wiener Bilder
Illustriertes Familienblatt
Der geheimnisvolle Mord im Raxental

Wien, Mittwoch 31. Jänner 1906

Ein grausamer Mord an einer noch unbekannten Frauenperson, der von zwei anderen Frauen im Raxental nächst

Mürzzuschlag am 25. Jänner 1906 begangen wurde, hat wegen der Tatumstände des Fehlens jeglichen Anhaltspunktes ungeheures Aufsehen erregt. Donnerstag, den 25. d. M. nachmittags, waren in Eders Gasthaus nächst der Ortschaft Kapellen drei Frauen. Sie verließen das Gasthaus gemeinsam. Am späteren Nachmittag wurde eine der drei Frauen auf dem Wege, der von Eders Gasthaus gegen Raxen, eine kleine Ortschaft gegen die Raxalpe führt, ermordet aufgefunden. Die beiden Begleiterinnen waren verschwunden. Ob ein Raubmord vorliegt, ließ sich sofort nicht ermitteln. Auch die Identität der Ermordeten ist noch nicht festgestellt. Das Gendarmeriepostenkommando Mürzzuschlag wurde verständigt und leitete sofort eingehende Erhebungen ein. Zunächst wurde die Umgebung nach den beiden Frauen, die doch einzig der Tat verdächtig in Betracht kommen konnten, abgestreift. Die Frauen fand man wohl nicht, aber es wurde ermittelt, dass sie nach der Tat in den Bahnhof in Kapellen gekommen waren und einige Zeit im Bahnhofsrestaurant gesessen haben. Sie bestiegen den Zug, der um drei Uhr durch Kapellen durchfuhr, und dürften sich wahrscheinlich in der Richtung nach Wien geflüchtet haben. Das Wiener Sicherheitsbüro hat die Nachforschungen in dieser höchst mysteriösen Kriminalaffaire aufgenommen.

Die mutmaßlichen Mörderinnen sind zwei Frauen, von denen die eine ungewöhnliche Körperkraft verriet. Die andere wird als sehr jung geschildert. Die Mörderinnen waren zuletzt im Gasthaus Eder in Stojen abgestiegen, wo sie sich als Rosa und Berta Steiger aus der Wiener Neustadt eintrugen. Ihr Opfer zeichneten sie als Maria Mattausch, welche angeblich aus Graz sein soll. Der Mord war offenbar nicht die Frucht eines plötzlichen Entschlusses, sondern von langer Hand vorbereitet. Nach den gepflogenen Erhe-

bungen hatten die Mörderinnen die Ausführung der Tat schon letzten Mittwoch geplant. Rosa und Berta Steiger drangen in ihr Opfer, mit ihnen den Weg zum Schulhaus zu machen, in dessen Nähe der Mord geschah. Die Mattausch weigerte sich jedoch hartnäckig, den einsamen Spaziergang zu unternehmen. Donnerstag ließ sich die Mattausch doch überreden und mittags machten sich die drei Frauen auf den Weg. Es war der letzte Gang der Mattausch.

Die Entdeckung des Mordes erfolgte durch einen Zufall, da der Platz, auf dem die Tote lag, wie bemerkt, entlegen ist und nur selten von Menschen passiert wird. Ein Bauernknabe hatte seine Schneeschuhe in der Nähe des Tatortes versteckt. Als er gestern kam, um sie zu holen, bemerkte er plötzlich auf der Schneedecke frische Fußstapfen. An einer anderen Stelle war der Schnee zerstampft, als ob einige Personen dort herumgetreten wären. Dem Knaben fiel der Umstand auf, und sein ursprünglicher Gedanke war, dass andere Bauernburschen das Versteck seiner Schneeschuhe entdeckt und die Schneeschuhe gestohlen hätten. Bei der Nachschau nach den Schneeschuhen fand der Junge jedoch plötzlich Blutspuren und gelangte zu einer Stelle, wo der Schnee ganz gerötet war. Von Angst erfüllt, scharrte der Knabe den Schnee weg und fand zu seinem Entsetzen die vergrabene Leiche. Rasch lief er davon und verständigte Leute in Stojen. Mehrere Personen eilten unter Führung des Burschen zum Tatorte und hielten Nachschau. Gleichzeitig wurde die Gendarmerie verständigt. Um Mitternacht traf die Gerichtskommission von Mürzzuschlag im Raxengraben ein. Beim fahlen Scheine von Laternen und Fackeln bewegte sich der Zug durch die kalte Schneelandschaft dahin. Auch einige Holzknechte mit einer Tragbahre wurden der Kommission beigezogen, um die Leiche weg-

transportieren zu können. Mehrere Gendarmen begleiteten die Gerichtskommission.

Der Ort, an dem die grässliche Tat geschehen war, liegt unweit Stojen im Raxengraben, am Zusammenflusse des Altenbergbaches und des Raxenbaches. Es ist eine einsame Gegend, zumeist nur von Holzknechten und Bauern bewohnt. Der Tatort ist ein einsamer Platz nahe dem ehemaligen Schulhause von Stojen in unebenem Terrain. Er dürfte den beiden Mörderinnen bestens bekannt gewesen sein, denn die steilen Hügel sind mit Gebüsch verwachsen. Zurzeit deckt tiefer Schnee die Landschaft, was für die beiden Mörderinnen als am besten geeignet schien, den grausamen Mord dort an Ort und Stelle zu begehen.

Die Ermordete war eine zirka 30-jährige, in der Statur groß und kräftig gebaute Frau. Die Untersuchung ergab, dass das Opfer zunächst mit einem Strick gewürgt worden und ihm dann mit der Klinge eines Taschenmessers der Hals durchschnitten worden war. Die Begleiterinnen der Ermordeten haben die Nichtsahnende wahrscheinlich unter einem Vorwand in eine tiefe Mulde gelockt, sie dort überfallen und ihr die todbringende Wunde beigebracht. Anschließend wurde die Leiche von den Mörderinnen mit Schnee und Ästen verdeckt. Das Taschenmesser, an dessen Klinge Blut klebte, wurde in der Nähe der Leiche gefunden. Es liegt zweifellos ein Meuchelmord vor. Die Wäsche der Ermordeten war größtenteils unvermerkt. Nur einzelne Stücke waren mit dem Buchstaben »M« versehen. In den Taschen der Ermordeten wurde kein Heller Geld gefunden, wodurch die Annahme eines Raubmordes glaubwürdig erscheint. Das Nähere wird die weitere Ermittlung ergeben, nach den beiden Mörderinnen wird gesucht.

Am Ende des Artikels angekommen, schaut sie Pepo düster an. Sie unterdrückt einen tiefen Seufzer. Ihr Blick lässt ihn erröten. »Du kannst es mir glauben, Klara, die Schuld von Gusti wurde nie vollständig bewiesen. Es war entsetzlich für mich, alles mit anzusehen. Das Urteil war bereits vor dem Geständnis gefällt. Das Ja hatte man Gusti wie mit einem Haken aus ihrem widerstrebenden Fleisch gerissen. Ich verstehe es noch immer nicht und werde die Wahrheit über das, was im Raxental passiert ist, herausfinden. Ich habe deswegen den Journalisten Goldstein aufgesucht, damit er mir hilft, ein Buch über diese Tragödie zu schreiben. Die Wahrheit muss ans Tageslicht, dafür werde ich sorgen!«

Verwundert bemerkt Klara den fast besessenen Blick von Pepo und versucht ihm auszuweichen. Schließlich ist der Fall doch schon fast sieben Jahre her. Pepo bemerkt ihr Erstaunen und sucht mit gepresster Stimme nach Worten: »Gusti und ich, wir hätten uns niemals kennenlernen dürfen!« Aber Klara hört kaum noch, was er sagt. Der Wortlaut »Mord im Raxental« schwirrt ihr nämlich unaufhörlich durch den Kopf. Sie ärgert sich, schweigt sichtlich betroffen. Ihre Hände verkrampft sie so fest ineinander, dass sie sogar leicht schmerzen.

Vor sieben Jahren passierte ein grausamer Mord im Raxental, einer abgelegenen Gegend in der Nähe von Mürzzuschlag. Und plötzlich fällt ihr alles wieder ein. Sie hält den Atem an und fragt sich erstaunt, was sie so blind gemacht hat. Dass sie bis jetzt nicht auf die Idee gekommen war, dass Pepos Geschichte mit dieser Mordtat zu tun haben könnte, lässt ihre Gedanken im Kopf wirbeln. Die Schwestern Augustine und Josefine Huber, natürlich! Genau erinnert sie sich jetzt wieder an diese grausame Geschichte. Die Tageszeitungen hatten doch bis ins Detail darüber berichtet. Wie konnte sie das nur vergessen. Der Auslöser der Tragödie war doch ein ominöser Opernsänger, fällt ihr dazu noch ein. Klara schluckt und es gelingt ihr nicht die Gedanken im Kopf abzustellen. Joseph Pokorny, der billige Möchtegernsänger, der Heiratsschwindler von damals, das ist ihr Pepo! Es fällt ihr wie Schuppen von den Augen. Seine Geschichte von vorhin hat mit einem Male ein komplett anderes Gesicht. Mit einem Male erkennt sie seine klägliche Vergangenheit. Wie viele Frauen kannte er bereits zuvor; junge, naive, heiratswillige, aber auch freche, ältere und wollüstige, die sich ihn für Geld als Liebhaber hielten oder sich eine gesicherte Zukunft mit dem Opernsänger erhofften? Frauen, die in ihrer eigenen Lüge lebten oder in der Vorstellung, durch Pepo ein besseres Leben zu erlangen? Oder Frauen, wie sie eine ist, die sich mit einem bekannten Opernsänger an ihrer Seite nur schmücken und damit prahlen wollen?

Geheiratet hat ihn letztendlich keine! Warum nur? Klara verstört dieser Gedanke und überlegt sich insgeheim, was sie sich wirklich von einer Heirat mit Pepo erhofft. Mit Entsetzen wird ihr klar, in welch jämmerlicher Lage sie sich im Moment befindet, aber auch, in welcher Situation die beiden Schwestern gewesen sein mussten, als sie diese Tat begangen hatten, wenn sie überhaupt die Schuldigen waren. In ihrem Innersten erkennt sie, dass ihr Pepo völlig fremd ist, sie kaum etwas über ihn und sein Vorleben weiß. Sie schaudert bei dem Gedanken, zu was Menschen fähig sind, um Liebe, Glück und ein gesichertes Leben durch Geld zu erlangen.

Sie spürt, dass sie mit Pepo hier nicht mehr weiter sitzen kann. Seine Anwesenheit schnürt ihr die Kehle zu.

Sie bringt kein Wort heraus. Lediglich wirre Gedanken kreisen mit Unbehagen im Kopf. War sie lediglich sein Köder, damit er sich mit Fini treffen konnte, um ihr das Kuvert zu geben? Irgendetwas zerrt ihr bei dieser Vermutung schmerzhaft in der Brust, ein dumpfes Gefühl, das sie so noch nicht kannte. Sie starrt ihn an, eine stumme Wut zeigt sich in ihren Augen. Zugleich schämt sie sich für ihre eigene Dummheit.

Pepo schaut sie entgeistert an. Hätte er ihr das alles doch nicht erzählen sollen? War der Zeitungsartikel fehl am Platz? Aber was wäre ihm denn auch anderes übrig geblieben? Ohne eine Frage von ihr abzuwarten, bittet er sie um Verzeihung wegen des Vorfalles mit Fini Huber im Café Schinagl. Klara bleibt wortlos und reagiert nicht. Kurz legt er ihr die Hände auf die Schulter. Bei seiner Berührung schreckt sie zusammen. Ihr Herz schlägt schneller vor Empörung.

Nachdem sie das Lokal verlassen haben, gehen sie wie Fremde nebeneinander den Gehsteig entlang. Keiner blickt den anderen an und keiner spricht ein Wort. Pepo bleibt kurz stehen und wischt sich seine feuchte Stirn ab. Klara geht teilnahmslos weiter, ohne auf ihn zu warten. Würde sie sich umdrehen, würde sie die Verzweiflung in seinen Augen sehen. Er merkt, wie sehr sie verstört ist. Resigniert dreht er sich um und verschwindet in einer Seitenstraße. Er wird sie am Abend besuchen und wieder beruhigen können.

»Mord im Raxental« kommt Klara über die trockenen Lippen, immer wieder. Das Raxental lässt sie nicht mehr los und sie spürt, dass dahinter noch viel mehr steckt als Liebe, Mord und Leidenschaft. Ihr ist heiß, ihre Stirn glüht. Das muss ein Albtraum sein, denkt sie leise. Wo ist sie da erneut hineingeraten? Und weiß jemand, dass auch sie schon einmal für kurze Zeit Teil dieser Geschichte war? Immer, wenn sie an die Ereignisse jener Tage denkt, läuft ihr ein Schauer über den Rücken. Tränen steigen in ihre Augen. Sie wischt sie mit einer kurzen Bewegung weg und presst die Lippen zusammen. Vorübergehend fürchtet sie sogar den Halt zu verlieren. Als sie wieder an Fassung gewinnt, schaut sie sich sorgfältig um, wo Pepo geblieben war, kann ihn jedoch nirgends sehen.

Mit gesenktem Kopf macht sie sich schnellen Schrittes auf den Weg zum Haus in der Himmelpfortgasse, wo Fini Huber in einer kleinen Einzimmerwohnung untergebracht ist. Es ist höchste Zeit, um mit Fini darüber sprechen. Was wollte Pepo wirklich von ihr? Womöglich versucht er sie zu erpressen? Bilder flackern vor ihr auf, schattenhaft und gespenstisch. Sie sieht die Frauenleiche im Schnee vor sich – der Mord im Raxental beeinträchtigt ihr Denken.

Nachdem ihr die Quartiergeberin dort die Haustüre geöffnet hat, eilt diese hektisch nah an ihr die Treppen hinauf zu Finis Wohnung direkt unter dem Dach. Dort angekommen, klopft diese etwas stärkere Frau mit zerzausten Haaren wie wild an die Eingangstür zu deren Wohnung und zuckt fragend mit den Achseln. Im Winter scheint es eisig kalt und im Sommer unerträglich heiß zu sein, schießt es Klara durch den Kopf. Sie atmet tief durch und fühlt nochmals den Zorn auf Pepo in sich aufsteigen. Ihr fällt auf, dass Licht durch ein paar Ritzen in der Tür nach draußen dringt. Hinter der Tür hört man kurzzeitig Schritte, da öffnet sie sich leise.

Wien, November, 1912, Josef Goldstein und Simon Hufnagel

»Grüss dich Simon, du wartest bereits auf mich, wie mir scheint!«, meint Josef erfreut bevor er seinen Mantel auszieht. »Aber natürlich, ich bin neugierig, was es mit dieser ominösen Mordgeschichte auf sich hat. Wie du weißt, war ich damals ein ganzes Jahr in Budapest und habe nicht viel mitbekommen davon.« Das klingt einleuchtend und Josef nickt langsam. »Ich kann dir sagen, das war ein Aufruhr in der Steiermark und später auch in Wien, als dieser grausige Mord entdeckt worden ist. Alle Zeitungen waren voll davon. Mich hat man ins Mürztal geschickt, um von dort über den Verlauf der Untersuchungen zu berichten. Der Tatort war das Raxental, ein kleines Seitental vom Mürztal, zwischen Neuberg an der Mürz und Mürzzuschlag. Ich habe mich in Mürzzuschlag einquartiert, weil dort der zuständige Gendarmerieposten war. Und später habe ich natürlich in Kapellen – dort ist die nächstgelegene Bahnstation zum Raxental – und in Stojen, einem kleinen Weiler in der Nähe des Tatorts, recherchiert. Zunächst tappten die Beamten völlig im Dunkeln, aber bald meldeten sich wichtige Zeugen. Ich habe damals mühsam alle Fakten zusammengestellt, um bis ins Detail für die Zeitung darüber schreiben zu können. Das Interesse war enorm groß und die Leute wollten genauestens unterrichtet werden.

Wenn es dich interessiert, schau, ich habe alle meine Unterlagen von damals dabei!« »Nichts lieber als das«, antwortet Simon mit entschlossenem Blick. «Genau das will ich!« Er nimmt den sorgfältig gebündelten Papierstoß an sich.

Wichtige Zeugen, Jänner, Februar 1906

Aus Triest meldete sich eine Frau Fella, die sich die Wiener Zeitung mit der Post nachschicken lässt, dass sie am 24. Jänner um 1 Uhr 15 Min., also am frühen Nachmittag, gemeinsam mit drei Frauen, die im selben Abteil Platz genommen hatten, vom Südbahnhof Wien über den Semmering Richtung Graz gefahren sei. Eine der Frauen wollte kurz vor der Abfahrt noch einmal aussteigen, um sich die Reichspost für die Fahrt zu besorgen, es schien ihr jedoch, als ob diese Frau generell nicht mitreisen wollte. Daraufhin eilte die zweite der Frauen schnell aus dem Zug und besorgte die Zeitung. Als sie der Frau im Zug die Zeitung übergeben wollte, lehnte diese ab und meinte verärgert: »Ich fahre nicht mehr mit, ich möchte wieder nach Hause!« Daraufhin stellte sich die jüngere der drei Frauen vor sie und meinte mit ernster Miene: »Jetzt sind wir schon mal alle drei da, jetzt fahren wir auch!« Erst während der Zugfahrt hätte sich die Stimmung dann gebessert und die Frauen scherzten sogar. In Wiener Neustadt wollte eine der drei Frauen aussteigen, um einen Wein zu besorgen, doch der Zug hielt zu kurz an. Dann erzählten die beiden Frauen, die anscheinend im Mürztal ortskundig waren, wie schön es bei ihnen zu Hause in Neuberg sei und dass sie nach ihrer Ankunft im Elternhaus einen guten steirischen Sterz essen werden. Daraufhin meinte die dritte, etwas eingeschüchterte Frau, dass ihr nicht sehr wohl sei und dass sie bei der Ankunft nichts mehr essen könne, sie wüsste generell nicht, warum ihr so schwer im Herzen sei an diesem Tag. Die jüngere der Frauen nahm sie dann in den Arm und versuchte sie zu trösten, die ältere verabreichte ihr auf einem Stück Zucker irgendetwas gegen das Unbehagen. Um 4 Uhr 55 Min., erinnert sich Frau Fella, wären die drei Frauen am Bahnhof in Mürzzuschlag ausgestiegen. Noch am Bahnsteig nahmen die beiden ortskundigen Frauen ihre Begleitung in die Mitte und führten sie in das Bahnhofsrestaurant, was ihr etwas eigenartig vorgekommen sei. Womöglich ging es dieser Frau an dem Tag wirklich nicht besonders gut, so fasste Frau Fella ihre Erinnerung an die Zugfahrt zusammen.

Aus Mürzzuschlag wurde berichtet, dass die drei Frauen bereits bei ihrer Ankunft mit dem aus Wien kommenden Zug am Mittwoch, dem 24. Jänner nachmittags auffällig wurden. Sie besuchten unter anderem die Eisbahn nahe des Bahnhofs. Herr Witeck, der Besitzer, erinnert sich an die drei Frauen sehr gut, weil sie sich von ihm das Eisschießen erklären haben lassen und eingehend Interesse zeigten, doch mussten sie weiter und hatten keine Zeit, das Eisschießen selbst zu versuchen. Das erklärte ihm die ältere Frau und fragte höflich, wo man in Mürzzuschlag getrockneten Fisch und Wein kaufen könne, den sie für die Weiterfahrt benötigen würden. Herr Witeck nannte ihnen den nächsten Kaufladen im Ort und bestätigt, dass alle drei Frauen Hüte getragen hätten und keine Spitzentücher um den Kopf. Auffällig war, dass die ältere der Frauen ein großes Paket mit sich trug. Es sah aus, als ob es eine Hutschachtel oder ein größeres Geschenk gewesen wäre. Als er einen Bekannten darum fragte, ob die drei Frauen noch rechtzeitig zum Zug nach Neuberg gekommen wären, meinte dieser, die würden noch im Café Glück sitzen und einen späteren Zug zur Weiterfahrt nehmen. Sie hätten es nicht sonderlich eilig, hätten sie ihm erklärt, als er ihnen den Weg zum Café Glück schilderte.

Über den letzten Abend, den die Ermordete mit ihren beiden Begleiterinnen im Gasthaus Eder in Stojen zugebracht hat, gibt es noch folgende interessante Zeugenaussagen: Am Mittwoch, dem 24. Jänner gegen halb 9 Uhr abends gingen beim Gasthaus Eder drei Frauen vorüber, die von den Hausleuten beobachtet wurden. Sie waren fremd in der Gegend und schienen aber zu so später Abendstunde in Richtung Raxental gehen zu wollen. In geringer Entfernung vom Gasthaus lief eine von den drei Frauen zurück, wobei sie sprach: »Wer weiß, wie weit es noch ist, bis wir hinkommen!« Die beiden anderen Frauen liefen ihr nach und riefen ihr zu: »Aber Maria, warten Sie doch, wir haben es gar nicht mehr so weit! So kommen Sie doch mit uns!« Worauf diese erwiderte: »Nein, ich gehe nicht mehr weiter, ich bin zu müde und fürchte mich.« Als die beiden Frauen dieser Maria bis zum Gasthaus nachkamen, wich sie ihnen aus und eilte verärgert zur Gasthaustür, klopfte dort mehrmals an. Die beiden anderen Frauen waren etwas zurückgewichen und riefen ihr zu, sie möge doch mit ihnen weitergehen, sonst hätten sie gleich in Kapellen bleiben können. Sie entgegnete, dass man sie ohnedies schon so weit gefoppt hätte. »Ihr habt gesagt, es seien nur zehn Minuten, und jetzt sind wir schon so lange gegangen. Ihr könnt ja gerne weitergehen, aber ich bleibe da!« Unterdessen kamen die zwei Frauen ebenfalls zum Gasthaus und sagten: »Aber Maria, gehen Sie doch, wir haben es ja nicht mehr weit und finden es dort so bequem, es wird warm eingeheizt und wir können es uns viel bequemer machen als hier im Gasthaus!« Die Wirtin, Frau Eder, öffnete im Beisein des Jägers Scherz die Gasthaustür und fand die verzweifelte Frau davorstehen und beobachtete die beiden anderen Frauen, die nun dem Gasthaus näher gekommen waren und auf die Eingeschüchterte einredeten. Da sich Maria entschieden weigerte weiterzugehen, wurden die beiden Frauen von der Gastwirtin Eder gebeten, die Nacht ebenso im Gasthaus zu bleiben. Doch die Frauen meinten zum Jäger Scherz, der so wie die Wirtin auf die Schreierei der Frauen aufmerksam wurde und sie fragte, wohin sie denn wollen: »Wir bleiben nicht im Gasthaus, wir gehen weiter zum Schulhaus!« Der Jäger meinte jedoch, dass dies noch ein weiter Weg bis dahin wäre, weshalb Maria unter keinen Umständen mehr zu bewegen war, an diesem Abend weiterzugehen. Im Gasthaus wünschten alle in einem geheizten Zimmer gemeinsam zu übernachten und begaben sich in die Wirtsstube, wo Männer aus der Umgebung waren und die Frauen bestaunten. Alle drei Frauen hatten Hüte auf und halblange Jacken mit Pelz an, bestätigte die Wirtin. Sie sahen alle drei recht nett aus, nur in ihrem Benehmen gab es etwas, was ihm nicht behagte, meinte ein Gast. Sie saßen gemeinsam am Wirtshaustisch, sprachen kaum ein Wort und bestellten Wein, wusste ein Bauer zu berichten. Maria wünschte sich einen steirischen Sterz mit heißer Milch. Der Bauer Zuser jedoch meinte, sich als Einziger mit den Frauen unterhalten zu haben und sie wären ganz lustig gewesen, ansonsten sprachen sie kaum mit jemandem. Als die Wirtin berichtete, dass das Zimmer nun wohltemperiert geheizt sei, gingen die drei Frauen um halb 11 Uhr schlafen. Am nächsten Morgen frühstückten sie Tee und die ältere der Frauen bezahlte die Zeche im Extrazimmer, weil sie nicht mehr in die Gaststube zu den Gästen gehen wollte. Die zweite Frau bat sie draußen vor dem Hause zu warten. Dort im Extrazimmer machte sie auch den Eintrag in das Fremdenbuch, nachdem sie Maria aufforderte, noch einmal im Schlafzimmer nachzusehen, ob sie nichts vergessen hätte. Mit flüssiger Handschrift füllte die ältere der drei Frauen den Meldeschein aus: Maria Mattausch aus Graz sowie Rosa und Berta Steiger aus Wiener Neustadt. Dann bat sie die Wirtin, das Zimmer ab 6 Uhr abends nochmals für sie freizuhalten, doch die Frauen kehrten nicht mehr ein, berichtete die Wirtin.

Im Raxental berichtete die Keuschlerin Grete Rainer, dass sie am Donnerstagmorgen um 10 Uhr drei Frauen gesehen habe, wie sie das Gasthaus Eder verließen und in Richtung Schulhaus gegangen waren. Es sei ihr nichts Ungewöhnliches dabei aufgefallen, die Frauen hätten sich angeregt unterhalten und kindisch gelacht. Gegen 12 Uhr mittags bemerkte sie ungefähr 300 Schritte von ihrem Haus entfernt bloß nur mehr zwei Frauenpersonen, die vom Walde auf die Straße eilten. Die dritte Person fehlte jedoch, sie lag bereits grausam ermordet in der Schlucht, und die eilenden Frauen waren anscheinend ihre Mörderinnen. Die Keuschlerin, die von all dem keine Ahnung hatte, sah noch, wie sich die beiden Frauen die Röcke vom Schnee reinigten und den Weg zurück einschlugen. Die eine soll einen Hut, die andere ein Spitzentuch getragen haben.

Auch der Jäger Albin Bauer ist den zwei Frauen etwas später in der Steinbauermühle begegnet. Er will jedoch gesehen haben, dass beide Frauen Kopftücher trugen. Die Frauen wichen ihm anscheinend aus. Die Frauen trafen bald darauf am Bahnhof von Kapellen ein und erkundigten sich dort bei einer wartenden Bäuerin, wann der nächste Zug gehe. Bis zur Abfahrt blieben sie im Bahnhofsrestaurant und tranken Wein, berichtet der Wirt dort. In Mürz-

zuschlag verließen sie hektisch den Zug und wurden gesehen, wie sie ebenso in der Gastwirtschaft einkehrten und Wein tranken, nachdem sie sich um eine Weiterfahrt nach Wien erkundigten.

Eine Zeugin aus Kapellen erklärte der Polizei, sie hätte von weiterer Entfernung nachmittags die zwei Frauen am Bahnhof Kapellen in den Zug nach Mürzzuschlag einsteigen gesehen, und als sie am Bahnhofsgebäude vorbeikam, fand sie eine leere Geldtasche sowie einen abgetrennten Zeitungsartikel in der Wiese neben dem Bahnsteig liegen. Auf dem Zeitungsartikel waren mit Handschrift Notizen zu einer gewissen Frau Rosa B. aus Nasswald gemacht worden. Die Handschrift war eindeutig dieselbe, wie die der einen Frau auf dem Meldezettel im Gasthaus Eder, wurde später festgestellt. Die Geldtasche war leer und vermutlich Eigentum von Maria Mattausch, dem Mordopfer.

Das Sicherheitsbüro vernahm gestern als sehr wichtigen Zeugen den Zugbegleiter des Südbahnzuges Nr. 15 ein, mit dem die beiden der Tat verdächtigen Frauen die Reise von Mürzzuschlag nach Wien zurückgelegt haben. Der betreffende Zug ist um 7 Uhr 15 Minuten abends in Wien Südbahnhof eingetroffen. Der Schaffner ist Johann Huber, der in Meidling wohnt. Er kann sich an die beiden in Betracht kommenden Frauen wohl erinnern. Sie sind ihm ebenso aufgefallen wie sie auch unbedingt allen Mitreisenden aufgefallen sein müssen. Herr Huber hatte, als der Zug in Mürzzuschlag hielt, in der dortigen Bahnhofsrestauration etwas zu besorgen. Als er vor der Abfahrt wieder zu den seiner Obsorge überantworteten Waggons zurückkehrte und nachsah, ob jemand Neuer eingestiegen sei, fand er plötzlich in einem Coupé 2. Klasse die beiden Frauen. Sie reichten ihm ihre Tickets zum Entwerten, er tat es, und seinem durch den Kontrollberuf geschulten Blicke fiel das Aussehen der beiden Reisenden auf. Er sah sie später beim Passieren der Coupés mehrere Male und ist daher in der Lage, eine beiläufige Personenbeschreibung zu geben. Vorausgeschickt sei, dass die beiden Frauen, obwohl sie Umhängtücher trugen, durchaus den Eindruck von feinen Damen machten und dass sie so aussahen, als wollten sie zu einem Ball oder zum Theaterbesuch nach Wien fahren, als hätten sie nur deshalb zum Schutz gegen Kälte auf der Fahrt statt der Hüte warme wollende Tücher gewählt und als trügen sie unter Tüchern und Mänteln elegante Kleidung. Herr Huber beschreibt die eine Dame als ungefähr 22 bis 24 Jahre alt, mit länglichem Gesicht, feinen Zügen, schlanker Gestalt und blondem Haar. Sie trug ein großes Umhängtuch aus weißer Schafwolle, das eng über den Kopf und den Oberkörper geschlungen und geknotet war, und eine braune, lange Jacke. Die zweite Frau dürfte etwa 28 bis 30 Jahre alt sein, hat schwarzes Haar und trug über den Stirnlocken ein ringsherum reichendes Haarnetz. Sie hat ein rundes Gesicht, schwarze Augen und war bekleidet mit einem schwarzen oder moosgrünen Umhängtuch, das sie gleich ihrer Begleiterin um Kopf und Oberkörper geschlungen trug. Solange der Schaffner im Abteil verweilte, hat weder die eine noch die andere Person ein Wort gesprochen. Es ist aber immerhin möglich, dass die Frauen doch während der Fahrt ein Gespräch geführt haben und dass sich aus ihren Worten irgendwelche Anhaltspunkte über die Personen oder das Reiseziel finden ließen. Nun befanden sich im Zugabteil, in dem die beiden mysteriösen Frauen saßen, zur Zeit als sie einstiegen, fünf Personen, die gleich dem Kondukteur die Unbekannten gesehen und vielleicht auch sprechen gehört haben. Eine Dame, die mit-

fuhr, verließ in Eichberg den Zug; die anderen vier Personen – ein älteres Ehepaar und zwei Damen, die nicht zueinander gehörten – fuhren bis nach Wien mit. An alle diese Personen ergeht nun das dringende Ersuchen, sich zur Einvernahme im Sicherheitsbüro der Polizeidirektion, Alsergrund, Elisabethpromenade 7 bis 9, zu melden und dort ihre Beobachtungen mitzuteilen. Schaffner Huber bezeugt, dass die beiden verdächtigen Frauen in Mödling noch im Zug waren. Als der Zug aus Mödling weiterfuhr, hatten sie ihre Plätze noch nicht verlassen. Da nun der Zug nur mehr in Meidling und um 7 Uhr 15 Min. abends bloß noch in Wien hielt, ist es vollständig sicher, dass die beiden Frauen unbedingt erst im Wiener Gemeindegebiet den Zug verlassen haben. Doch dort verlor sich ihre Spur, sie dürften weder Fiaker noch sonstige Verkehrsmittel beansprucht, sondern zu Fuß den Bahnhof verlassen haben. Aus diesem Grunde befasst sich nun auch das Wiener Sicherheitsbüro mit der Aufhellung des so mysteriös scheinenden Falles.

»Wie du siehst, Simon, zog sich das Netz immer enger um die beiden Frauen zusammen und es schien, als würde sich der Schleier um ihre Identität bald heben. Aber es gab natürlich nicht nur nützliche Hinweise. Das Sicherheitsbüro hatte genug damit zu tun, die Spreu vom Weizen zu trennen. Aber lies selbst!« Josef legt weitere Papierbögen vor seinen Freund. Simons Gesichtsausdruck wirkt vorübergehend erstaunt. »Ja, das ist wohl eine Menge an interessanten Informationen.«

Eine höchst interessante Mitteilung machte der Portier Peter Gruber des Bahnhofes in Baden, der donnerstagabends den Dienst versah. Portier Gruber nahm an die-

sem Tag auf der Abfahrtseite der Züge in der Station Baden die Fahrkarten ab und hat hierbei zwei Frauen beobachtet, die ihm besonders auffielen. Die von den Mörderinnen gegebene Personenbeschreibung soll auf diese beiden Frauen aus dem Raxental passen. Die Fernzüge waren an dem Tag nicht besonders besetzt und beim Zug Nr. 35, der um 6 Uhr 38 Min. in Baden eintrifft, stiegen nur zirka 20 Personen aus. Unter den Reisenden befanden sich zwei Frauen, eine größere, stärker entwickelte und eine kleinere, die jünger war, und eine stark gebogene Nase hatte. Beide Frauen hatten Tücher aufgebunden und die kleinere von ihnen trug Pakete, die größere gab dem bei der Ausgangstür stehenden Portier beide einfachen Karten zweiter Klasse ab. Die kleinere, jugendlichere Frau hatte noch vor der Ausgangstür mit den Paketen, die sie in der Hand trug, etwas zu schaffen, und es fiel dem Portier auf, dass die ältere ihre Begleiterin hastig und förmlich mit Gewalt durch die Tür hinausdrängte. Wohin sich die beiden verdächtigen Frauen, nachdem sie den Bahnhof verlassen haben, gewendet haben, konnte niemand am Bahnhof in Baden bezeugen.

Selbst aus Klagenfurt wurde berichtet, dass zwei Frauen, auf welche die Personenbeschreibung der Frauen aus dem Raxental zutreffen, gesehen wurden. Doch bei genauerem Verfolgen der Hinweise stellte sich die Vermutung als falsch heraus. Ebenso wie die Eilmeldung aus Weißenbach an der Triesting, wo sich zwei Frauen, auf welche die Beschreibung hinkommen könnte, um eine Dienststelle als Küchenhilfe beworben hatten. Generell erhielt das Sicherheitsbüro in Wien zahlreiche Hinweis zu dem mysteriösen Mord im Raxental, welche aus der Luft gegriffen und falsch waren.

Zwei interessante Zeugenaussagen hat es zur Person

Maria Mattausch aufgrund der vielen Zeitungsartikel zum Mordfall gegeben. Das Wiener Sicherheitsbüro erhielt den Hinweis, dass Maria Mattausch noch lebe und in einem Kaffeehaus in Innsbruck als Kassiererin im Dienst stehe. Das Sicherheitsbüro wandte sich sofort an den Stadtmagistrat in Innsbruck mit der Anfrage, ob diese Angaben stimmen, und umgehend kam die Rückmeldung, dass eine Frau Mattausch noch am Leben sei. Auf Ersuchen wurde express ein Bild der Ermordeten nach Innsbruck geschickt, um dieses mit der in Innsbruck lebenden Maria Mattausch zu vergleichen, und es war erwiesen, dass diese Bilder nicht übereinstimmen, es sich also um verschiedene Personen handelt.

Aus Graz wurde gemeldet, dass eine Prostituierte namens Maria Mattausch im Jahre 1902 in einem hiesigen, öffentlichen Hause gelebt und sich von Graz nach Laibach abgemeldet habe. Aus jener Zeit existiert nun bei der hiesigen Sicherheitsbehörde eine Photographie dieser Mattausch, die mit der Photographie der in Kapellen ermordeten Frau verglichen wurde. Auch in dem Fall bestand keine Ähnlichkeit der beiden Frauen. Nach genauerer Recherche wurde bekannt, dass die Prostituierte im Jahre 1903 aus Laibach wieder nach Graz zurückgekehrt und später nach Baden bei Wien verzogen sei. Die Polizei in Baden hat das »Gesundheitsbuch« der Maria Mattausch mit der darin enthaltenen Photographie an das Sicherheitsbüro der Wiener Polizeidirektion gesendet und die Nichtübereinstimmung wurde umgehend bestätigt. Wo die Frau sich jedoch nun aufhält, war nicht bekannt.

Simon blickt verwundert auf: »Die Gendarmerie im Mürztal und die Polizei in Wien, Graz, Baden und was weiß ich noch wo dürfte von diesen vielen Meldungen ordentlich auf Trab gehalten worden sein. Was nichts einfacher machte. Ich beneide die Beamten nicht um diese Arbeit.« Josef nickt. »Ja, das stimmt. Aber dann schien es einen ersten Durchbruch zu geben, schau!«

Die im sechsten Bezirk, Magdalenenstraße 4, wohnende Weißnäherin Leopoldine W. hatte in den Zeitungsberichten die genaue Beschreibung der Kleider der Ermordeten gelesen. Sie gab an, alltäglich die Zeitung zu lesen, und las daher auch von dem grausamen Mord im Raxental. Schon als die ersten Nachrichten aufflackerten, sagte ihr ein ungewisses Gefühl, dass die Ermordete ein ihr bekanntes Mädchen sein könnte. Denn sie meinte aus gewissen Merkmalen schließen zu können, dass dieses Mädchen, das vor vier Monaten bei ihr wohnte, mit der Ermordeten identisch sein könnte. Sie erstattete beim Polizeikommissariat Mariahilf die Anzeige und teilte im Amte mit, dass vom September 1904 bis September 1905 bei ihr ein Mädchen namens Maria Müller gewohnt habe. Diese privatisierte, da ihr eine hohe Erbschaft von etlichen Tausenden Kronen zugefallen war, und sei ausgezogen, um ein Quartier in der Stadtmitte zu nehmen. Über das Mädchen sagte sie, es war die angenehmste Mieterin, die man sich denken kann. Sie erzählte hie und da von ihren Angehörigen, dass ihr Vater Geschäftsmann gewesen war, dass sie nach seinem Tode erstmals eine Erbschaft gemacht habe. Im Allgemeinen war sie sehr schweigsam und verschlossen und hat nur selten von ihren persönlichen Verhältnissen erzählt. Maria Müller sei sehr religiös gewesen, ihr Bruder hätte sogar Priester werden sollen, war aber knapp vor der Primiz verstorben, und als ihre letzte Verwandte, eine Tante, ebenfalls verstarb, erbte sie wiederholt eine Menge Geld.

Daraufhin ging sie jeden Tag in die Kirche, um zu beten, zumeist zu den Franziskanern. Ihre liebste Lektüre bildeten Erbauungsbücher und katholische Zeitungen.

Lediglich zweifelte die Weißnäherin an den Berichten in den Zeitungen, dass die Ermordete sowie die Mörderinnen im Kreise »leichter Mädchen« zu suchen wären, dies irritierte sie, da Maria Müller streng katholisch war. Als sie jedoch das Bild, das die Ermordete im Sarge darstellte, sah, war die Weißnäherin fest davon überzeugt, die Tote könne nur ihre ehemalige Mieterin Maria Müller sein. Ebenso kannte sie den Schlüsselbund mit dem kreisrunden Griff, der in der Nähe der Ermordeten gefunden wurde. Als man der Weißnäherin die Kleider der Ermordeten – Rock, Schoß und Hemd – zeigte, wusste sie mit vollster Bestimmtheit, dass diese das Eigentum ihrer früheren Mieterin waren. Sie wurde von einem Zittern befallen, ihre Füße bebten und sie musste sich anhalten, um nicht umzufallen, denn Stück für Stück erkannte sie das Eigentum von Maria Müller und war entsetzt darüber, welch grausamen Tod sie gefunden hatte. Da die Kleidungsstücke der Ermordeten mit dem Kennzeichen »M« versehen waren und von der Weißnäherin erkannt wurden, konnte man nun mit Sicherheit annehmen, dass die Ermordete statt Mattausch im Nachnamen Müller heißt. Daraufhin wurde sofort der neue Wohnort von Maria Müller in der Singerstraße 8 überprüft. Die Weißnäherin hat mit ihren Angaben einen sehr ausschlaggebenden Hinweis zur tatsächlichen Identität der Ermordeten erbracht, weshalb nun im näheren Umfeld von Maria Müller nachgeforscht wird. Der Schleier, der seit 25. Jänner über dem grausamen Mordfall im Raxental liegt, scheint sich immer mehr zu lüften.

Im Hause in der Singerstraße 8 wurde erhoben, dass Maria Müller vom 2. September 1905 bis zum 24. Jänner 1906 dort gewohnt hatte. Die Quartiergeberin gab an, dass sich Maria Müller aus ihr nicht verständlichen Gründen beim Kommissariat am 27. Jänner kurzfristig in die Gellertgasse 23 abgemeldet hätte, ohne sich von ihr zu verabschieden. Es wäre ihr in diesem Zusammenhang sogar ein absonderliches Abenteuer zugestoßen. Als sie einen Tag davor in die eigene Küche kam, stand eine fremde Frau, von der Statur her sehr groß, um die 30 Jahre alt, vor ihr und wollte vor Schreck davonlaufen, als sie eintrat. Sie rief ihr zu: »Fürchten Sie sich nicht, ich bring Sie nicht um! Ich fürchte mich ja selber, dass ich einmal umgebracht werde!« Die Fremde beruhigte sich und fragte, ob die Quartiergeberin wisse, wo sich Fräulein Müller aufhalten könnte, doch diese hatte sie selbst schon etliche Tage nicht mehr gesehen. Daraufhin meinte die Fremde, dann wird es wohl stimmen, dass Fräulein Müller sich bei ihrem neuen Verehrer im Hotel Triest aufhalten würde, und verließ sehr schnell das Haus. Sie machte sich darauf weiterhin keine weiteren Gedanken. Erst als das Hab und Gut der Müller von einem Boten abgeholt und in die Riemergasse 11 zu einer angeblichen Bekannten von ihr gebracht wurde, war sie über die Unhöflichkeit der Müller sehr verärgert, bemerkte sie mit strengem Ton. Seit dem 24. Jänner früh morgens hätte sie Maria Müller nicht mehr gesehen. An dem Tag hätte sie es sehr eilig gehabt, zum Bahnhof zu kommen, und schien ihr nervös oder verstört gewesen zu sein. Abschließend gab die Quartiersgeberin der Singerstraße 8 den ermittelnden Beamten den Hinweis, um das Mädchen anzutreffen, müssten sie wohl ins Café Schinagl oder eventuell ins Hotel Triest gehen, denn tagsüber sei sie nie in ihrer Wohnung gewesen. Dem Hinweis folgten die Beamten sofort. Doch die Nichte des Cafétiers, Fräulein Lebhardt, gab an, dass sie Fräulein Müller seit dem 23. Jänner nicht mehr im Café Schinagl gesehen hätte, es lediglich von ihr eine Karte gäbe mit der kurzen Nachricht: »Da ich mir den Fuß gebrochen habe, kann ich für längere Zeit nicht ins Café kommen. Gezeichnet Maria Müller!« Auf Nachfragen im Hotel Triest wurde bemerkt, dass dort ein Mädchen namens Maria Müller weder angemeldet noch unangemeldet zu Besuch bei einem Mann aus Budapest im Zimmer war.

Ein gewisser Herr Kreutz, Vertreter der Firma Wahrmann in Budapest und Quartiergeber in der Gellertgasse 23, erzählte über seine Erlebnisse in dieser mysteriösen Angelegenheit Folgendes: »Am 27. Jänner abends kam zu der Bedienerin Frau Tristinger, die in der Buchengasse 45 wohnt, ein ihr unbekanntes Mädchen und tat so, als kenne sie die Frau seit Langem. Sie fragte die Frau, ob sie sich nicht mehr an sie erinnern könne, sie sei die Maria Müller und bräuchte unbedingt ein Quartier. Frau Tristinger konnte sich an Maria Müller von früher erinnern, doch kam ihr das Mädchen nicht bekannt vor. Nach langem Hin und Her erklärte sie dem Mädchen, dass sie im Moment kein Zimmer frei hätte, jedoch vielleicht ihr Schwiegersohn, Herr Anton Kreutz in der Gellertgasse 23, und schickte das Mädchen mit ihrem Sohn dorthin mit der Empfehlung, ihr Unterkunft zu geben.

Herr Kreutz erklärte sich bereit, ihr Obdach zu geben. Ihm war es sofort auffällig, dass die Fremde gleich einen Meldezettel mitgebracht hatte, und sie benahm sich generell eigentümlich. Sie hatte ein kleines Paket und eine Handtasche bei sich. Als sie kurz nach der Ankunft die

Toilette aufsuchte, nahm sie beides mit, es schien ihm so, als würde sie kein Vertrauen haben. Den mitgebrachten Meldezettel füllte sie auf Maria Müller ab 28. Jänner 1906 aus und bat eingehend, dass dieser am nächsten Tag zum Kommissariat gebracht werde, obwohl sie erst am kommenden Dienstag einzuziehen gedenke. Herr Kreutz erzählte weiter, dass Maria Müller jedoch am Dienstag, den 30. Jänner nicht wie angekündigt in der Wohnung erschien. Anstatt ihr kam ein Brief, worin sie mitteilte, dass sie mit ihrem Verehrer, einem Fabrikanten aus New York, von dem sie schon beim ersten Besuch gesprochen hatte, im Hotel Stadt Triest wohne. Er sei wider Erwarten nicht abgereist, doch werde er bald verreisen und alle Auslagen vergüten. Zum Schluss teilte die Schreiberin mit, dass sie, wenn sie bis zum 2. Februar 7 Uhr abends nicht einziehe, überhaupt nicht mehr kommen werde und mit ihrem Bräutigam nach Budapest abgereist sein werde. In diesem Falle bat sie Herrn Kreutz dann, sie am darauffolgenden Tag abzumelden mit dem Hinweis: nach Budapest verzogen. Da diese eigenartige Maria Müller eine Anzahlung leistete und keine Habseligkeiten in der Wohnung ließ, bereitete es ihm keine Umstände, und er meinte, sie dann wie gewünscht abzumelden und einem anderen Mädchen das Zimmer zu überlassen, welches schon darauf warten würde.

Die Beamten machten sich daraufhin sofort auf den Weg ins Meldeamt, um sämtliche Meldezettel, die auf den Namen Maria Müller lauteten, zu kontrollieren und wurden dabei sofort fündig. Es fand sich ein vom 28. Jänner ausgestellter, der folgendermaßen lautete: »Maria Müller, am 11. Mai 1878 zu Wien geboren, Köchin ohne Posten bei Herrn Kreutz, Favoriten, Gellertgasse 23.« Das Datum war auffällig, im Sicherheitsbüro vermutete man, dass möglich-

weise die Mörderin sich nach dem Mord unter dem Namen ihres Opfers eingemietet haben könnte. Das Original des Meldezettels wurde ausgehoben, und es ergab sich der sehr auffällige Moment, dass die Schriftzüge des Meldezettels von der Gellertgasse 23 mit den Zügen der Eintragung im Fremdenbuch im Gasthaus Eder und dem Vermerk auf dem weggeworfenen Zeitungsstück beim Bahnhof in Kapellen komplett übereinstimmten. In wenigen Stunden war das blutige Drama weitgehend aufgehellt. Da diese falsche Maria Müller bei der Wohnungsaufnahme in der Gellertgasse 23 gesagt hatte, sie sei Hotelstubenmädchen gewesen, dieser Umstand jedoch auf die echte Maria Müller nicht zutraf, wurden auch sämtliche Meldezettel, die auf Hotelstubenmädchen lauteten, durchgesehen. Dabei ergab sich nun die schwerwiegende Tatsache, dass die Schwester der einzigen Freundin von Maria Müller, die im Jahre 1879 geborene Augustine Huber, gleichfalls aus Neuberg stammend, bis vor Kurzem Hotelstubenmädchen war und sich erst unlängst in die Wohnung Wieden, Pressgasse 6, zu einem gewissen Joseph Pokorny privat angemeldet hatte. Nun hatte das Sicherheitsbüro wieder ein Glied in der Beweiskette gewonnen. Ebenfalls auffällig schien, dass sich ihre jüngere Schwester Josefine Huber erst vor Tagen in die Riemergasse 11 zu Frau K. umgemeldet hatte. An diese Adresse wurden durch einen Boten die Habseligkeiten der Maria Müller in einem Reisekorb zugestellt. Des Weiteren fiel auf, dass alle drei Frauen innerhalb kürzester Zeit ihre Aufenthaltsorte wechselten – und die Meldezettel hatten jeweils dieselbe Handschrift! Diese stimmte sowohl mit der Karte überein, die Fräulein Lebhardt im Café Schinagl von Maria Müller bekommen hatte, als auch mit dem Brief, den Herr Kreutz in der Gellertgasse den Beamten zeigte.

Die Sicherheitsbeamten waren sich nun gewiss, dass die beiden Mörderinnen in der Pressgasse 6 und in der Riemergasse 11 ihre Unterkunft hatten, und machten sich sofort auf den Weg dorthin. Eine der beiden Huber-Schwestern müsste somit wohl auch die Schreiberin der Meldezettel und Nachrichten sein, was sich ebenfalls sofort herausstellen würde.

Josef, der auch mitliest, meint: »Nun schien eigentlich alles klar zu sein, der Fall schien ja praktisch gelöst. Aber dann gab es plötzlich erneut eine eigenartige Wendung, bei der es nicht bleiben sollte. Vorerst jedoch zu dieser. Ich habe dieses Schriftstück extra markiert, schau!« Simons Gesichtsausdruck hellt sich wieder auf. Er nimmt den Zeitungsartikel an sich und beginnt in Ruhe zu lesen. Er kann sein Staunen dabei kaum verbergen. »In der Tat, das ist alles sehr verwirrend.«

Der Wiener Polizeibehörde wurde ein Brief aus Sankt Michael in der Steiermark übergeben, der folgende Zeilen enthielt: »Wozu diese langwierigen Unterhandlungen und Verhöre? Ich bin der Mörder vom Raxental. In drei bis vier Tagen bin ich in Amerika! Die beiden Frauen sind unschuldig, lebet wohl!« Die Wiener Polizei beschäftigte sich intensiv mit dem Verfasser des Briefes, da sich die Umstände zum grausamen Mord im Raxental zu dieser Zeit immer noch fragwürdig zeigten. Aufgrund eines weiteren Schreibens, dessen Handschrift mit der des Mordbekenners ident war, kam man auf einen merkwürdigen Irren, dessen größte Leidenschaft es ist, durch sensationelle Briefe die Welt in Staunen oder Schrecken zu versetzen. An die Kabinettskanzlei des Kaisers war nämlich zur selben Zeit ein anonymes Schreiben gelangt, worin vor dem »Anarchisten H. König« gewarnt wurde. Die Polizei eruierte nun, dass der angebliche Anarchist mit dem Schreiber des Briefes, dem 21-jährigen Patienten der psychiatrischen Klinik H. König, ident sei. König ist eine jener Personen, die Zeit ihres Lebens zwischen Irrenhaus und Gefängnis hin- und herwandern. Schon im Alter von sechs Jahren verübte er Brandstiftungen und wurde so zum Schrecken seiner Heimatgemeinde. Auf Ansuchen der Eltern und der Gemeinde kam der Bub in eine Besserungsanstalt, wo er bis zu seinem 18. Lebensjahr blieb. Anfang des Jahres 1903 wurde er trotz Weigerung der Eltern, ihn zu übernehmen, von dort entlassen und in seine Heimat gebracht. Kurz darauf gab es in seinem Heimatort 15 Brandlegungen und König wurde als Täter ausgeforscht, er gestand sofort, zeigte keine Reue, sondern meinte, er könne nicht anders. Daraufhin wurde er anstatt zurück ins Irrenhaus für drei Jahre in den Kerker nach Stein geschickt, aber aufgrund seiner Geistesgestörtheit begnadigt und in die Psychiatrische Klinik Wagner-Jauregg in Wien überstellt. Als die Zeitungsartikel über den Mord vom Raxental tagtäglich erschienen, interessierte er sich über alle Maßen für den Fall und ließ sich sämtliche Zeitungsartikel von Besuchern in die Klinik bringen. Er studierte diese Artikel, war fasziniert von der Bluttat und fing an, sich direkt in den Fall zu versetzen. Als die Vermutung auf die beiden Huber-Schwestern fiel, wurde er unruhig und äußerte sich in seiner Umgebung, dass man noch »Unschuldige« verurteilen werde; denn er wisse den »wahren Täter«. Kurz darauf bekannte er sich selbst bei den Ärzten als Täter, fand jedoch begreiflicherweise keinen Glauben; war er doch zur Zeit der Tat in der Psychiatrischen Klinik interniert. Zufällig wurde gerade ein anderer Patient in seine Heimat, die Steiermark entlassen, welchen er bat, einen Brief für ihn bei der Post aufzugeben, was dieser Mann ahnungslos tat. Auf diese Weise gelang es König, seinen mysteriösen Brief mit dem Schuldgeständnis zum Mordfall im Raxental an die Polizei zu bringen. Er wurde nun in die Irrenanstalt Gugging überstellt.

»Schon seltsam, diese Geschichte, nicht wahr?« »Gut, aber so Irre, die sich zu allem Möglichen bekennen, gibt es ja immer wieder, Josef.« »Da hast du Recht, und so war es auch hier. Aber nun war nach einer kurzen, aber intensiven Verwirrung alles wieder zurechtgerückt. Man stand kurz vor der Verhaftung der Mörderinnen, die in den Medien bei uns in Wien – auch ich war inzwischen von meiner Zeitung nach Wien zurückberufen worden –, wie auch in der Steiermark großes Echo fand. Es war wirklich in jeder Hinsicht ein besonderer Mordfall.« »Wohl wahr. Da würde ich wirklich gerne noch mehr darüber erfahren, auch über Fini und Gusti. Die beiden Schwestern interessieren mich inzwischen brennend. Wie ist die Geschichte denn weiter gegangen?« Er blickt Josef dabei abwartend an.

Doch Josef zögert. Ein Blick auf seine Uhr zeigt ihm, dass es schon spät geworden ist. »Das freut mich zu hören Simon, dass du da mehr wissen willst. Ich arbeite ja bereits an diesem Buch. Ich bin froh, wenn ich merke, dass das Thema Anklang findet. Ein paar Kapitel sind sogar schon fertig, also den Entwurf meine ich. Ich zeige sie dir gerne, aber heute muss ich weiter. Dieses Mal bist du von mir eingeladen, Simon. Fräulein Lebhardt, zahlen bitte!«

Entwurf Buch Goldstein, Fortsetzung

Gusti Huber sitzt verzweifelt auf dem kalten Bett und hat ihren Kopf in die Hände gestützt. Ihre Augen sind geschlossen und brennen vom Weinen. Vom kleinen Fenster mit dem Gitter hoch oben in der Wand fällt ein fahler Lichtstrom in den kleinen Raum mit dem Strohbett, einem Sessel sowie einem kleinen Holztisch, auf dem sich eine Petroleumlampe befindet. Diese hat sie erst gestern durch die streng blickende, hagere Gefängniswärterin erhalten, die ihr beim unwilligen Überreichen erklärte, dass eine Lampe in der Zelle nur ganz selten Gefangene erhalten und sie wohl Privilegien haben müsse. Stundenlang sitzt sie bereits da, eine grausame Leere umhüllt sie, die schlimmer ist als die Angst, die sie bis zum gestrigen Tage hatte. Ihr Leben hat keinen Sinn mehr. Als sie ihr Verteidiger kurz vor dem Abführen in die Einzelzelle 104 fragte, ob sie etwas brauche, meinte sie: »Dort wo ich jetzt hinkomme, brauche ich nichts mehr!«

Unter ungeheurem Zudrang des Publikums wurde am 7. Juli 1906 zu erst später Stunde in Leoben der Mordprozess gegen sie und ihre Schwester Josefine zu Ende geführt. In atemloser Spannung vernahm die anwesende Menge das Urteil über die Angeklagte Augustine Huber zum Tod durch den Strang wegen gemeinem Mord, Betrug und Übertretung der Falschmeldung.

Ihre Schwester wurde zu 18 Monaten schweren Kerkers aufgrund entfernter Mitschuld und Mitwirkung am Mord verurteilt. Diese nahm das Urteil kopfnickend an und befindet sich in der Einzelzelle 106 im unteren Trakt des Gerichtsgebäudes und kommt die nächsten Tage in das Frauengefängnis nach Vigaun im Kronland Krain.

Ausreichend Journalisten waren anwesend, deren Bleistifte über die Notizblöcke flogen, um ausführlich über den Prozessvorgang zu berichten. Die meisten Blicke waren jedoch auf die Hauptangeklagte gerichtet, die beinahe teilnahmslos auf der Anklagebank saß, denn dieser letzte Verhandlungstag sollte die Aufklärung des großen Geheimnisses der Augustine Huber bringen. Sie hatte Tage zuvor ja mit einer gewissen Feierlichkeit diese Enthüllung angekündigt. Wer den fast verzweifelten Kampf dieser Frau in den letzten Tagen verfolgt hatte, den sie um dieses Geheimnis führte, wer sie in scheinbar qualvollem Leiden betteln hörte, man möge ihr nicht alles rauben, der musste auf eine ergreifende, sensationelle Mitteilung gefasst sein.

Die Leute im Gerichtssaal erinnerten sich noch an ihre dunklen Reden, welche sie über die Umstände führte, unter welchen Maria Müller in die Schneemulde kam und dort verstarb. »Wie kam Maria Müller in die Schneemulde? Nun erzählen Sie uns doch dieses Geheimnis, erleichtern Sie endlich Ihr Gewissen!«, forderte sie der Richter mit freundlicher, aber bestimmter Stimme auf. »Sie wollte dort ein natürliches Bedürfnis verrichten und bat mich, sie zu begleiten. Wie sie dann mit dem Rücken so vor mir im Schnee saß, überkam es mich und ich konnte mir nicht helfen, es ist mir zum Bedürfnis geworden, ich musste sie umbringen. Das ist alles, ich kann keine Einzelheiten angeben!«, antwortete Augustine Huber mit leiser Stimme. Mit dieser Farce meinte sie ihr ganzes Benehmen und Schweigen in den Prozesstagen erklären zu können.

Bei der Gegenüberstellung im Leichenschauhaus in Kapellen erklärte sie, die Ermordete gar nicht zu kennen. Beim ersten Verhandlungstag bekannte sie sich als nicht schuldig, am darauffolgenden Tag gab sie zaghaft zu, Maria Müller bei der Ausübung des Selbstmordes behilflich gewesen zu sein. Sie hätte lediglich den Strick um den Hals ein wenig zugezogen, nachdem diese sich mit dem Messer am Hals eine Schnittwunde verpasste und sie röchelnd bat, den Schlussstrich zu ihrem Selbstmord zu setzen, um aus ihrem leidvollen Leben zu scheiden. Aus purem Mitleid hätte sie dies getan, und um der Verstorbenen die Schande zu ersparen. Sie hätte diese in der Schneemulde vergraben, während ihre Schwester an der Weggabelung auf ihre Rückkehr wartete.

Es mag wohl kein Mensch im Gerichtssaal gewesen sein, der ihr glaubte. Die Unwahrscheinlichkeit musste jedem klar sein, der sich die körperliche Anstrengung vor Augen hielt, die notwendig war, um bei tiefsten Schneeverhältnissen in die Mulde fernab vom Weg im Raxental zu gelangen. Es blieb lediglich ein Schluss übrig: entweder hat Augustine Huber ihr Geheimnis bis zum Ende nicht gelüftet, oder sie war eine sehr gute Schauspielerin, die die nackte Brutalität der Tat mit dem Schleier eines geheimnisvollen seelischen Einflusses zu bedecken versuchte.

Niemand wollte in dieser jungen, hübschen Frau eine gemeine Verbrecherin sehen. Jeder suchte nach einem tiefen Beweggrund, der sie an die Tat getrieben haben mochte. Die meisten Prozessinteressierten sahen ihren Bräutigam, den Opernsänger Joseph Pokorny, als den Auslöser, wenn nicht sogar als Mitwisser oder Beteiligten am Mord. Selbst das hohe Gericht verhehlte nicht die Sympathie, die es den angeklagten Schwestern entgegenbrachte. Wiederholt hat Josefine Huber mit voller Überzeugungskraft zu Protokoll gegeben, dass sie weder vom Mordvorhaben ihrer Schwester Bescheid wusste, noch die Tat im Raxenwald mitbekommen habe. Josefine beharrte stur darauf, dass sie nur bis zu dem Kreuz an der Weggabelung zur Schule die beiden Frauen begleitete und dort auf ihre Rückkehr wartete und betete. Zurück kam jedoch nur Augustine, die ihr zu erklären versuchte, Maria Müller hätte sich in der Schneemulde aus purem Überdruss, der vielen bekannt war, selbst das Leben genommen. Josefine hätte sich dann in ihrem Schock und der Verzweiflung darüber die Ohren zugehalten, um nicht mehr darüber zu erfahren, und ihrer Schwester Glauben geschenkt.

Der Präsident meinte zum Abschluss zu Augustine Huber: »Für die Strafbemessung ist das Wichtigste die Verantwortung der Angeklagten. Wollen Sie noch etwas angeben, so ist jetzt die Gelegenheit dazu. Sprechen Sie sich aus. Was haben Sie für einen Grund, ein Geheimnis zu machen? Sie haben die Tat nun eingestanden, Sie bereuen diese; was haben Sie noch zu sagen? Augustine antwortete nach kurzem Zögern mit leiser gequälter Stimme: »Ich habe es für Pokorny getan, und zwar aus Verzweiflung, weil ich ihn wahnsinnig liebe!« Auf die Frage, ob sie ihrem Verlobten Pokorny damit Geld für eine Reise nach Russland verschaffen wollte, antwortete sie klar und deutlich: »Ja, so war es!«

Der Staatsanwalt, der am letzten Prozesstag in Abwesenheit der Angeklagten auch das Vorleben Pokornys zutage brachte, meinte daraufhin: »Die schreckliche Tat fällt letztendlich Augustine Huber zur Last. Jedoch ohne Pokorny hätte es keinen Mord im Raxental gegeben. Sie hat es für ihn getan, doch Pokorny hatte stets die Absicht, alleine nach Russland zu gehen, er hätte seine Braut weder mitgenommen noch nachkommen lassen. Wenn er sie ausgedrückt gehabt hätte wie eine Zitrone, hätte er sie weggeworfen.«

Der aufsehenerregende Prozess fand damit sein Ende. Er hat an die Geschworenen und an Richter die größten Anforderungen gestellt. Und sie haben ihnen entsprochen. Lediglich die Geschworenen haben ihr Amt voll und ganz erfüllt. Sämtliche Bemühungen, genaue Details zum Motiv und zum grausamen Mord zu erfahren, scheiterten an dem Schweigen der Angeklagten. Das hohe Gericht hatte somit keine Möglichkeit, dem Prozess eine Wendung zu geben, die nüchternen Paragrafen des Strafgesetzbuches entschieden zu Tod durch den Strang für die Hauptangeklagte Augustine Huber. Sekundenlang herrschte bei der Urteilsverkündung Stille im Saal, selbst die Journalisten blickten Augustine Huber, die im gesamten Prozess Gusti genannt wurde, an. Sie saß regungslos mit einem Taschentuch vor dem Gesicht auf der Anklagebank. Ihre Schwester Fini weinte lautstark und war nicht mehr zu beruhigen.

Bevor Fini in die Zelle abgeführt wurde, umarmte sie ihre Schwester und küsste sie auf die Wange. Die Verhandlung wurde geschlossen. Beim Verlassen des Gerichtssaales wurde Augustine gewährt, noch einmal vor dem Betreten der Gefängniszelle mit ihrem Verlobten zu sprechen, der noch vor der Verhandlung den Journalisten erklärte, dass seine Braut unschuldig sei und, sollte sie ins Gefängnis wandern, sie dies nur mit seinem Namen tun werde. Er versprach vor versammelter Runde, über dieses Justizvergehen ein schriftliches Werk zu verfassen und damit selbst für lückenlose Aufklärung zu sorgen.

Mit Tränen in den Augen trat Gusti ihrem Verlobten entgegen und wollte ihn umarmen, Schutz bei ihm suchen. Sie zitterte am ganzen Leib. Pokorny jedoch ging auf Abstand und fragte sie lautstark, ob sie mit Absicht gelogen oder mit ihrem Eingeständnis jemanden schützen wollte. Seine Augen funkelten und blickten zornig auf seine Verlobte. Augustine antwortete unter Tränen: »Wie ich schon sagte, ich habe es für dich getan, Pepo!« Verzweiflung stand in ihren Augen, sie konnte es nicht fassen, dass sie mit dem gefällten Urteil ihr Leben verwirkt hatte. Anstatt sie in die Arme zu nehmen und sie zu trösten, wurde er handgreiflich und stieß sie von sich weg, sodass sie zu Boden fiel. Pokorny wurde daraufhin aus dem Zimmer geführt und zur Rede gestellt.

Ist das wirklich alles erst ein paar Stunden her? Gusti brütet in der Zelle vor sich hin, ohne wahrzunehmen, ob die Zeit vergeht oder nicht. Das Essen hat sie seit Stunden abgelehnt, ihre Gedanken sind bei ihrer Schwester Fini. Als der Riegel der Zellentür zurückschnappt und die Türe geöffnet wird, schreckt sie auf. Eine Wärterin tritt ein, wirft ihr einen bösen Blick zu, schüttelt sie unverschämt an der Schulter und meint barsch, dass sie mitkommen müsse. Gemeinsam verlassen sie die Zelle und gehen durch einen dunklen kalten Gang nach oben in die Räume des Gerichtsgebäudes. Wortlos folgt Augustine der Frau mit der hageren Gestalt und den lauten Schritten in einen Besprechungsraum, wo ihr Anwalt Dr. Hutter bereits auf sie wartet.

Er fragt Gusti, ob sie noch einmal mit ihrer Schwester Fini sprechen möchte, bevor diese ins Frauengefängnis überstellt wird. Doch sie lehnt mit der Begründung ab, dass sie ihre Schwester nicht weiter aufregen möchte, und stellt fest, dass ihre Strafe von 18 Monaten strengem Kerker viel zu hoch ausgefallen sei. Was ihr Belangen betrifft, erklärt ihr der Anwalt, dass er die Möglichkeit hat, für sie eine Nichtigkeitsbeschwerde beim Gericht einzubringen. Damit könnte er sogar eine Begnadigung beim Kaiser erreichen. Wenn sie dem zustimme, dann könnte das Urteil bei positiver Entscheidung in eine lebenslange Haft umgewandelt werden. Sie stimmt abwesend, jedoch dankend zu.

Als sich die Türe öffnet und eine etwas stärkere, streng dreinblickende Gefängniswärterin eintritt, steht sie erschrocken auf.

Der Anwalt bittet sie, sich nochmals zu setzen, und deutet der Wärterin, das Zimmer wieder zu verlassen. Anschließend erklärt er ihr den Hauptgrund seiner Mission, sie heute zu treffen. »Es geht um Ihren Verlobten, Herrn Pokorny. Er wurde gestern nach dem Prozess verhaftet!« Ihr Anwalt legt ihr dar, dass gegen Pokorny bereits seit längerer Zeit schon eine Untersuchung wegen verschiedener Betrügereien schwebe und seine Verhaftung nur deshalb nicht erfolgte, weil man ihn als Entlastungszeugen nicht von vornherein unglaubwürdig erscheinen lassen wollte. Nun aber liege gegen Pokorny die Fluchtgefahr vor, weshalb sofort nach Ausgang des Prozesses seine Verhaftung erfolgte.

Als ihn Gusti tief betroffen fragt, was denn gegen Pokorny vorliege, meint der Anwalt: »Zahlreiche Betrügereien und Heiratsschwindeleien. Er saß bereits in Dresden wegen Betrugs vier Monate im Kerker und wurde in Leipzig wegen Diebstahls zu sechs Wochen Gefängnis verurteilt. In Petersburg hat er die Leiterin eines Sommertheaters um ihr ganzes Vermögen gebracht, dazu laufen noch die Nachforschungen. Leider habe ich selbst bis gestern davon nichts gewusst, ansonsten hätte ich Sie schon früher darüber informiert.«

Für Gusti stürzt erneut die Welt zusammen. Ihr wird in diesem Moment klar, dass sie auf Pokorny hereingefallen war und dadurch den Sinn für die Realität verloren hat. Sie schlägt die Hände vor das Gesicht und bricht in einen Weinkrampf aus. Ihr Anwalt versucht sie zu trösten und bietet ihr an, dass sie sogar aus der Einzelzelle heraus in eine Gemeinschaftszelle kommen könne, doch sie lehnt schluchzend ab. Alles, was sie jetzt noch braucht, sind Bleistift und Papier, um ihrem Vater und ihrer Schwester zu schreiben. Ihr Anwalt verspricht, dies umgehend zu veranlassen, dann wird Gusti aus dem Zimmer geführt.

In ihrer neuen Gefängniskleidung, die einen komisch süßlich-beißenden Geruch verbreitet, sitzt Gusti am Tisch in ihrer Zelle. Ihr müder Blick gleitet verloren über das leere Blatt Papier vor ihr. Wiederholt erschreckt sie der Gedanke, dass alles bald aus ist. Auf das Gnadengesuch hofft sie nicht mehr. Sie ist sich ihrer Situation klar und spürt, wie ihr die Tränen über die Wangen rinnen. Sie schämt sich vor ihr selbst. Früher haben sie die Tränen erleichtert, den Druck gelöst, der ihr so oft den Hals zuschnürte. Doch nun sind sie zur Qual geworden. Bevor die Nacht hereinbricht, vor der sie sich fürchtet, will sie ihrem Vater eine kurze Nachricht schreiben, viel gibt es nicht zu sagen.

7. Juli 1906

»Geliebter Vater!

Es tut mir unendlich leid, dass ich Dich auch der letzten Hoffnung auf die Unschuld Deines geliebten Kindes berauben muss. Wie schnell sich das Rad des Schicksals drehen kann, so schnell kann es plötzlich stehen bleiben.

Ich habe während der Untersuchung geleugnet, nicht um meinetwillen, sondern um Dir und meinen Schwestern die Schande zu ersparen und freigesprochen zu werden. Um die Ehre des Namens wiederherzustellen. Mit diesem Vorsatze erschien ich am letzten Tage im Verhandlungssaal, aber der Mensch denkt und Gott lenkt. Unter unsagbaren Krämpfen habe ich die Kraft gewonnen, ein Geständnis abzulegen. Mir wurde klar, was ich Fürchterliches getan habe, und kann nicht begreifen, dass ich mich durch Beeinflussung so beherrschen lassen konnte, meinem Temperament so sinnlos die Zügel schießen hab lassen. Nie konnte ich jemand etwas Böses tun, bemitleidete sogar jeden kranken Hund, und dann habe ich mich aus geblendeter Liebe zu solch einem Verbrechen hinreißen lassen und meine über alles geliebte Schwester Fini in das Verderben mitgerissen. Mein Vergehen gegen Gott und das Gesetz ist unentschuldbar und darum bitte ich Dich vor meinem Tode: Vater, bete beim Altar für mich. Klopfe an das Tabernakel und bitte für meine Rettung vor Gott. Ich liege im Geiste vor Dir auf den Knien und flehe um Deine Verzeihung. Mein Leben hat seinen Sinn verloren, und so erwarte ich nur noch die verdiente Todesstrafe. Hinter diesem Gedanken lauert die größte Furcht, dabei hocke ich hier in einer kleinen dunklen Gefängniszelle und zähle die Flecken auf dem kalten Steinboden. Ich weiß nicht, ob ich stark genug bin, bestimmt wird mich die Todesfurcht zuvor packen und vor dem Strang ohnmächtig werden lassen. Davor werde ich jedoch noch an jene Zeit zurückdenken, als ich noch unbeschwert und heiter durch das Leben gehen durfte, an meine Kindheit in Neuberg.

Deine verzweifelte Tochter Gusti.«

Zittrig steckt sie den gefalteten Bogen Papier in einen kleinen Umschlag. Morgen wird sie ihn der Wärterin übergeben, und damit hofft sie, dass er an den Vater in Neuberg geschickt wird. Im harten Strohbett starrt sie an die dunkle Wand, die Hände zum Gebet gefaltet, doch sie findet keine Worte mehr. Die Zeit schwindet lautlos dahin, das Licht am Gang war bereits ausgeschaltet. Es kommt ihr vor, als rinne ihr Leben durch die Finger, an den Armen entlang, über die Schlafstelle hinaus und hinab zum Boden, unaufhörlich. Sie will sich an nichts mehr erinnern, nur mehr schlafen. Morgen wird sie den Brief an ihre Schwester schreiben, bevor diese in die Strafanstalt überstellt wird. Alles verschwimmt ihr in diesem bedrohlichen Dunkel, als würde sich ihr Leben beginnen aufzulösen. Und das mit 27 Jahren.

Gusti schläft diese Nacht fest und traumlos, trotz der Furcht, dass sie jede Stunde dem Tode näherkommen wird. Sie wacht erst auf, als die Gefängniswärterin sie rüttelt und anschreit: »Aufstehen, waschen und frühstücken!« Dann stellt sie ihr zwei Schnitten Brot und einen lauwarmen, schwarzen Kaffee auf den Tisch. Mit mürrischen Schritten verlässt sie die Zelle, schiebt den Riegel von außen wieder zu und wirft mit ihren kalten Augen nochmals einen Blick durch das kleine Fenster in der Zellentüre auf Gusti. Diese sitzt gebückt am Tisch und beginnt den Brief an ihre Schwester zu schreiben. Immer stärker spürt sie die Verpflichtung, die entsetzlichen Dinge in ihrem Leben niederzuschreiben, bevor sie mit der trostlosen Zeit des Wartens auf die Todesstrafe blasser werden und das Schreckhafte verlieren. Sie ist es ihrer Schwester Fini schuldig, denkt aber, ob sie mit den Zeilen das ausdrücken kann, was in dieser Zeit in ihr vorgegangen ist. Ihr Vorhaben scheint ihr fast unlösbar, doch wird ihr kaum noch viel dazu Zeit bleiben. Auf das erste Blatt Papier zeichnet sie lauter Galgen und wirre Gesichter, knüllt es zusammen und wirft es weinend zu Boden.

Doch dann rafft sie sich auf und beginnt zu schreiben. Viele Seiten füllen sich. Es tut ihr gut, sich endlich alles von der Seele zu schreiben. Lange sitzt sie vor dem letzten beschriebenen Blatt Papier und blickt beschämt auf ihre Hände, die auf dem Tisch liegen. Sie waren einst ihr ganzer Stolz, wenn sie sie nach getaner Arbeit pflegte. Viele Leute haben sie um ihre schönen starken Hände beneidet. Fast haben sie noch die Form von einst, doch ist die Farbe ihrer Haut grau geworden, die Nägel sind teilweise abgebrochen und sie zittert. Abermals überfällt sie ein Angstgefühl, und ein Schauer von rieselnder Kälte fährt ihr durch den schwach gewordenen Körper. Geradezu zwanghaft versucht sie an nichts zu denken, mit aller Kraft verdrängt sie die Bilder, die ihr ständig vor Augen kommen, denn dahinter lauert ein furchtbares Grauen. Hastig steckt sie den Brief an ihre Schwester in einen Umschlag und verklebt ihn. Wahrscheinlich werden dies ihre letzten Zeilen gewesen sein. Dann lässt sie ihn mit den restlichen Papierbögen und dem Bleistift am Tisch liegen und begibt sich in das Strohbett. Unruhe überfällt sie, ihre erbärmliche Lage kommt ihr voll zum Bewusstsein. Stundenlang liegt sie schon teilnahmslos da, als sie die kräftigen Schritte auf dem Gang hallen hört. Mehrere Personen müssen es wohl sein. Mit einem Ruck öffnet die Wärterin die Zellentür und lässt einen Mann eintreten, den sie nach einigem Blinzeln als ihren Anwalt, Dr. Hutter, wiedererkennt. Er hält einen Umschlag und ein kleines Paket in der Hand.

Brief von Augustine Huber an Josefine Huber vom 7. Juli 1906

Armes Kindl, arme Fini!

Ich kann noch immer nicht sagen, was mich damals so stark in den Bann dieses Opernsängers gezogen hat. Wahrscheinlich war es die überzeugende Art, in der er mit mir sprach, seine energischen Gesten, wenn er von seinen Auftritten erzählte – oder war es diese eigenartige, unbekümmerte Lebensauffassung, die mich sehr verwunderte. Ich weiß es nicht. Pepo träumte vom Ziel, ein besseres Leben in Ruhm und Reichtum zu erlangen und ließ die anderen dafür arbeiten. Zum ersten Mal sah ich ihn Anfang Jänner, als er das Hotel betrat und sich bei der Rezeption mit herausgestreckter Brust als »der bekannte Opernsänger Pokorny« vorstellte, den man bereits erwarten würde.

Ich hatte gerade Mittagspause und war unten beim Eingang, den Rest des Tages war ich verzaubert von der Ausstrahlung seiner Persönlichkeit. Es war ein Gefühl, das ich zuvor in meinem Leben nicht kannte, du weißt ja, wie es zu Hause in Neuberg war. Unsere Eltern verboten es uns, sich ein besseres Leben vorzustellen oder von der weiten Welt zu träumen, sie meinten, die weite Welt wäre unser

Verderben, wir hätten Gott innig zu danken, dass wir so bescheiden auf dem Lande leben dürfen. Ich fand das damals lächerlich. Heute denke ich darüber auch anders, denn damals sah ich noch fröhlich und unbekümmert in die Welt und weiß, dass ich tatsächlich noch ein glücklicher und zufriedener Mensch war.

Mit Wien hat sich alles geändert – und mit Pokorny hat meine ganze Tragödie begonnen. Der ältere Mann mit dem Akzent, den funkelnden Augen und dem hochnäsigen Gehabe hat eine Wandlung in mir vollzogen. Es faszinierte mich, wenn er mit seinem ausdrucksvollen Mund über sein pulsierendes Leben erzählte, in dem stets Frauen eine große Rolle spielten. Interessante, geistreiche und schöne Frauen. Gewiss haben mir manche Männer erzählt, dass ich hübsch sei, doch Pepo schmeichelte mir, dass ich eine sehr schöne junge Frau sei, mit vollem Haar, heißem Herz und jungem Körper.

Als ich das erste Mal bei ihm im Hotelzimmer übernachtete, wusste er nicht, was er in mir ausgelöst hatte. Schließlich hat er sich nicht nur die ganze Nacht mit mir unterhalten. Und ich dachte, er sei nicht nur interessant und berühmt, sondern auch reich und zu einem besseren Leben in Ehre und Ruhm bestimmt. Mit nach Petersburg wollte er mich nehmen, zuvor ehelichen, und dann würde ich die begehrte Frau an seiner Seite sein. Mit diesen sehnsuchtsvollen Träumen schlief ich nachts ein und wachte jeden Tag mit der Sehnsucht auf, bald diese wundervolle Stadt kennenzulernen. Endlich nicht mehr dienen zu müssen, ein eigenes Dienstmädchen zu haben und mich nur mehr auf meine Toilette und mein edles Aussehen konzentrieren zu können, um an seiner Seite wie ein aufgehender Stern zu glänzen.

Wenn ich darüber so nachdenke und an das kleine vergitterte Fenster hinaufsehe, wird mir klar, wie dumm und naiv ich wohl war. So wie ich damals in meiner Verzweiflung nicht wusste, woher das Geld für die Reise nach Petersburg kommen sollte, so weiß ich heute nicht, woher dieses Licht kommt, welches die Zelle schwach erleuchtet.

Dir, meine geliebte Fini, wird es zwei Zellen weiter nicht viel besser gehen und auch dein Elend habe ich zu verantworten. Ist das nicht hart? Mein Strohsack ist eigentlich gar nicht so hart, nur die Decke kratzt sehr unangenehm, doch das sollte wohl ein Vorgeschmack auf eine sehr harte Zeit sein. Gut, dass wir keinen Spiegel in der Zelle haben und wir nicht sehen können, wie strähnig unsere schönen Haare geworden sind. Meine fühlen sich borstig und schmutzig an. Mein Leben hat jeden Glanz verloren – diesen Glanz, den ich mir in meinen Träumen an der Seite dieses Mannes jeden Tag aufs Neue vorgestellt hatte. Es kommt mir jetzt alles so lächerlich vor, denn alles, was ich mit diesem Mann gemeinsam hatte, waren lediglich Träume.

Nein, noch etwas. Er hatte kein Geld und ich hatte kein Geld, wir waren beide bettelarm und Lügner. Ja, Lügner – er prahlte vom Geld im Ausland, das ihm zustünde und ihn bei seinen Auftritten in Petersburg erwartet, und ich erzählte, dass ich vom Vater in Neuberg eine Erbschaft ausbezahlt bekommen würde. So war ich tagtäglich damit beschäftigt, Geld aufzutreiben, um unser Leben zu finanzieren. Was Pepo so machte, war mir unbekannt, interessierte mich mit der Zeit gar nicht mehr – so wie mich alles um mich herum nicht mehr interessierte, was mir früher einmal wichtig war. Selbst meine Familie hatte ich in diesem furchtbaren, egoistischen Wahn vergessen.

Ich machte mir den Besitz der anderen zu meinem Eigen und erleichterte die reichen Hotelgäste um Bargeld und Schmuck, war es doch oft so, dass manche Gäste etwas zufällig verloren hatten. Mit der Zeit fiel es mir leichter, bei anderen Leuten Geld auszuborgen, als meiner Arbeit fleißig und gewissenhaft nachzugehen, wie ich es früher gewohnt war. Alles tat ich nur für diesen Mann und dass ich ihm genüge, er mich eheliche und mit nach Petersburg nehme, wo man ein vornehmes Leben führen könne. Wie er mir so oft erzählte und es sich in meinem Kopf einbrannte.

So vergingen meine Tage, ohne dass ich merkte, was aus mir für ein schlechter Mensch geworden ist. Hin und wieder vermochte ich die Situation zu erkennen, wenn er mir mit der flachen Hand ins Gesicht schlug und grob wurde, wenn ich kein Geld für das Abendessen, das wir nur mehr in Gasthäusern zu uns nahmen, hatte. Du weißt gar nicht, in welchem Zustand ich damals war, seit Wochen beschimpfte und bedrohte er mich, dass aus der gemeinsamen Reise nach Petersburg nichts werden könne, wenn ich nicht mindestens 4- bis 5.000 Kronen auftreiben könnte. Seine Augen begannen zu glühen, und ich hatte furchtbare Angst, wenn er mit mir schrie. Doch im nächsten Moment bekam er diesen lüsternen Glanz im Gesicht und ich wollte in seine Arme genommen werden, ich konnte alles Böse in ihm vergessen, wenn er mich küsste. Ich hatte eine wahnsinnige Panik, dass unsere gemeinsamen Luftschlösser durch meine Schuld wie Kartenhäuser zusammenfallen könnten. Durch meine Schuld und seine Hemmungslosigkeit.

Im Grunde genommen war alles eine einzige Lüge und reiner Betrug. Ich verheimlichte ihm von Anfang an meine familiären Verhältnisse, und er belog mich jeden Tag aufs Neue, was seine schauspielerische Tätigkeit betraf. Mit die-

sem Akzent im Gesang war er teilweise sogar lächerlich, doch wollte ich es nicht wahrhaben. Abgesehen von seiner betrügerischen Vergangenheit, von der ich erstmals gestern erfahren musste.

Einmal in der Woche kam ein Schreiben einer Frau aus Berlin, das jedes Mal 50 Kronen enthielt. Auf meine Frage, warum diese Frau das Geld schicke, bekam ich keine Antwort. Es war mir auch egal, wenigstens war ohne mein Zutun Geld in der Haushaltskasse. Jeden Tag bis zum Abend zählte ich die Stunden, bis er nach Hause kam, mich in den Arm nahm und wir anschließend gemeinsam durch die Stadt spazierten und ein sorgloses Leben vortäuschten.

Der Rezeptionist im Hotel war der erste Mensch, dem mein gequältes Verhalten auffiel, er sprach mich auf meine Veränderung an und warnte mich, dass man im Hotel bereits spekuliere, dass ich die Gäste bestehlen könnte. Er meinte, dass er sich für mich einsetzte und dagegensprach, weil ich eine ehrgeizige und ehrliche junge Frau vom Land sei. Dieser kleine, etwas ältere und schrullige Mann bot mir sogar an, mir zu helfen, wenn ich nur etwas zärtlich zu ihm wäre. Anfangs schauderte es mich vor dem Gedanken, doch als am selben Abend Pepo wieder ausrastete, weil wir kein Geld hatten, tat ich dem Mann den Gefallen und bekam gar nicht so wenig Geld dafür. Mit geschlossenen Augen betrat ich das erste Mal sein kleines Zimmer im Dachgeschoss. Als ich seinen Atem spürte, wollte ich sogar davonlaufen. Ich blieb und er stürzte über mich mit höchster Erregung her.

Beim nächsten Mal wusste ich bereits, was mich erwartete, und ich erhöhte den Preis für seine wirren Vorlieben. So ging das sehr lange, meine Gefühle stumpften ab, ein weiterer Hoteldiener kam dazu, was mir nur recht sein konnte. Ziellos wanderte ich manchmal durch die Straßen der Stadt, blieb vor Geschäften stehen und stellte mir ein sorgloses Leben in Petersburg vor. Ich musste immer daran denken und war wie besessen von dem Gedanken, mit Pepo dort ein Leben in Luxus führen zu können. Heute weiß ich, dass ich verrückt geworden bin, ich kannte mich selbst nicht mehr, für mich war nur eines wichtig: dieser Mann.

Manchmal warf ich einen ernsthaften Blick in den Spiegel und erkannte die Schatten unter meinen Augen. Ich versuchte verzweifelt, Ruhe und Ordnung in mein Leben zu bringen, aber die Gedanken an Pepo ließen mich nicht los. Trotz meiner inneren Unruhe und Abhängigkeit zu diesem Mann fasste ich den Plan, ihm an diesem Abend zu sagen, dass ich so nicht mehr weiterleben kann. Während ich im Zimmer wiederholt Blicke in den Spiegel warf, hörte ich bereits im Flur seine Stimme. Er hatte die Gewohnheit, zu Hause zu singen, aber an dem Abend empfand ich erstmals bei seinem Gesang einen Schauer durch meinen Körper fahren. Ich hatte mehr Angst als zuvor, dass er auf mich böse sein könnte.

Doch es kam alles anders: Bereits beim Eintreten in das Zimmer meinte er, dass ich sehr schlecht aussehe und er mich zu sehr vernachlässige, dies würde nun ein Ende nehmen. Wir würden bereits in zwei Wochen in Petersburg sein, er warte nur mehr auf die Bestätigung des Sommertheaters für sein Engagement. Seine Augen umfingen mich, plötzlich war all meine Angst wie weggefegt. Ich sah seinen wärmenden Blick, der mich entflammte, und ich ahnte, dass endlich der Zeitpunkt gekommen ist, an dem sich meine Hoffnungen erfüllen würden. Pepo schwieg einen Augenblick, unsere Hände suchten sich, dann sagte er leise zu mir, dass er für seine Reise nach Petersburg das Geld nun beisammen hätte. Sein Händedruck wurde stärker, und in meinem Herzen machte sich etwas breit, er brauchte erst gar nicht zu fragen. Er wusste, was dies bedeutete: Ich war überglücklich.

Zwei Wochen! So hallte es in meinem Kopf, und mit einem Mal rauschte eine Lebensfreude durch meine Adern, die ich seit längerer Zeit nicht mehr kannte. Ich sprang mit einer Erregung auf, die mich angenehm und gleichzeitig peinlich berührte. Pepo traute seinen Augen nicht. Es war mir, als würden sich all meine finanziellen Sorgen, die ständigen Forderungen meiner Gläubiger und der Ärger mit Pepo wegen dem Haushaltsgeld in zwei Wochen in Luft auflösen. Er fragte mich, wann ich nun endlich vom Vater das versprochene Erbe ausbezahlt bekäme, denn dann würde er mich auf die Reise mitnehmen können, ansonsten müsste er alleine vorausgehen und ich dann nachkommen.

Mit einer klaren Gewissheit antwortete ich ihm, dass er sich darum nicht zu kümmern bräuchte, er sollte sich eher um die Trauzeugen bemühen. In zwei Wochen hätte ich das Geld vom Vater bekommen, ich müsste jedoch zuvor verheiratet sein oder einen Hochzeitstermin vorweisen können. Daraufhin verließ er lächelnd die Wohnung und kam mit dem Quartiersgeber und seiner Gattin zurück und stellte sie mir als Trauzeugen vor. Als er mir vor den beiden Leuten einen goldenen Ring ansteckte, wusste ich, dass er es diesmal ernst meinte, und versprach ihm, die glücklichste Braut von Wien zu sein.

Am nächsten Tag bin ich dann zu Deiner Wohnung gelaufen in der Hoffnung, dass Du mir helfen könntest, das Geld für meine Reise nach Petersburg und meine Mitgift aufzubringen. Heute weiß ich, dass es ein Rennen in das Verderben war, und als ich Dich nicht antraf, befolgte ich den Rat der überraschten Quartiersgeberin, die mich sehr verwundert anschaute, Dich im Café Schinagl zu suchen. Sie bat mich eindringlich, Dir ins Gewissen zu reden, und ich wusste nicht, was sie meinte. Heute könnte ich mir bei diesen Gedanken die Seele aus dem Leib reißen.

Die Jagd nach dem Geld hat einfach immer stärker Besitz von mir genommen und mich nicht mehr losgelassen. Heute steht vor mir der Tod, dessen Kommen ich nach Tagen zählen kann, was jedoch hinter mir liegt, ist viel grausamer. Ich habe Dich damals sehr lange nicht mehr gesehen und konnte mir Deinen eigenartig fragenden Blick nicht erklären, als ich im Schinagl auf Dich zuging. Verzweifelt hast Du versucht, mir Deine missliche Lage zu erklären, doch ich hatte keinen Kopf dafür, erst als Du von dieser ehemaligen Köchin erzählt hast, welche nun Deine Freundin sei und genug Geld hätte, um nicht mehr arbeiten zu gehen, wurde ich hellhörig. Meine Gedanken beschäftigten sich unablässig mit dieser Frau, mein Verlangen irrte zügellos der Zukunft entgegen und ich erahnte die Lösung für mein finanzielles Problem und die Erfüllung meines Schicksals.

Als Du sie mir dann am nächsten Tag im Schinagl vorgestellt hast und mich ihre grünen, mandelfärbigen Augen so forschend ansahen, wusste ich, dass nur sie mir helfen konnte. Anfangs warnte mich meine innere Stimme, sie nach Geld zu fragen, doch ich war es mittlerweile gewohnt, die Leute anzubetteln. Als sie meine Bitte ablehnte und dabei noch freizügig erzählte, wie viel Geld sie erspart hätte, war es ein Gefühl, als hätte mich diese Maria Müller mitten ins Gesicht geschlagen. Ich fühlte plötzlich eine Leere, in die sie mich hineinstürzte. Meine Enttäuschung war so tief, dass ich es vorerst nicht fassen konnte, doch spä-

ter schlug sie in Hass um. Ich hasste diese Frau dafür, dass sie so viel Geld hatte, und weigerte mich, es anzuerkennen, dass sie mir für meine Reise nichts borgen wollte.

Heute wünschte ich mir, diese Leere hätte mich damals ganz einfach ausgelöscht, dann hätte ich nicht weiterdenken müssen. Doch damals hatte ich schlaflose Nächte, die Tage der Abreise kamen immer näher. 14 Tage, hat Pepo gemeint, dann würde er auch ohne mich abreisen. Es gibt keine Entschuldigung für meinen Plan und dass ich Dich da hab mit hineingerissen, doch mein Selbsterhaltungstrieb war stärker. Ich hastete durch die Straßen, ruhelos und völlig betäubt von meinen Plänen. Das Heiligste in mir habe ich selbst zerstört. Ich fühlte mich zutiefst verzweifelt bei dem Gedanken, dass Pepo alleine nach Petersburg gehen könnte. Ich konnte meine Abhängigkeit zu diesem Mann nicht aus meinem Herzen reißen, obwohl sie mich mit jedem Tag mehr zu Boden drückte.

Ich fühlte mich zu schwach, um einen ehrlichen Ausweg zu finden. Mit aller Macht drängte es mich nach dem Geld der Köchin, sie hatte es, obwohl sie es nicht benötigte. Ich musste in den Besitz dieses Sparbuches kommen, worauf hätte ich noch warten sollen, worauf denn? Wie noch nie in meinem Leben fühlte ich mich nur hilflos und elend, und so sah ich keinen anderen Weg mehr, als Dich, meine über alles geliebte Fini, in meine schrecklichen Vorhaben einzuweihen. Ich hatte furchtbare Kopfschmerzen an dem Tag von diesen peinigenden Gedanken, Dich zu fragen, ob Du Maria Müller dazu bringen könntest, mit uns nach Neuberg zu fahren. Mein Herz schlug wie rasend, ich wollte dir nichts verschweigen. Als Du mir zugestimmt hast, brach ein mildes, beruhigendes Licht über mich herein und hüllte mich ein.

In mir löste sich die Angst, langsam fing ich an zu planen. Zuversicht strömte wieder in mein Herz. Schon damals wusste ich, dass diese Frau mein Schicksal ist, und meine Gedanken trugen Stein für Stein herbei, um mir ein sorgloses Leben in Petersburg aufbauen zu können. Jede Stunde, die ich von nun an ungenützt verstreichen hab lassen, war ein Diebstahl an meinem neuen Leben. Ich erinnere mich noch genau, wie erregt ich damals auf der Zugfahrt war, jeder Nerv in mir vibrierte meinem Glück entgegen. Wie entsetzlich, wie unvorstellbar!

Heute bin ich eine Frau von 27 Jahren, die in einer engen, dunklen Zelle eines Gefängnisses auf die Vollstreckung des über sie gefällten Todesurteils wartet! Immer wenn ich versuche, mein Denken auszuschalten, kriechen dieses Schuldgefühl und eine panische Angst an mich heran. Heute spüre ich, was eine Menschenseele in den Sekunden und Minuten zu erleiden und erdulden hat, wenn es ans Sterben geht.

Alles, was damals im Raxengraben geschehen ist, hätte von uns beiden vermieden werden können. Es hätte nur einer gewissen Vernunft und Menschlichkeit bedurft, um das Leben dieses unschuldigen Mädchens nicht im Keime zu ersticken. Vielleicht wäre ich zutiefst unglücklich gewesen, dass Pepo alleine nach Petersburg gegangen wäre. Die Zeit heilt alle Wunden, sagt man – das stimmt nicht, mein geliebtes Schwesterherz. Ich habe die Willenskraft zur Abtötung meiner so jäh entflammten Abhängigkeit zu diesem Mann nicht aufgebracht, und genau diese Schwäche ist das Schicksalhafte in meinem Leben. Mir schien mein eigenes Leid viel zu groß, sollte ich nicht mit diesem Mann ein unbekümmertes Leben in der Fremde führen können.

Ich habe mich meiner Selbsttäuschung hingegeben. Wenn mir meine Augen vor Traurigkeit zufallen, fühle ich noch immer seinen Blick durch meine schwachen Lider. Dann reiße ich die Augen auf, um ihn nicht zu sehen. Ich halte mir die Ohren zu, um nicht seine verlogene Stimme zu hören. Er und die Macht des Geldes sind an allem schuld, nur fehlt mir nicht nur die Zeit, sondern auch die Möglichkeit, mich an ihm dafür zu rächen. Ich weiß nicht, ob Du auch solche Gefühle hast? Natürlich trifft auch Dich ein gewisser Teil der Schuld, weil Du der Entwicklung der Dinge, die Du deutlich kommen gesehen hast, nicht rechtzeitig entgegengetreten bist, doch warst Du viel zu sehr in meinem Bann, ebenso wie ich in seinem.

Ich schreibe das jetzt schweren Herzens, nicht weil ich Dich noch mehr belasten möchte, doch sollte es Deine Zukunft prägen, die nach Abbüßung der bitteren Strafe noch vor Dir steht. Versuche nicht so wie ich, Dein Glück zu erzwingen, denn es wird sich in Deinem Leben alles so erfüllen, wie es Dir bestimmt ist. Darum ersuche ich Dich in meinen letzten Zeilen dieses Briefes, beharre weiterhin auf dem Standpunkt, dass Du nicht weißt, was tatsächlich an diesem Tag im Raxengraben geschehen ist. Versprich mir bei allem, was Dir heilig ist, stark zu bleiben und Dich an unsere Abmachung zu halten: Du hattest weder eine Ahnung meiner Pläne, noch hast Du gesehen, wie der Mord an Maria Müller geschehen ist. Du bist an der Weggabelung zur Schule beim Kreuz stehen geblieben und hast gebetet.

Meine über alles geliebte, kleine Fini! Du bist noch so jung und in spätestens 18 Monaten verlässt Du als ein freier Mensch das Gefängnis, kannst tun und lassen, was Dir beliebt. Ich jedoch bin nach dem Gericht nun eine schreckliche Mörderin, die zum Tode durch den Strang verurteilt wurde. In meiner Herzensnot klammere ich mich nur mehr an die einzige Möglichkeit, dass die Seele, wenn es eine gibt, unsterblich ist und weiterlebt.

Deine Schwester Gusti.

Wien, 29. November 1912, Josefine Huber

Zurück aus dem Café Schinagl sitzt Fini in ihrem karg ausgestatteten Zimmer. Sie richtet den Blick starr aus dem Fenster, als würde sie etwas suchen. Draußen hat es zu schneien begonnen und die Häuser der Stadt hüllen sich in ein leichtes Weiß. Den Brief ihrer Schwester an sie hat sie zu den anderen Schriftstücken zurückgelegt, die sie im Laufe der Zeit im Gefängnis erhalten hat. Fein säuberlich hat sie alles sortiert in einer Schachtel aufbewahrt und schon länger nicht mehr durchgesehen. Ganz oben liegen drei Zettel vom Februar 1906, die ihr Gusti nach und nach über eine Zellengenossin in Leoben zukommen hat lassen.

»Fini! Tröste Dich, es ist nichts verloren. Du wirst die Schwester nicht als Mörderin angeben, denn ich bin's nicht; sie hat sich doch selbst gemordet; Du kennst doch ihren Lebensüberdruss. Doktor H. wird uns verteidigen, dem darfst Du auch nichts anderes sagen, denn Schuldige kann man nicht verteidigen, nur Unschuldige!«

»Fini, lass Dich nicht fangen! Lass gut sein, wir sind unschuldig! Du hast die Tat nicht gesehen; also merk' Dir, wenn wir der Leiche gegenüberstehen, also sag' Du, Du weißt nichts, kennst nur ihren Lebensüberdruss.«

»Meine liebste Fini, mein Kind! Wenn Du die Tat eingestehst, ist in drei bis vier Monaten die Verhandlung. Du gehst frei und ich werde lebenslang eingesperrt. Also wirst Du mir das Opfer bringen und schweigen! Dann gehen wir in einem Jahr und drei Tagen unschuldig hinaus und sofort nach Petersburg!«

Während der Verhandlung in Leoben hatte ihre Schwester nochmals versucht, einen Brief über eine Zellengenossin an sie weiterzuleiten. Dieser wurde jedoch abgefangen und ihr erst einige Jahre später von ihrem Anwalt in Form einer Abschrift überreicht. Mit Tränen in den Augen wirft sie einen Blick darauf.

»Siehst Du, Fini, meine Aussagen sind sehr gut, nur ist es sehr schade, dass Du zu meinem Nachteil ausgesagt hast. Du bekommst noch rechtzeitig andere Zettel von mir, worin Du alles erfährst. Wenn man nach diesen Körperbestandteilen, die aus Graz von der Identifizierung kommen, sagen wird, sie ist ermordet, ich werde trotzdem nichts eingestehen. Vielleicht erkennt man die Fingerabdrücke an ihrem Hals, was ich aber nicht glaube, so werde ich immer leugnen, und wenn sie mir beim Schwurgericht ihren Kopf auf die Tafel legen, was wahrscheinlich ist, so werde ich einen falschen Eid ablegen; wenn sie mich an den Galgen stellen, können sie trotzdem nichts erreichen, denn ich bleibe bei meiner Aussage. Hängen kann man nicht früher, bevor man die Tat nicht zugibt. Außerdem gibt's in Leoben nicht lebenslänglich, sondern höchstens zehn Jahre. Verstehst, Fini, ich hoffe noch!«

Mit Absicht hat sie diese Erinnerungen von der Verhandlung in Leoben verdrängt, fast verloren, und nun seit dem

Aufeinandertreffen mit Pokorny vor dem Café Schinagl sind sie schlagartig wieder da. Ihre Nerven leiden schmerzhaft unter jedem dieser Gedanken. Pokorny ist ihr wie ein Verfolger vorgekommen. Ihre Hände zittern noch immer, wenn sie daran denkt, wie er vor ihr gestanden war. Sein Blick so eigenartig und sein Lachen höhnisch. Am liebsten hätte sie ihm ins Gesicht geschlagen. Nie hat sie einen Menschen zuvor so verachtet und gehasst, aber sie hielt sich zurück. Als er ihr den Umschlag in die Hand drückte, taumelte sie wie betäubt in das Innere des Cafés. Unverständlich schien ihr alles. Sie spürte es, wie sich ihre Kehle langsam zuzog. Ihr Herz klopfte ganz schnell. Es raste. Sie atmete immer schneller, doch bekam kaum Luft. Dann wurde ihr schwarz vor Augen. An mehr kann sie sich nicht mehr erinnern.

Nachdem sie wieder zu sich gekommen war, hatten ein Mann, der anschließend aber gleich wieder durch die Holztüre in den vorderen Teil zurückgekehrt war, und das hilfsbereite Fräulein Lebhardt ihr vom Boden aufgeholfen. Diese hatte ihr ein Glas Wasser zum Trinken gegeben und beruhigend auf sie eingesprochen. Ihr fehlte die Erinnerung, nichts weiß sie mehr von ihrem Hinfallen. Ihr war so, als hätte sie tief geschlafen, doch ihr Kopf schmerzte, und ihr erster fragender Blick fiel auf die Gesichter der erschrockenen Damen im Café. Sie fragte Fräulein Lebhardt verunsichert, was denn passiert sei, und diese erzählte ihr dann voll Mitleid, dass sie wohl mit dem Kreislauf Probleme bekommen habe und umgefallen sei. Zufällig war ein Arzt im Café, der ihr zu Hilfe gekommen war und sie schnell wieder auf die Beine bringen konnte. Fini war sehr froh über das Wasser und trank gierig ein paar Schlucke.

Erstaunt war sie darüber, dass ihre Bekannte Klara nicht mehr im Café zugegen war. Als ihr Fräulein Lebhardt erzählte, dass diese wahrscheinlich vor Schrecken und Scham fluchtartig das Lokal verlassen und mit einem Herrn, der vor dem Lokal wohl auf sie gewartet hatte, davongegangen sei, war Fini ganz außer sich. Und rascher, als sie nachfragen konnte, beschrieb ihr Fräulein Lebhardt diesen Mann als einen mittelgroßen, etwas älteren und stärkeren Mann im Anzug und grauem Mantel mit auffällig dunklen Haaren und Schnauzbart. Fini musste sich zusammenreißen, um nicht nochmals ohnmächtig hinzufallen. Sie trank rasch noch einen Schluck Wasser. Fräulein Lebhardt musterte sie eindringlich von oben bis unten, als würde sie ihr bekannt vorkommen. Aber dann meinte sie nur: »Erholen Sie sich gerne noch ein bisschen. Ich muss mich jetzt aber wieder ums Kassieren kümmern!«

Fini war froh, dass sie wieder einigermaßen zur Ruhe kommen konnte. Die anderen Damen im Raum waren taktvoll genug, sie nicht mehr anzustarren. Eine Wohltat! Aber trotzdem verließ sie das Café Schinagl nach einer kurzen Pause, nachdem sie sich für die Unannehmlichkeiten entschuldigt hatte. Um keinen Preis wollte sie weiter auffallen oder gar, dass das Fräulein Lebhardt bemerkte, wer sie wirklich war.

Wenig später, auf dem Weg nachhause fragt sie sich: »Warum verfolgt er mich? Warum will er mich quälen, indem er mit einem höhnischen Lächeln meinte, dass er mich nun öfters treffen würde? Bin ich sein nächstes Opfer?« Ihre innere Stimme gibt ihr die ernüchternde Antwort. »Natürlich, er will die Wahrheit wissen, was sich im Raxental tatsächlich abspielte. Und die kann er nur von mir erfahren. Hatte er doch damals im Gerichtssaal schon gesagt, dass er die Wahrheit zu Papier bringen würde.«

Eine wirre Angst macht sich in ihr breit. Ihr fallen die 300 Kronen ein, die im Umschlag waren. Ein für sie enorm hoher Geldbetrag. Pokorny hatte doch nie Geld. Oder jemandem freiwillig etwas gegeben. Handelt es sich dabei gar um das Geld der Müller? Gusti sagte doch, dass sie ihrem Pepo damals den Depotschein und das Sparbuch der Müller zugesteckt hat, nachdem sie den Depotschein um 1.000 Kronen hatte belehnen lassen. Und das Losungswort? Das muss er zufällig in den Kleidungsstücken im Reisekorb gefunden haben. Die Müller hatte es bestimmt irgendwo in ein Kleidungsstück eingenäht in der Hoffnung, dass dort nie jemand suchen wird. Weder der Depotschein noch das Sparbuch wurden von der Polizei jemals gefunden.

Voller Zorn malt sie sich aus, wie dieser widrige Kerl sich das Geld der Müller angeeignet hatte, während sie und ihre Schwester dafür im Gefängnis bitter büßten. Und sie zwar nicht nur die 18 Monate, zu denen sie damals in Leoben verurteilt worden war. Nein, ihre Haftstrafe wurde vom Höchstgericht auf fünf Jahre erhöht. Verschärft durch Dunkelhaft ohne Nahrung monatlich am Tag des Mordes. Der Gedanke der Rache an Pokorny, den sie die letzten Jahre zügeln konnte und nach der Entlassung komplett verwarf, macht sich erneut wie eine kleine Flamme in ihr breit. Nein, sie wird nicht sein nächstes Opfer sein, kein geschwächtes Tier, das dem Jäger zu entrinnen versucht.

Mit einem Mal verspürt sie wieder Kraft und zittert nicht mehr vor Angst, sondern vor Aufregung und Hoffnung, doch noch Rache an ihm nehmen zu können. Dabei verstärkt sich ihr Verdacht, dass Klara die Verbündete von Pokorny ist. Das Aufeinandertreffen mit ihm vor dem Café Schingal arrangierte sie gewiss hinterhältig. Wahrscheinlich hat er ihr sogar die Ehe versprochen. Ja sicher hat er das! Die beiden spielen ein gemeinsames Spiel und wollen jetzt auch noch die Wahrheit über die Tat aus ihr herauspressen.

Es ist ihr, als müsste sie die Hände falten und Gott um Hilfe bitten. Doch dieser Gott hat sie all die Jahre vergessen, das weiß sie und schauert zusammen. Sie erinnert sich an diese endlos leere Dunkelheit im Gefängnis, an die unzähligen schlaflosen Nächte und das Sehnen nach einem sanften Entschlummern aus dem Leben. Jetzt alle Kraft zusammenraffen, nein sie darf nicht an den Kerker denken. Es ist vorbei! Sie wird sich ihrem Verfolger kampfbereit entgegenstellen und erschrickt vor ihren Plänen, die sich in ihrem Kopf bereits zu entwickeln beginnen.

Und das Versprechen ihrer Schwester gegenüber? Nachdenklich wirft sie einen Blick zum Fenster. Der Schneefall ist stärker geworden und die Schneeflocken ziehen in dichten Bahnen am Fenster vorbei. Am Sterbebett musste sie Gusti zum wiederholten Male versprechen, keine Details zum Mord an Maria Müller im Raxental zu erzählen. All die Jahre hat sie sich daran gehalten. Doch was ist ihr geblieben außer einer Lüge, die sie in das Nichts getrieben hat? In eine Leere, eine dunkle Leere, die schlimmer war als die Angst, die Zentimeter für Zentimeter ihres Körpers gefangen hielt, ihre Gedanken lähmte und bis zur Entlassung aus dem Gefängnis Besitz von ihr genommen hatte.

Nun war sie endlich frei, hatte ihr Leben wieder zurück und sollte sich an dieser Freiheit stärken. Da taucht Pokorny auf, und mit ihm möchte sich die Angst, die langsam aus ihrem Kopf entwichen ist, erneut ausbreiten. Nein, sie wird sich durchsetzen gegen diese Angst, gegen diese Leere! Sie wird standhalten, und dazu benötigt sie einen genauen Plan. Seine womöglich Verbündete Klara wird sie ebenso als Werkzeug benutzen, so wie ihre Schwester und er sie einst benutzt hatten. Dabei verhielt sich Klara bisher wirklich immer nett zu ihr. Fast hatte es den Anschein gehabt, als könnten sie Freundinnen werden. Aber dieser Pokorny!

Die Gelegenheit, Pokorny seine hinterlistigen Machenschaften heimzuzahlen, war endlich gekommen. Sie drängt die Zeit. Wer weiß, was er vorhat. Er darf ihr auf keinen Fall entwischen. Pokorny ist und bleibt ein schlechter Mensch. Alles, was er tut, ist Berechnung. Sie hasst ihn, diesen erbärmlichen Lügner, Betrüger und Heiratsschwindler. Gustis Einsicht in ihrem letzten Brief an sie, fühlt sich immer noch an, als würde ihr die Luftröhre abgedrückt werden. Und Schuld an allem hatte dieser Pokorny. Verzweifelt fährt sie sich mit beiden Händen durch die Haare. Obwohl ihr die Müdigkeit im Gesicht steht, nimmt sie nochmals die Schachtel mit den Unterlagen her und liest abermals den Brief, den Gusti im Gefängnis an Pokorny verfasst hat. Dieser befand sich im braunen Umschlag, den ihr Pokorny heute vorm Schinagl überreicht hat.

Brief der Augustine Huber an Joseph Pokorny vom 5. Juli 1906

Liebster Pepo!

Endlich hab ich einen Weg gefunden, Dir mitzuteilen, was Schreckliches man mit mir getrieben hat. Ich schreibe Dir, wieso ich zu diesem Geständnis gekommen bin. Ich kannte den Verteidiger, Herrn Dr. H., schon 14 Tage, mit ihm gesprochen hatte ich jedoch kein Wort über den Fall oder über meine Verantwortung und ich war froh, dass er mich nicht dazu aufgefordert hat. So kam ich alleine und unvorbereitet zu ihm. Dr. H. fragte nur: »Was haben Sie für eine Schlussverantwortung?« Darauf sagte ich: »Selbstmord.« Er sagte mir sofort, auf diese Verantwortung kann er mich nicht verteidigen. Mir war bewusst, bei einem Schuldbekenntnis gibt es viele Milderungsgründe, wenn nicht, dann bekomme ich lebenslänglich Kerker. So, was soll ich machen mit ihm, da er sich seiner Aufgabe nicht gewachsen fühlt und ich mir allein auch zu schwach bin? Ich habe ihn gebeten, die Verhandlung zu vertagen, das konnte er nicht. Deshalb ließ ich mich bewegen, mit einem »Jawort« ihm die Aufgabe zu erleichtern. Es ist rein Deine Schuld! Warum speist Du mich auch mit so einem schwachen Verteidiger ab. Er hat mich die ganze Zeit nur mit dem Geständnis gezwungen.

So kam ich am 3. Juli abends in den Verhandlungssaal. Jetzt bin ich von allen drei Verteidigern samt Staatsanwalt und Hofrat abermals mit dem Geständnis traktiert worden. Ja, um Gottes willen, ich bin doch nicht aus Eisen. Ich blieb jedoch bei meiner Verantwortung. Herr Hofrat war ungehalten, der Staatsanwalt sagte »Schwindel« und kehrte mir den Rücken. Seitwärts und rückwärts wurde gemurrt. Was jetzt? Ich kam ins Beratungszimmer, wo ich geweint hab. Mein Trommelfell wurde vor lauter Geständnis in Bewegung gesetzt! Ich bin auch nur ein Weib. Ich verlangte Dich zu sprechen. Es wurde mir strikt verweigert. Dr. H. bot sich letztendlich an, mit Dir zu sprechen. Ich fragte ihn, was Du für mich tun kannst? Er sagte, von mir selbst ist alles abhängig. Denn Du kannst mir überhaupt nicht helfen. Es kommt darauf an, ob ich gestehe oder nicht.

Nächster Tag – Dienstagfrüh, ich musste zur Verhandlung und Herr Dr. H. kam mir mit einem Zettel entgegen! Ich hatte sowieso keinen Kopf mehr und er reichte mir den Zettel und sagte: »Das hier ist die Meinung des Pokorny. Aber ich sage Ihnen, Sie sind verloren. Retten Sie wenigstens Ihre Schwester und ich sage Ihnen nochmals, geben Sie sich keiner Hoffnung mehr hin. Was Pokorny betrifft, er ist nicht der Mensch, der für Sie was tun will und kann. Gestehen Sie endlich, damit wir für Sie arbeiten können. Das ist für Sie nicht nur besser, sondern auch sicherer!« Natürlich hat ihm jeder beigepflichtet – auch zu seinen Schmähmeinungen über Dich, mein geliebter Pepo!

Er drehte sich weg von mir. Mein Gott, was sollte ich anfangen. Plötzlich stand ich alleine und verlassen vor der Tür zum Gerichtssaal. Ohne Schutz, ohne Freund und ohne Verteidiger. Ich wollte absolut nicht zur Verhandlung reingehen. Die Tür ging auf und ich stand plötzlich drinnen. Alle Blicke waren auf mich gerichtet. Was sollte ich um Gottes willen anfangen? Zuerst war ich unentschlossen, dachte dann an die Worte des Herrn Dr. H., mein Kopf surrte dabei unentwegt: »Geständnis, Geständnis, Geständnis … helfen Sie sich doch selbst, indem Sie gestehen!«

Dann hab ich mich entschlossen und zu aller anwesenden Leute Entsetzen gab ich die nüchterne kalte Antwort: »Also gut, lieber Gerichtshof …« Ich holte tief Luft und setzte fort: »Ich hab die Tat begangen.« Darauf folgte Stille und ich ergänzte verzweifelt: »Aber … fragen Sie mich bitte nicht, wie ich sie begangen hab!« Diese Worte hab ich einfach von mir rausgestoßen und dann bin ich mit Herrn Dr. H. zurück ins Beratungszimmer. Dort hab ich weniger geweint als zuletzt. Gestoßen hat es mich eine Zeit lang. Denke Dir, liebster Pepo! Plötzlich hatte ich Ruhe.

Erst später wurde ich vor Gericht gefragt, ob ich die Tat bereue. Ich antwortete mit einem klaren: »Gewiss.« Das war ihnen jedoch wieder zu kalt und gefühllos. Ja um Gottes willen, was sollte ich auf die Frage sagen, was sollte ich bereuen, wenn ich der Müller kein Haar gekrümmt hab. Ich konnte mir doch keine Reue vom Finger herausziehen. Ich hab doch dieser Frau nichts getan. Da fällt mir noch etwas ein! Denke Dir, man setzte mich so lange unter Druck, bis ich meinen Vater brieflich um Verzeihung bat. Ich wusste weder wozu, noch was ich ihm schreiben sollte. So hab ich die Worte an ihn ebenso aus der Luft gegriffen. Was hätte ich denn schreiben sollen?

Deine unglückliche Gusti!

Wien, 29. November 1912, Josefine Huber und Klara Herzberg

Finis müder Blick aus dem Fenster heftet noch immer auf den schwerfällig tanzenden Schneeflocken. Es überkommt sie eine große Traurigkeit. Nachdenklich faltet sie Gustis Brief zusammen, legt ihn in die Schachtel zurück und versucht die trüben Gedanken an Pokorny zu verdrängen. Es fällt ihr nicht leicht, doch je länger sie über die Begebenheit nachdenkt, desto klarer wird ihr, dass das unerwartete Zusammentreffen mit diesem Ekel von Mann sie nur verstört zurückgelassen hat. Nur im ersten Augenblick des Wiedersehens fühlte sie sich erniedrigt und gebrochen. Er hatte einen Ton angeschlagen, der sie verunsicherte und ihr furchtbare Angst einflößte. Sie weiß was zu tun ist, um sich zu schützen: kein Opfer mehr sein, sondern selbst die Initiative zu ergreifen.

Das eigenartige Verhalten von Klara im Café Schinagl kann sie noch immer nicht nachvollziehen. Sie versteht ihre Reaktion nicht, einfach davonzulaufen. Ob es sich tatsächlich um den Opernsänger gehandelt hatte, mit dem sie dann weggegangen sein soll? Das erscheint Fini beim besten Willen unrealistisch. Weshalb sollte ausgerechnet Klara sich mit Pokorny treffen? Nein, ganz unmöglich;

Klara wollte einfach nur raus aus dem Café, und ihr jämmerlicher Anblick, als sie am Boden lag, ist ihr anscheinend zu viel geworden.

In den letzten Wochen in Wien war sie zuversichtlich geworden, aus ihrer starken Depression einen Ausweg finden zu können. Die Gründe für das Licht am Ende des Tunnels waren einerseits die unverhoffte Anstellung im Kino – endlich verdiente sie sich ein wenig Geld auf anständige Weise, um zu überleben – und andererseits ihre Bekannte, Klara Herzberg. Beim ersten Aufeinandertreffen im Kino hatte sie das Gefühl, das Leben gebe ihr mit Klara die Chance, eine neue Freundin gewinnen zu können. Sie stand einer Frau gegenüber, die mit ihrer sanften und freundlichen Menschlichkeit Ruhe und Geborgenheit auf sie ausstrahlte. War es möglich, dass hier jemand war, dem sie wieder Vertrauen entgegenbringen konnte? Sie wünschte es sich so sehr. In der Zeit der Gefangenschaft, und auch seither hatte sie dieses Gefühl so sehr vermisst. Bei ihren beiden bisherigen Treffen hatten sie sich tatsächlich schon freundschaftlich angenähert. Und irgendwann würde der Moment kommen, ihrer Freundin näher anzuvertrauen, was ihr Leben so schwerfällig und finster machte. Doch dieser erlösende Moment schien ihr noch sehr weit entfernt und die Zeit bisher zu kurz dafür.

Es liegt ihr nicht im Sinne, beim nächsten Zusammentreffen mit Klara die Gekränkte zu spielen. Doch wird sie ihre Bekannte auf ihr seltsames Verhalten im Schinagl ansprechen müssen, um ihr in Zukunft wieder beruhigt in die Augen sehen zu können. Gerne würde sie ins Freie und mit Klara durch die Stadt schlendern, anstatt in der stickigen Zimmerluft zu sitzen. Vor ihr der trostlose Anblick der feuchtmatschigen Straße vor den schmalen Fenstern.

Es schneit immer noch, und es fehlt ihr im Moment soweit die Kraft, als auch der Mut, alleine aus dem Haus zu gehen. Ein kurzer Blick in das Zimmer macht ihr deutlich, dass sich ihre ärmlichen Verhältnisse in Zukunft aufgrund der kargen Beschäftigung kaum ändern werden. Es fehlt ihr schlichtweg an Geld. Sie wirft einen fragenden Blick auf den Umschlag, den ihr Pokorny mit diesem eigenartigen Blick zugesteckt hatte. 300 Kronen befinden sich darin, sie hat das Geld bereits nachgezählt. Wusste er, dass sie das Geld so nötig braucht und es ihr finanziell schlecht geht? Lässt sie sich erneut von ihm kaufen? Wie lange wird sie mit dem Geld auskommen?

Den Brief ihrer Schwester hat sie bei den anderen Unterlagen sicher verstaut. Was würde sie geben, um mit jemandem über das alles zu reden und sich von den Sorgen und Ängsten zu befreien. Ihr schlechtes Gewissen und die Schuldgefühle abschütteln und auch ihre Angst, dass ihr Schicksal sich auch in Zukunft weiterhin so erfüllen würde, wie es ihr der Vater einst prophezeite und bisher Recht hatte. »Armer, enttäuschter Vater«, denkt sie sich. »Was haben wir ihm bloß angetan?«, seufzt sie laut. Ihre Hände bewegen sich unruhig, sie faltet sie zusammen zum Gebet.

Die Stadt war tatsächlich ihr Verderben, und zu schnell und wohl auch zu gerne hatte sie aufgegeben, tagsüber einer Beschäftigung nachzugehen. Es gestaltete sich doch wesentlich einfacher, sich nachts mit gut gelaunten Männern zu vergnügen und dafür sogar noch Geld zu kassieren, und dafür am Tag im Bett zu bleiben oder ins Kaffeehaus zu gehen. Selbst dem Alkohol war sie nicht abgeneigt. Ein käufliches Wesen war sehr schnell aus ihr geworden, eine Prostituierte, die sich im Schinagl über dem Café stundenweise ein Zimmer mietete, um Männer zu empfangen und ihre Liebesdienste anzubieten. Und bald war das alles dann gar nicht mehr so lustig gewesen. Aber da war es schon zu spät, um etwas daran zu ändern.

In tiefst trüber Stimmung wird ihr bewusst, dass sie nirgendwo hingehen und ihr gebrochenes Herz ausschütten kann. Solche Geschichten will auch niemand wissen. Darüber spricht man nicht, hatte es unter den Mädchen immer geheißen. Geschweige denn, dass sie es wagen könnte, jemanden zu sich hier ins spärliche Zimmer einzuladen, um sich die kalte Vergangenheit von der dunklen Seele zu reden.

Nur Klara hat sie beim ersten Mal spontan auf einen Likör zu sich eingeladen – sie weiß gar nicht, woher der Mut dafür gekommen war. Sie hatte sich damals sogar freundlich darüber geäußert, wie sauber sie ihr einfaches Zimmer halte. Abermals sind ihre Gedanken bei Klara, die es sich ihren Erzählungen nach sehr gut leisten kann, ein anspruchsvolleres Leben zu führen, als sie hier im kleinen Zimmer mit den alten, abgewohnten städtischen Möbeln und einer erbärmlichen Wasch- und Kochgelegenheit. Dabei muss sie noch froh sein, dass ihr kleiner Herd sogar eine Kochplatte hat. Viele Mieter können sich in ihrem Zimmer nicht einmal etwas zum Essen warmmachen.

Woher Klara wohl das Geld hat? Vielleicht hat sie auch geerbt, wie einst Maria Müller? Kein Mensch dachte doch damals im Geringsten daran, dass die ehemalige Köchin einmal so viel Geld besitzen würde, sodass sie keiner Arbeit mehr nachgehen musste. Da fällt ihr ein, dass Klara eine gute Anstellung als Gesellschafterin hat. Fini weiß nicht einmal genau, was das überhaupt ist.

Beim Blick in den Spiegel stellt sie fest, dass ihre Stimmung gut zu ihrem kränklichen Aussehen passt. Nicht zum ersten Mal bemerkt sie, dass ihre Augen den Glanz verloren haben. Sie fährt sich mit den Fingern durch die struppigen Haare, die einst strahlend blond, lang und glatt gekämmt waren. Doch das ist viele Jahre her. Die harte Zeit im Gefängnis hinterließ deutliche Spuren. Aus dem Spiegel blickt ihr ein schmales und blasses Gesicht mit ruhelosen Zügen entgegen. Ein Zucken in den Augen verrät die Unruhe einer Verfolgten oder Nervenkranken. »Das ist nicht die Frau, die ich weiter sein möchte. Ich kann so nicht weiterleben«, schießt ihr panisch durch den Kopf. Ein wildes Klopfen an der Zimmertüre lässt sie aufhorchen. Sie ist verwirrt und vernimmt mit Schrecken die laute, aufdringliche Stimme ihrer Quartiersgeberin: »Gnädige Frau haben Besuch! Sie möge bitte die Türe öffnen.«Das Klopfen wird fester. Die Stimme mürrischer: »Jetzt machen Sie doch endlich auf. Eine vornehme Dame möchte Sie dringend sprechen!« Sie zuckt mit den Achseln, denn mit einem Besuch hat sie bei Gott nicht gerechnet. Wer sollte sie denn schon in dieser erbärmlichen Unterkunft besuchen wollen? »Eine vornehme Dame«, wiederholt sie leise und öffnet neugierigen Blickes die knarrende Zimmertüre. Sie holt tief Luft.

Stämmig und mit eigenartigem Blick in das Zimmerinnere steht ihre rüstige Quartiersgeberin vor ihr mit einem roten Kopftuch, unter dem die grauen Haare ungepflegt hervorschauen. Wie nicht anders zu erwarten, trägt sie diese schmutzige, dunkelgraue Arbeitsschürze und starrt sie misstrauisch an. Sofort fällt Fini auf, dass es im Flur nach verbrannter Milch stinkt. Sie wartet stillschweigend ab, ob die Frau noch etwas sagen würde und hatte damit

Recht. »Was brauchen Sie so lange? Ich hab nicht ewig Zeit!«, kommt es ärgerlich aus ihrem spitzen Mund, der sie wie eine Ente aussehen lässt. Erst unlängst hatte ihr Mann sie verlassen, weil sie ihn in diesem schrecklichen Ton den ganzen Tag herumkommandierte und er ihr nichts recht machen konnte. Seit dem Tag seines Auszuges hat sich nicht nur ihre mürrische Art verschlechtert, sondern auch ihre Kontrollsucht wesentlich verstärkt. »Kein Wunder, dass die Männer solcher Frauen sich mit Freudenmädchen vergnügen«, denkt Fini.

Hinter der mürrischen Frau kommt Klara langsam zum Vorschein. Sie trägt ein aus vornehmem Material, vielleicht Kaninchenwolle, gestricktes Kleid mit weißer Bluse unter einem dunkelgrünen Mantel. Ein feines, blassgrünes, seidenartiges Tuch liegt um die Schultern, passend zum dezent geschminkten Gesicht und den hochgesteckten Haaren unter dem jagdgrünen Damenhut. Nervös reibt sie sich die Hände, nachdem sie sich lautstark den Schnee von den Schuhen geklopft hatte. Misstrauisch wirft die Frau Fini einen bösen Blick über die Schulter zu, bevor sie sich lauten Schrittes entfernt. Fini fragt sich, was wohl der Grund für Klaras Besuch sei und weiß nicht, was sie sagen soll. Klara räuspert sich verlegen und schweigt ebenfalls.

Die jetzt schon aus dem Stiegenhaus kommende aufdringliche Stimme der Quartiergeberin reißt Fini aus den Gedanken: »In meinem Haus dulde ich keine langen Zimmerbesuche, merken Sie sich das, junge Frau!« Mit starkem Krachen fliegt eine Türe ins Schloss, und beide Frauen kichern leise.

Eine leichte Hitze fährt Fini durch den Körper, ihr Gesicht errötet. Einen Augenblick kommt in ihr das Gefühl von Peinlichkeit auf. Sie, die verarmte und heruntergekommene Reinigungskraft, und Klara, die schöne, elegante Frau. Wie eine berühmte Schauspielerin steht sie im Hausgang vor ihrer Zimmertüre. Klassisch elegant und mit einem sanften Lächeln im Gesicht. Klara nimmt den Hut ab und beugt sich über Fini, drückt sie fest an sich. »Es tut mir so leid, was im Café Schinagl passiert ist. Ich weiß, dass es nicht in Ordnung war von mir!«, sagt sie in ruhigem Ton. Fini genießt die herzliche Umarmung und fühlt sich in Klaras Armen geborgen. Sie kann sich nicht mehr daran erinnern, wann jemand sie zuletzt so liebevoll und tröstend in den Arm genommen hatte. Erleichtert nimmt sie Klaras Worte als Entschuldigung an und antwortet ganz kurz: »Schon gut.«

Vor der Eingangstüre zu ihrem Zimmer verbreitet sich plötzlich eine angenehme Stille. Fini verspürt nach Langem wieder ihr Herz leise und gleichmäßig schlagen. Ihr ist bewusst, dass, wenn sie sich jetzt gekränkt zeigt und über den Vorfall im Schinagl grollt, sie niemanden mehr auf der Welt hat, dem sie ihr Herz ausschütten und bei dem sie sich die Sorgen von der Seele reden kann. Mit zittriger Stimme und Tränen in den Augen fragt sie Klara, ob sie genügend Zeit mitgebracht hat, um alles in Ruhe zu besprechen. Sie bittet Klara in ihr bescheidenes Zimmer einzutreten, sich darin aber nicht allzu genau umzusehen.

Bei einem Glas Wasser erkennen beide Frauen rasch, dass die Situation es erfordert, über bisher Unausgesprochenes endlich zu reden. Zu viele Unklarheiten schwirren beiden im Kopf herum. Jede von ihnen hat einen fragenden Blick in den Augen und es herrscht kurze Stille. Dann gesteht Klara Fini mit Tränen in den Augen, dass sie diesen vornehm gekleideten Mann, den sie zuletzt gemeinsam auf der Straße gesehen haben, sehr wohl kenne und es sich dabei um den bekannten Opernsänger Joseph Hochmaier handle. Fini ist entsetzt, hatte sie Klara doch erzählt, dass dieser Schurke alle Frauen in den Ruin stürze. Sie hinterfragt mit hochrotem Gesicht »Bist du dir ganz sicher, dass wir von demselben Mann reden, von dem ich dir beim letzten Mal sogar erzählt hab, dass genau er der Anfang meiner Tragödie war?«

Klaras zaghaftes Nicken bestätigt Finis schlimme Vorahnung. »Er nennt sich jetzt Hochmaier. Aber er hat mir heute selbst gesagt, dass sein richtiger Name Pokorny ist«, gibt ihr Klara zur Antwort.

Ein kalter Schauer fährt Fini über den Rücken. Damit hatte sie nicht gerechnet. »Wie konnte das nur passieren! Du bist doch so intelligent und vorsichtig, was Männer betrifft, hast du mir erzählt. Ich bin mehr als entsetzt!« Noch ehe Klara das Taschentuch aus ihrem Mantel hervorholen kann, bricht sie in einen bitterlichen Weinkrampf aus. Schluchzend erklärt sie Fini, wie sie diesen ihrer Meinung nach vornehmen Mann in der Oper kennengelernt hat. Auch, dass er ihr bereits bald nach diesem Treffen einen Heiratsantrag gemacht hat. Alles an dem adretten Mann war ihr bald so vertraut erschienen; seine Art zu reden und sein gutmütiges Gehabe erinnerten sie an den geliebten Vater, der ihr ganzer Halt gewesen war. Und sie hätte nach nur kurzem Zögern »Ja« gesagt, denn sie erkannte eine wahrlich warme Liebenswürdigkeit in diesem Mann. Wenn sie ihn so erzählen hörte, kam er ihr wie der gütigste Mensch in der Stadt vor.

Erst bei einem nächsten Treffen gestand er ihr, bisher kein Glück mit den Frauen gehabt zu haben und deshalb immer noch ledig zu sein. Klara erinnert sich jetzt, dass ihm dabei der Schweiß auf der Stirn stand. Doch sein Blick wirkte sehr ehrlich, sogar liebenswert. »Ich dachte mir weiter nichts bei seinen Worten, hatte ein sehr gutes Gefühl und empfand Mitleid mit dem liebenswerten Mann. Ich wollte einfach nicht mehr. ›Ich brauche noch Zeit‹ auf seine abermalige Bitte sagen, seine Gemahlin zu werden, schien mir zu oberflächlich. Ich konnte ihn nicht auch noch verletzen und gebe zu, dass ich selbst immer von den Männern enttäuscht worden bin. Außerdem war ich sehr lange ohne Mann und sehnte mich nach Geborgenheit. Und es hat mir schon besonders gefallen, die Gattin des bekannten Opernsängers zu werden. Das gebe ich gerne zu.«

Fini verdreht die Augen und redet ihr dazwischen: »Diesen Schurken hättest du nie für dich alleine, und dein Geld wäre auch auf dem schnellsten Wege dahin. Mag sein, dass er sich geändert hat, allein, mir fehlt der Glaube daran! Die Menschen sind schlecht, meine Liebe. Und dieser besonders. So sage ich nur: Finger weg von dem Schurken!« Klara erzählt weiter, wie Pepo, sie eines Tages fast flehend bat, doch ins Kino zu gehen, wo ein gewisses Fräulein Josefine Huber arbeite, um sich nach ihr zu erkundigen. Sie sei eine gute Freundin und könne Hilfe benötigen und er dürfe nicht offiziell als Gönner aufscheinen. Dies alleine wegen seines Ansehens in Wien.

Sie fand seine Bitte anfangs ein wenig eigenartig. Erst beim zweiten Anlauf hatte sie den Mut, die Kinobesitzerin anzusprechen, ob tatsächlich eine gewisse Josefine Huber bei ihr beschäftigt sei, der es nicht besonders gut ginge, und ob sie sie nicht bekannt machen könne. So lernten sie sich beide kennen. Klara hatte tatsächlich vom ersten Moment an Mitleid mit ihr und wollte ihr helfen. Was ihr Bräutigam damit eigentlich bezwecken wollte, war ihr zu diesem Zeitpunkt nicht bewusst, sie wisse es bis jetzt noch nicht genau, und bei dem eigenartigen Vorfall im Café Schinagl hatte sie schlichtweg die Nerven verloren und musste davonlaufen, so unangenehm war ihr die ganze Angelegenheit gewesen.

Erst als sie Fini nochmals bittet, ihr zu verzeihen, und sie die inzwischen aufgetretenen Zweifel an ihrem Bräutigam aufgrund ihrer letzten Erkenntnisse kundtut, kann sich Fini fassen, schüttelt den Kopf und meint verzweifelt: »Was sind die Frauen nur für dumme Wesen, wenn es um die Männer geht!« Klara fasst sie am Arm, stimmt ihr zu und gibt wehmütig zu erkennen, dass sie wohl einen schweren Fehler gemacht habe. Sie würde jedoch gerne alles tun, um ihr Vertrauen wieder zu gewinnen.

Fini beschließt, dass sie Klara vertrauen kann und will. Sich ehrlich zu erkennen zu geben, scheint ihr das Größte, das ein Mensch dem andern geben kann. So springt sie über ihren Schatten und findet Mut und Willen, der Freundin zu erzählen, dass sie erst vor einem halben Jahr aus der Strafanstalt von Vigaun entlassen worden war. Eingangs ist ihre Stimme noch zaghaft, doch Klara zeigt sich voll Mitleid und Verständnis. So gelingt es Fini sogar, zu berichten, wie es zu ihrer Verurteilung gekommen war und wovon sie die letzten Monate vor der Tat gelebt hatte. Die meisten Details zum Mordfall waren Klara ja bereits bekannt, dazu nickt sie mit dem Kopf. Sie zeigt sich jedoch sehr schockiert darüber, was die junge Frau über ihre eigenen Erlebnisse und die Situation der Prostituierten in Wien allgemein zu erzählen weiß.

Fini nimmt sich nun in ihrem Redefluss kein Blatt mehr vor den Mund und schildert detailreich die Zustände in Wien bei Nacht und wie es den jungen Mädchen ergeht, die vom Land in die Stadt kommen und sich das große Glück in der Stadt erhoffen, später keine Arbeit finden und letztendlich ihren Körper an Männer verkaufen, um das nötigste Geld zum Überleben aufzutreiben. Sie berichtet, wie einfach es für sie war, sich in einem Tageslokal ein Zimmer zu mieten und sich mit den Kellnern zu arrangieren. Und schon bekam man laufend Kundschaft, die sich vergnügen wollte. Männer aus allen Schichten befanden sich unter ihren Kunden. Vermögende Herren, einfache Familienväter und junge Kerle, die ihre ersten Erfahrungen sammeln wollten. Manche sind zu Stammkunden geworden, manche waren großzügig und manche so geizig, dass man es sich gar nicht vorstellen konnte.

Es gab auch solche, die Schulden machten und um Ratenzahlung flehten, wie der Opernsänger Pokorny, der ein paar Male bei ihr im Zimmer war und sich als Witwer ausgab. ›Wenn du heute besonders lieb zu mir bist, bezahle ich morgen meine Restschuld‹, hört sie noch immer seine Worte; dann legte er nicht einmal eine ganze Krone auf den Tisch. Und ein paar Tage später war es wieder dasselbe. Dabei hat er sich immer ordentlich bedienen lassen und sie auch noch jedes Mal ausgefragt, anfangs, wie sie heiße und wo sie denn herkomme, später auch, was ihr Vater mache und ob denn da eine größere Erbschaft zu erwarten sei. Pokorny hatte also sicher bereits herausgefunden, dass sie die verheimlichte Schwester von Gusti war.

Seine finanziellen Gepflogenheiten und sein Hang zum Schuldenmachen hatten sich übrigens im Etablissement rasch herumgesprochen. Und obwohl er sich immer sehr freundlich und leutselig gab, nahm kein Mädchen ihn mehr als Kunden. Sie natürlich auch nicht, schließlich brauchte sie das Geld, das Zimmer und die Kellner bezahlten sich nicht von alleine. Sie hatte zu dieser Zeit leider keinen Kontakt mit ihrer Schwester. Die wollte das nicht und sie selbst war enorm traurig darüber, weil sie ihre Schwester sehr vermisste. Erst beim Prozess in Leoben musste sie zu ihrem Schrecken entdecken, dass dieser schäbige Kunde von ihr der Bräutigam ihrer Schwester, der angeblich so vornehme und bekannte Opernsänger, war. »Das ist wirklich schade, dass du deine Schwester nicht rechtzeitig vor diesem Kerl warnen konntest. Vielleicht wäre alles ganz anders gekommen«, wirft Klara ein. Fini zuckt mit den Schultern:

»Aber selbst wenn ich Gusti schon vorher hätte warnen können, es hätte wahrscheinlich auch nichts genützt, weil sie mir nicht geglaubt hätte. Wenn sie sich etwas in den Kopf setzte, konnte niemand dagegen reden – so stur konnte sie sein. Und auf Pokorny hatte meine Schwester eben all ihre Hoffnungen gesetzt. Da hätte sie eher mich ganz fallen lassen, bevor sie mir geglaubt hätte«, bemerkt Fini nachdenklich und wischt sich ihre Tränen aus den Augen.

Es herrscht kurz Stille, dann wiederholt Fini ihre Warnung an Klara beim Zusammentreffen mit dem Schurken vorm Schinagl: »Dieser Mann stürzt jede Frau ins Unglück und ruiniert sie finanziell. Das beste Beispiel ist meine Schwester Gusti. Pokorny wusste doch – auch von mir, denn deshalb hat er mich doch immer so ausgefragt –, dass seine Braut kein Geld hatte. Trotzdem verlangte er von ihr wiederholt, dass sie das nötige Geld auftreiben müsse. Für die Reise nach Russland natürlich! Damit hat er sie nach und nach in den Ruin, ins Verbrechen und im Endeffekt in den Tod getrieben.«

Klara, die beim Zuhören anfangs Ruhe und Gelassenheit zeigt, achtet im mittlerweile halbdunklen Zimmer auf jedes Wort von Fini. Sie ist nun davon überzeugt, mit Pepo einen schweren Fehler begangen zu haben. Gegen Ende der Erzählung macht sie auf Fini einen völlig verzweifelten Eindruck und stützt den Kopf in beide Hände, ihre Haare sind zerzaust, die Augen gerötet.

»Ich kann es nicht verstehen! Wie gibt es das, dass du nie auf die Idee gekommen bist, dass dein zukünftiger Bräutigam der windige Opernsänger Pokorny vom Mord im Raxental sein könnte? Das war doch in allen Zeitungen«, fragt sie. Klara wird rot. Trotz des zunehmend unguten Gefühls, bemüht sie sich die Fassung zu bewahren.

»Ja, das habe ich mich, seitdem ich hier bin, auch gefragt, wie ich so blind sein konnte. Aber ich habe mich damals nicht sehr um diese grausame Mordgeschichte gekümmert, weil ich mit meinen eigenen Problemen beschäftigt war. Ich lebte damals gerade bei einer Verwandten in der Untersteiermark, weil meine noch junge Ehe leider schon wieder kurz vor der Scheidung stand. Übrigens, das weißt du sicher nicht, die Geschichte hat mich dann, nach Abschluss des Prozesses, doch noch eingeholt.«

»Wie meinst du das?« Fini ist verwirrt. Sie spürt, wie ihr Herz schneller schlägt.

»Erinnerst du dich noch an die von deiner Schwester erfundene Geschichte von einem Herrn Mattausch als Täter?«, fragt Klara mit stockender Stimme und holt tief Luft. Fini denkt kurz nach, dann nickt sie und kramt hektisch in der Schachtel mit Unterlagen, die am Tisch steht. Sie holt einen Zeitungsartikel hervor. »Meinst du das hier?«, murmelt sie aufgeregt und runzelt die Stirn.

Illustrierte Kronen Zeitung
Tagesbericht

Wien, Sonntag, 30. September 1906

Der Mord im Raxengraben, dem die unglückliche Dienstmagd Maria Müller zum Opfer fiel, dürfte vielleicht wieder die Behörden beschäftigen. Augustine Huber, der vom Kaiser die Todesstrafe nachgesehen wurde und die nun eine 20-jährige Kerkerstrafe abzubüßen hat, ist mit neuen sensationellen Enthüllungen hervorgetreten. Die vom Gericht als Mörderin Verurteilte stellt nunmehr die Behauptung auf, dass nicht sie die Bluttat vollführt hat. Ja noch mehr! Sie bezeichnet eine bestimmte Person als den wahren Täter.

Ist diese Enthüllung wahr oder ist sie nur der letzte verzweifelte Versuch einer Schuldigen, sich der Strafe zu entziehen? Die Enthüllungen, die Augustine Huber nach ihrer Verurteilung gemacht hat, wären, wenn sie sich als wahr erweisen – aber natürlich auch nur dann – geeignet, eine Wiederaufnahme des Sensationsprozesses herbeizuführen. Dieser Prozess würde – so viel geht aus den Andeutungen des Advokaten hervor, dem die Huber die Enthüllungen machte – an einem anderen Ort als in Leoben stattfinden.

Wie mitgeteilt, hat Augustine Huber, welche ihrer Abführung in die Strafanstalt Vigaun entgegensieht, an ihren Wiener Verteidiger Herrn Dr. Viktor H. einen Brief gerichtet, in dem sie ihn ersuchte, nach Leoben zu einer Unterredung mit ihr zu kommen, da sie nun alle im Dunkel gebliebenen Umstände der Tat aufklären und Enthüllungen machen werde, welche die Tat in einem neuen Lichte erscheinen lassen werden. Da ihr Verteidiger anfangs zögerte und vorerst brieflich an sie die Anfrage richtete, ob es sich um wirklich wichtige Mitteilungen handle, teilte Augustine Huber dem Verteidiger mit, dass sie das ganze Material schriftlich niedergelegt habe.

In diesem Briefe, dessen Inhalt die Huber auf mehrmaliges Befragen vollinhaltlich mündlich bestätigt hat, wird die Person des angeblichen Mörders des Dienstmädchens Maria Müller mit Name, Stand und Wohnort genau bezeichnet, sodass sich dessen Ausforschung leicht gestalten wird. Augustine Huber wird Montag früh in die Strafanstalt Vigaun gebracht werden, wo sich ihre Schwester Fini bereits seit einiger Zeit in Haft befindet. Sie erklärt, sich schon sehr auf das Wiedersehen mit ihrer Schwester zu freuen.

Ihr Verteidiger glaubt an eine Wiederaufnahme des Verfahrens, wenn es ihm gelingen sollte, die von der Huber genau bezeichnete Person aufzufinden, was er bereits für den heutigen Sonntag erhofft, wenn diese Person nicht imstande sei, ihr Alibi zur betreffenden Zeit nachzuweisen. Die Huber behauptet, dass ein Tourist am Tage des Mordes im Raxengraben gesehen habe, wie sich zwei Personen, darunter die ermordete Maria Müller, in der Mulde miteinander beschäftigt haben, während dieser Tourist zwei Frauen, das Schwesternpaar Huber, gleichzeitig unten beim Kreuz gesehen haben soll.

Beim Mörder soll es sich um einen früheren Geliebten der Müller handeln, einen Mann aus Payerbach, der mit ihr im Raxental eine Zusammenkunft beabsichtigt habe. Und aus diesem Grund hätten die beiden Schwestern Maria Müller begleitet, weil sich die Ermordete vor ihrem ehemaligen Geliebten gefürchtet habe. Anschließend wäre ein Besuch beim Vater beabsichtigt gewesen, den sie jedoch aus bekannten Gründen dann doch nicht angetreten hätten. Bezüglich der Herauslockung des Reisekorbes der Müller gibt Augustine Huber an, dass sie sich, als der Mord bekannt wurde, zu diesem betrügerischen Vorgehen entschloss, da sie sich in einer verzweifelten Lage befand. Die Müller habe ihr ein Darlehen von 800 Gulden versprochen, und da sie befürchtete, dass die Erben dieses Versprechen nicht einhalten würden, habe sie sich schadlos halten wollen.

»Das Todesurteil«, sagt Augustine Huber, »hat mich kaltgelassen. Mir liegt nichts am Leben, nur die sechs Buchstaben: ›Strang‹ haben mich erbeben gemacht.« Aus diesem Grund hat sie sich nach dem Todesurteil entschlossen, den wahren Täter zu nennen. Inwieweit diese Angaben auf Wahrheit beruhen, wird sich in den nächsten Tagen herausstellen, und darüber wird umgehend berichtet.

Beide überfliegen den Zeitungsartikel, dann legt Fini ihn gefaltet in die Schachtel zurück. Sie wirft Klara einen Blick ins fragende Gesicht. »Hier ist meiner Schwester wohl ein schwerer Fehler passiert«, denkt Fini laut nach und fügt leise hinzu: »Dieser Mann mit dem auffallend hübschen Gesicht, den blonden Haaren und blauen Augen, von dem Gusti annahm, dass er Mattausch heiße, verkehrte ebenfalls im Café Schinagl. Er wirkte in seiner ganzen Art sehr unschuldig und schüchtern. Jedoch war sich Gusti sicher, dass er es auf die Müller und ihr Geld abgesehen hatte. Sie fragte ihn gleich direkt, was er von dieser Frau so halte. Sie würde ihm schon gefallen und sie wären sich auch bereits einmal nachts nähergekommen, doch dann hätte er wieder einen Rückzieher gemacht. Sie wäre ihm zu eigenwillig, antwortete er auf ihre Frage.«

Klara wirkt jetzt sehr nachdenklich. Sie schüttelt den Kopf. Als sie nachfragt, ob Gusti nicht die dritte Person als Fräulein Mattausch ins Gästeblatt im Wirtshaus Eder in der fraglichen Nacht eingetragen hatte, stimmt Fini ihr nickend zu. »Ja, das hat sie. Dieser angebliche Mattausch war nämlich bereits verheiratet, lebte jedoch angeblich nach kurzer Zeit der Ehe von seiner Frau wieder getrennt. Er wohnte in Payerbach und sie irgendwo weiter weg. Genaueres war mir nicht bekannt. Er hatte meine Schwester irgendwann im Schinagl lediglich um den Rat gebeten, wie man am besten seine Frau loswerden könne, um dann eine andere heiraten zu können. Anscheinend wollte er doch die Müller heiraten, die hatte nämlich mehr Geld als seine Frau.«

Auf die Frage von Klara, welchen Rat ihre Schwester daraufhin parat hatte, antwortete Fini mit ruhigem, kalten Blick: »Gusti meinte, dass ihm nur der Tod helfen könne. Der Mann war natürlich schockiert und dachte, er solle seine Frau umbringen, erzählte mir meine Schwester. Doch Gusti versuchte die Sache zu beschwichtigen und ihm zu erklären, falls er in absehbarer Zeit von einer unbekannten toten Frau in der Zeitung lesen sollte, dann möge er diese Leiche doch als seine Gattin identifizieren und somit wäre er wieder frei.«

Klaras Miene wird immer ernster. Aber Fini erzählt gelassen weiter: »Dieser Mann hieß jedoch weder Mattausch, noch hat er die Müller letztendlich als seine tote Gattin identifiziert. Wie mir später zugetragen wurde, hat er sich wohl nach diesem Zeitungsartikel selbst bei der Polizei gemeldet. Somit war die Anschuldigung, dass er der Mörder der Müller war, schnell widerlegt. Außerdem hatte er tatsächlich ein Alibi für den Zeitpunkt des Mordes.«

Klara runzelt nachdenklich die Stirn: »Das war sein großes Glück, sonst säße der Unschuldige heute im Gefängnis und deine Schwester wäre frei.« »Zumindest wäre Gusti noch am Leben. Sie ist vor vier Jahren im Gefängnis erbärmlich an Tuberkulose gestorben«, erwidert Fini knapp und wischt sich erneut ihre Tränen aus dem Gesicht. Während Klara angestrengt nachdenkt, was sie darauf antworten soll, schüttelt Fini den Kopf. »Ich dachte sehr lange, dass all die entsetzlichen Dinge, die man erlebt hat, mit der Zeit blasser werden und ihren Schrecken verlieren. Doch da habe ich mich schwer getäuscht.« »Du meinst wohl die Zeit in der Strafanstalt?«, fragt Klara besorgt und rückt dicht an Fini heran. Sie überlegt, ob es gut ist, ihr weitere Fragen zu stellen. Aber letztendlich siegt die Neugierde über ihre Zurückhaltung, zumal sie merkt, dass Fini gerade schwer an ihren quälenden Erinnerungen trägt. »Vielleicht wird es besser, wenn du darüber redest?«, meint sie daher mit besorgtem Ton und nimmt Fini bei der Hand. Plötzlich ist bei Fini die Angst wieder da – diese Angst, die sie trotz aller Anstrengungen immer noch nicht ganz verscheuchen konnte. Sie starrt auf ihre zittrigen Hände. Die Rillen an den Knöcheln treten scharf hervor und die Nägel sind immer noch sehr matt. Nervös greift sie nach ihrem klopfenden Herzen und lässt ihre Hand dort liegen.

»Aus 18 Monaten wurden ganze 5 Jahre«, wispert sie. »Ich wurde gleich nach der Urteilsverkündung in die Weiberanstalt nach Vigaun in Oberkrain gebracht. Es war eine lange Fahrt ins Ungewisse. Ordensschwestern nahmen mich in Empfang. Sie waren es auch, die die Aufsicht über die Zimmer hatten, in denen bis zu einem Dutzend Frauen unterschiedlichste Strafen abzubüßen hatten. Betrug, Diebstahl, Mord und Totschlag, das war alles vertreten. Die Blicke der Schwestern waren verbittert, ihre Stimmen laut und grob. Der Schlafsaal, zu dem man mich brachte, war groß und feucht, es gab kaum Tageslicht. Die gefangenen Frauen, meist jüngeren Alters, waren in einem schlechten Zustand, körperlich sowie seelisch total heruntergekommen. Ihr Anblick war furchterregend, geisterhaft. Ich war unsagbar müde, meine Gedanken waren zu schwach, um zu erfassen, was vor mir lag. Ich verweigerte lange Zeit das karge Essen, trank kaum etwas und später erzählte mir eine Schwester, dass ich tagelang im Nervenfieber gelegen sei. Mein Zustand hatte Anlass zu ernster Besorgnis gegeben. Ich hörte nur teilnahmslos zu, wenn jemand etwas zu mir sagte und fragte mich, warum man mich nicht einfach sterben ließ. Ich wollte nichts anderes mehr. Ich ertrug das Leben nicht mehr, schon gar nicht nach Gustis Verurteilung zum Tod durch den Strang. Ich liebte meine Schwester doch so sehr. Mir war alles gleichgültig geworden, auch die vielen Streitereien der Mithäftlinge sowie die grauenhaften Zustände in der Anstalt. Leider war ich noch zu jung um zu sterben, die Kraft meines Körpers schien zu wenig verbraucht.

Eines späten Abends öffnete sich die Zimmertür und eine Ordensschwester trat mit Gusti ein. Ich schlummerte fiebrig dahin. Schüchtern setzte sich Gusti auf einen Stuhl neben meiner Holzpritsche, ihre Augen sahen mich groß an. Ich dachte, es wäre ein Traum, konnte nichts sagen. Kein Wort brachte ich hervor. Ich war ganz starr und spürte, dass kalte Schweißtropfen auf meine Stirn traten. Voller Angst schloss ich die Augen. In Gedanken sah ich Gusti, wie sie gehängt wurde. Ich schrie laut auf, da ich dachte, dass nun ihre Seele zu mir gekommen ist, um sich von mir zu verabschieden. Ich hörte meine Schwester mit zitternder Stimme sagen, dass sie zu mir gekommen sei, um meine Verzeihung zu erbitten. Ich bat sie verzweifelt, wieder zu gehen. Ich wusste zu diesem Zeitpunkt ja nicht, wie es wirklich stand und dass sie begnadigt worden war. Sie nicht als Geist, sondern ganz mit Leib und Seele vor mir stand. Gusti hielt einen tiefen Atemzug lang inne und sprach weiter. Ich aber schloss meine Augen und verschloss mein Herz und hörte ihre flehenden Worte nicht. Ich fühlte, wie sich eine kalte Hand auf meinen Arm legte und verlor das Bewusstsein. Erst Tage später erzählte mir eine Insassin, die es ständig auf mein Essen abgesehen hatte, dass Gusti vom Kaiser begnadigt und ihre Todesstrafe aufgehoben worden war. Es war bereits Ende September geworden. Die Zeit verflog im Nu. Langsam begann ich wieder zu genesen. Danach musste ich natürlich wie alle anderen Frauen jeden morgen früh aus dem Bett, um in der Werkstatt im Keller schwere Arbeiten zu verrichten.«

»Hast du Gusti dann wieder getroffen?«, fragt Klara bestürzt. Fini beginnt darüber nachzugrübeln. »Ja, manchmal. Eher selten, trafen wir uns zufällig am Gang, wenn wir Strafgefangene zur Arbeit oder wieder in die Zimmer gebracht wurden. Gustis Zimmer befand sich im selben Stockwerk, doch wurde uns ein direktes Zusammentreffen verwehrt. Einen Tag im Monat wurden wir in die Dunkelkammer ohne Essen und Trinken gesperrt. Es war immer der 25., der Todestag der Müller. Da wusste ich dann, dass Gusti wohl in einer der kleinen Kammern neben mir am Boden lag. Sie hatte wohl dieselben Angstzustände und Panikattacken wie ich. Aber nachdem ich erfuhr, dass Gusti noch lebte, wurde mir jede Minute in Vigaun immer mehr bewusst, dass ich einen schweren und zähen Kampf zu bestehen haben würde. Zuerst kämpfte ich darum, überhaupt gesund zu werden. Einfach, um zu überleben. Danach wollte ich ganz gesund werden, wollte die harten Jahre in der Strafanstalt durchstehen, damit ich später wieder ein normales Leben führen könnte. Sofern das überhaupt für mich machbar war. Aber ich wollte die qualvolle Zeit so gut wie möglich überstehen und draußen in der Hoffnung auf Gusti warten, dass sie selbst irgendwann wieder freikommen würde. Man munkelte, dass ihre Strafe auf 20 Jahre verkürzt worden wäre. Nach der Zeit im Gefängnis auf Gusti warten, dies war der einzige Sinn meines Lebens geworden. Ich verfolgte ihn konsequent mit nie ermüdender Ausdauer. Geduldig beugte ich mich den Schikanen der Ordensschwestern und den Demütigungen der mitgefangenen Weiber. Ich wurde zäh, begehrte immer öfter gegen die Boshaftigkeiten im Zimmer auf und ließ mir nichts mehr gefallen. Eine ungeheure Kraft entwickelte sich in meinem schwachen Körper. Ich wurde stark wie ein Mann, gewann die meisten Kämpfe und Schlägereien unter den Mithäftlingen. Es schien mir auch, dass mein Glaube an die Zukunft siegen würde. Vier Jahre vergingen, aus mir wurde eine komplett andere Person. Ich war hart und verbittert geworden, in vielen Situationen rücksichtslos. Mitleid war mir fremd.

Als ich aber in meinem vierten Gefängnisjahr Gusti über etliche Wochen gar nie mehr am Gang gesehen hatte, wurde ich von Tag zu Tag nervöser. Schneller und grausamer, als ich mir je gedacht hätte, kam der nächste Tiefschlag auf mich zu. Eines Abends kam eine aufgebrachte Ordensschwester in unser Zimmer, rief kreischend den Namen Huber und dass ich sofort mitkommen solle. Wütend folgte ich ihr. Im Gedanken hatte ich eine erneute Haftverlängerung. Das womöglich ein Jahr vor meiner Entlassung! Aber man brachte mich das erste Mal in den Schlafraum von Gusti. Bereits beim Eintreten überkam mich ein ganz eigenartiges Gefühl. Die Frauen standen wortlos neben ihren Strohbetten und blickten auf die Liegestelle von Gusti. Schweißgebadet lag sie da. Bei ihrem Anblick überkam mich ein lauter Weinkrampf und ich schrie im Zimmer, was denn geschehen sei. Gustis Augen waren trüb, ihre Haut fahl, die Haare grau geworden. Aus der einst so starken, lebensfrohen Frau war ein altes, abgerackertes Weib geworden. Nichts erinnerte mehr an ihren Kampfgeist. Ihr Körper war abgemagert, sie schien mir sterbenskrank. In den wenigen Minuten, die ich bei ihr im feuchtkalten Zimmer bleiben durfte, fasste sie meine Hand wie eine Ertrinkende. Ihre Lippen zitterten, als sie mir etwas zuflüsterte. So sehr ich mich auch bemühte, verstand ich nur wenige Wortfetzen. Um Atem ringend stammelte sie etwas von Pepo, Rache und Vergeltung für unser tragisches Schicksal. Bevor ich aus dem Zimmer gebracht wurde, nickte ich ihr mit dem Kopf zu, bedeutete ihr, dass ich das Gesagte verstanden habe. Als ich Tage später von ihrem Tod wegen Tuberkulose erfuhr, verschlechterte sich auch mein Gesundheitszustand wieder. Ich konnte in den Nächten keinen Schlaf mehr finden. Jedes geringste Geräusch erschreckte mich, meine Nervosität stieg von Tag zu Tag.

Erst als ich erfuhr, dass man Gusti wochenlang krank und ohne ärztliche Hilfe zur Arbeit in die kalte Wäscherei versetzt hatte, erwachte aus lauter Zorn und Wut wieder mein Überlebenstrieb. Ich dachte an Gusti, verstand plötzlich den Sinn dahinter, warum sie ständig neue Theorien über mögliche Mörder der Müller auftischte. Sie versuchte jedes Mittel wahrzunehmen, um der furchtbaren Situation in der Weiberanstalt zu entrinnen. Da ist ihr wohl diese Geschichte mit Mattausch als Hoffnungsschimmer eingefallen. Wäre ihr kein Fehler unterlaufen, hätte es vielleicht sogar geklappt. Meine Haftentlassung rückte immer näher. Seit Gustis Tod fraß sich allmählich ein neuer Gedanke, ein neuer Auftrag in mir fest, vor dem ich zuerst zurückschrak und vor dem ich mich selbst heute noch fürchte. Ich wehrte mich dagegen. Ich hatte Angst verrückt zu werden, kannte mich selbst nicht mehr und sah allmählich heruntergekommen aus. Wie würde es weitergehen? Ich wusste es nicht. Ich wusste nur eines sicher: dass mein Sehnen nach draußen, nach der Sonne und der Freiheit immer stärker wurde.«

Klara runzelt die Stirn. »Das muss ja furchtbar gewesen sein!« »Ja, das war es. Ich frage mich heute noch, wie ich die fünf Jahre überlebt habe!« Fini wirft noch einmal einen Blick auf die Schachtel mit den Unterlagen.

Klara drückt sie fest an sich, versucht ein leichtes Lächeln zu zeigen. Sie nimmt ihren ganzen Mut zusammen und beginnt behutsam zu sprechen: »Ich war das Alibi des sogenannten Herrn Mattausch, der in Wirklichkeit Tausch heißt. Ich war zu dieser Zeit noch seine Ehefrau und habe mich nach nur sechs Monaten Ehe scheiden lassen. Er hatte es nur auf mein Geld und meine Erbschaft in der Untersteiermark abgesehen. Außerdem hat er mich ständig mit anderen Frauen in Wien betrogen, wo er sich ein kleines Zimmer angemietet hatte, von dem ich anfangs natürlich nichts wusste. Aber genau zum Zeitpunkt des Mordes war ich zufällig bei meinem Mann in Payerbach zwecks einer ernsten Aussprache.«

Seltsam, wie ein Schrecken, kaum dass man ihn in den Griff bekommt, sogleich Platz für den nächsten macht.

Josefine dachte immer, dass das Leben im Gefängnis sie abgehärtet hätte. Dass Klara aber das Alibi von diesem Mattausch war, macht sie jetzt doch ziemlich nervös. Sie versucht ihre Unsicherheit zu überspielen und grübelt, was Klara wohl alles über sie weiß. Muss sie Bedenken haben? Nein! Sie hatte sich doch vor kurzem erst geschworen, weder Tod noch Teufel jemals wieder zu fürchten und schon gar nicht ihre Feinde. Und sollte diese Frau hier ihre Feindin sein oder gar mit Pokorny ein gemeinsames Spiel mit ihr treiben wollen, so war sie gewappnet.

Kann es sein, dass trotz seiner auffälligen Erscheinung niemand Pokorny erkennt? Sie hat ihn auf der Stelle wieder erkannt. Und während des Prozesses erhoben doch alle die Stimme gegen ihn. Bei seiner Verhaftung hatte niemand Mitleid für seine Situation. Jetzt kann er einfach unter anderem Namen wieder in Wien singen und hat offensichtlich sogar Erfolg damit. Vergisst die Welt tatsächlich so schnell, was für sie selbst noch immer so wichtig ist?

»Ich habe nach der Scheidung gleich den guten Namen meines Vaters wieder angenommen«, fährt Klara fort, »weil ich nicht wollte, dass mich der Name Tausch immer daran erinnert, wie dumm ich war, einen Mann zu heiraten, der es nur auf mein Geld abgesehen hatte.«

Fini kann nicht anders und schüttelt schmunzelnd den Kopf: »Und jetzt bist du gerade wieder dabei, denselben Fehler zu machen!« Aber dann fährt sie ernsthaft fort: »Es tut mir wirklich leid, meine Liebe! Aber ich kann dir jetzt nur dringend empfehlen, deinen Verlobten beschatten zu lassen. Nimm dir unbedingt einen Detektiv dazu! Er wird meine Befürchtungen bestätigen. Er hatte neben Gusti immer andere Frauen. Glaub mir, du bist sicher nicht die einzige Frau in seinem Leben.«

Klara runzelt die Stirn, in ihrem Tonfall ist eine leichte Beklemmung erkennbar: »Danke für den Rat, ich werde ihn befolgen. Darauf wäre ich nicht gekommen.« Sie schüttelt selbst den Kopf und gewinnt an Fassung. »Und ich möchte auch herausfinden, was Pepo eigentlich von dir noch immer will. Er hat mir irgendwas davon gesagt, dass er sich mit dem Journalisten Josef Goldstein getroffen hat. Ich kenne ihn sogar flüchtig über den Herrn, bei dem ich Gesellschafterin bin. Er ist am Vormittag gelegentlich im Schinagl anzutreffen. Vielleicht weiß der Genaueres darüber, was Pepo eigentlich vorhat. Da fällt mir ein, am Nachmittag findet man ihn meist im Café Central, hat mir mein Dienstgeber kürzlich erzählt. Dort gehe ich nämlich viel lieber hin als ins Schinagl.«

Fini überlegt laut vor sich hin: »Goldstein, Goldstein … Der Name sagt mir etwas. Meinst du diesen Redakteur der ›Neuen Zeit‹? Jetzt fällt es mir wieder ein. Sein Name ist mir vom Prozess in Leoben bekannt.« Vor ihrem geistigen Auge tauchen die Bilder aus dem Gerichtssaal auf. »Ich muss sogar einige Artikel von ihm in dieser Schachtel hier aufgehoben haben. Ja, der scheint ein netter, kluger Mann zu sein. Und er müsste dir wohl auch einiges über Pokorny selbst erzählen können.«

Beide sind sich einig, dass es am besten sein wird, Pokorny im Glauben zu lassen, alles wäre in Ordnung. Auf diese Weise gewinnen sie Zeit und können sich in Ruhe überlegen, wie sie weiter vorgehen sollen, um Pokorny, gemeinsam das Handwerk zu legen. Auf jeden Fall wird Klara sich einen Privatdetektiv suchen und auch bald ein Treffen mit Josef Goldstein arrangieren, um sich bei ihm zu erkundigen.

Draußen hat es aufgehört zu schneien, sogar ein paar wärmende Sonnenstrahlen dringen in das ärmlich ausgestattete Zimmer. Der Abend dürfte noch sehr schön werden.

Zum Glück hat Fini ihre Bekannte wieder und es sind die Missverständnisse zwischen ihnen ausgeräumt. »So, und jetzt gehen wir gemeinsam ins Café Alt Wien in der Bäckerstraße. Dort ist der Pepo nie, das mag er nämlich nicht, und vergessen für eine Stunde alles«, meint Klara. Fini putzt sich die Nase. Dann wischt sie sich mit dem Handrücken über ihre brennenden Augen. Sie weiß nicht, ob sie über Klaras Vorschlag ins Café Alt Wien zu gehen, erfreut sein kann oder nicht.

Wien, Dezember 1912, Klara Herzberg und Josef Goldstein

»Schön, dass Sie gekommen sind, gnädige Frau. Bitte nehmen Sie doch Platz!« Josef Goldstein, ein schmaler Mann mit glattem dunklen Haar und kurzem Schnurrbart steht galant auf. Er nimmt Klara den dunkelgrünen Wintermantel ab und hängt ihn behutsam auf den Garderobenständer vor der weißen Säule. Sie rückt ihr Kleid zurecht und ist gerade dabei, sich an den kleinen runden Tisch zu setzen, von dem Goldstein sich vorhin mit einem sympathischen Lächeln erhoben hatte. Dieser jedoch räuspert sich dezent: »Nur noch einen kleinen Moment, gnädige Frau, ich denke, von dieser Seite hier haben Sie eine bessere Aussicht in das Innere des Lokals.« Josef Goldstein richtet einen anderen der eleganten, mit rotem Samt bezogenen Stühle des Cafés für Klara zurecht, wobei sie ein wenig verlegen lächelt. Es war ja wirklich sehr nett, dass er auf die Nachricht, die sie ihm im Schinagl zukommen lassen hat, sofort zugesagt hatte, sich hier heute im Café Central in der Herrengasse mit ihr zu treffen. Warum will er bloß, dass sie unbedingt genau auf diesem Stuhl sitzen soll?

»Das erkläre ich Ihnen gerne. Aber bitte lassen Sie uns zuerst Platz nehmen.« Beide setzen sich und warten. Niemand spricht vorerst ein Wort. Josef Goldstein winkt dem Ober zu, der an den Tisch kommt, und sie bestellen jeder eine Tasse Kaffee. Den vom Ober angepriesenen köstlichen Kuchen lehnen sie dankend ab. Klaras Augen erfassen die Tischfläche, wo feinsäuberlich sortiert ein Stapel von Zeitungsausschnitten und Zetteln mit handgeschriebenen Notizen liegt. Goldstein scheint sich sehr gut auf das Treffen vorbereitet zu haben. Aber woher weiß er überhaupt, warum sie ihn treffen will? Sie gesteht sich ein, dass sie Goldstein eigentlich gar nicht besonders gut kennt. Sie hatten sich bisher nur zweimal im Theater getroffen und in der Pause unterhalten. Seine klugen Fragen sowie die aufrichtige Ernsthaftigkeit, mit der er sich für ihre Meinung zum bisher Gesehenen interessiert hatte, sind ihr aber in Erinnerung geblieben. Und auch, dass er damals gemeint hatte, im Gegensatz zum Theater die Oper gar nicht zu mögen. Aber ob er sich überhaupt noch an sie erinnert? Unwillkürlich fragt sie ihn danach.

»Aber natürlich erinnere ich mich an Sie, Frau Herzberg. Als der Kellner im Café Schinagl, Sie kennen ihn bestimmt, der ältere Herr mit der ernsten Miene und der tiefen Stimme, mir den Zettel mit Ihrer Nachricht übergeben hat, habe ich sofort gewusst, wer die reizende Dame ist, die sich heute mit mir hier im Café Central treffen möchte. Und bei Ihrem Eintreten ins Lokal habe ich Sie natürlich sofort erkannt. Eine so hübsche und elegante Frau vergisst man wohl nicht so schnell. Etliche Gäste haben sich übrigens sogar nach Ihnen umgedreht, fassen Sie das bitte als Kompliment auf!« Goldstein lächelt und Klara errötet geschmeichelt.

Bevor sie noch etwas erwidern kann, kommt der Ober schon mit dem Kaffee. »Sehr fein, dann kann ich mich sofort ihrem Anliegen zuwenden. Ach ja, warum ich Ihnen diesen Sitzplatz empfohlen habe? Das ist sehr rasch erklärt.

Ich wollte Sie nämlich bitten, dass Sie einen Blick geradeaus, dort an den Säulen und an der Theke vorbei, zu diesem runden Tisch neben dem Kamin werfen. Ja genau, und dort sitzt ein Mann mit Brille. Stimmt, der mit braunem Mantel, Hut und Aktentasche.« Goldstein versteht nicht, warum Klara lächelt.

»Gnädige Frau, lachen Sie bitte nicht! Dieser Herr dort drüben ist ein Privatdetektiv. Ich kenne ihn, und das nicht nur flüchtig. Nehmen Sie sich in Acht! Es ist nämlich meine Vermutung, dass er Ihnen sogar nachspioniert. Der Mann ist kurz vor Ihnen ins Café gekommen und hat jeden Ihrer Schritte beim Eintreten ins Lokal genauestens beobachtet.« Sein Blick streift prüfend den Detektiv und dann seine Gesprächspartnerin. Die Augenbrauen hochgezogen, macht er sich so seine Gedanken. Klaras Miene bleibt unverändert schmunzelnd, und sie wirkt zu Goldsteins Verwunderung nicht beunruhigt. »Interessant erscheint mir, dass er nicht einmal den Hut abnimmt oder den Mantel ablegt, wo es doch hier sehr angenehm warm und richtig gemütlich ist im Raum. Genau aus diesen Gründen bin ich sehr gerne hier. Ich lese ungestört meine Zeitungen und beobachte dabei die Menschen, die hier ein- und ausgehen – und da sind sehr interessante Leute dabei.«

Klara stimmt ihm nickend zu, was die gemütliche Raumtemperatur betrifft, auch was die Gäste angeht. Ihr Blick ist gelassen und sie äußert sich nicht zu seiner Aussage den Detektiv betreffend, die er doch sehr ernst und sogar mit einem Ton von Besorgnis kundtat.

Goldstein stützt den Kopf in die Hände und überlegt: »Womöglich hat ein Ober aus dem Café Schinagl die Information weitergegeben, dass wir beide uns heute hier treffen. Leider passiert das in letzter Zeit öfter, dass die

Bediensteten von Lokalen gegen ein paar Kronen Informationen über ihre Gäste weitergeben. Ich sage Ihnen, es ist furchtbar geworden mit dem Personal und der Diskretion. Das habe ich jetzt schon ein paarmal mit Schrecken vernommen und auch am eigenen Leibe verspürt. Selbst im Café passiert das hin und wieder. Ich bin mir daher jetzt nicht ganz sicher, ob wir hier in Ruhe reden können, ohne belauscht zu werden! Wir sollten möglichst leise sein!« Goldstein wird entgegen seiner gewohnt gelassenen Art ein wenig unruhig.

Um ihn zu beruhigen, klärt Klara nun doch die Sache mit dem Detektiv im Mantel auf. Der gewiefte Beobachter Goldstein hatte tatsächlich sofort bemerkt, dass der etwas ältere, gesetzte Mann nur so tut, als würde er aufmerksam die Zeitung lesen, dabei aber durch ein kleines Loch darin alles beobachtet. Er sitzt jetzt so, dass er die Eingangstür immer im Blick hat. Mit einem Schmunzeln meint Klara, dass der Detektiv vielleicht doch nicht ganz so gut ist, wenn er so rasch erkannt wird. Aber, wie schon richtig vermutet sei, er ist tatsächlich wegen ihr im Café Central. Sie selbst war nämlich vor ihrem Treffen mit Goldstein in seinem Büro ganz in der Nähe, damit er ihr über die Ergebnisse einer Personenüberwachung, die sie in Auftrag gegeben hatte, Bericht erstatten konnte. Und genau wegen dieser Ergebnisse, die sie schon ziemlich erschüttert hätten, habe sie ihn gebeten, sie hierher zu begleiten. Sie wollte sichergehen, dass die überwachte Person ihr nicht nachspioniert, und vor allem keinesfalls entdeckt, mit wem sie sich trifft. Der Mann hatte daher den Auftrag, die betreffende Person, falls sie unverhofft auftauchen sollte, sofort abzulenken, damit Klara inzwischen verschwinden konnte.

Anstatt sich deshalb zu beruhigen, wird Goldsteins Miene nur noch ernster, er runzelt die Stirn und fragt mit neugierigem Blick: »Fühlen Sie sich bedroht, gnädige Frau? Belästigt Sie jemand? Falls ja, da hätte ich sogar eine Vermutung, um wen es sich handelt.« Klara wird hellhörig. Goldstein hat eine Vermutung? Das interessiert sie jetzt sehr brennend. »Entschuldigen Sie, gnädige Frau, ich wollte nicht indiskret sein!« Plötzliche Stille. Klara lächelt verlegen und bittet ihn weiterzureden. »Erst unlängst habe ich sie mit einer leicht verwirrten Dame im Schinagl gesehen, die wohl einen Kreislaufkollaps im Café erlitten hat. Und diese Frau, war das nicht Josefine Huber?« Sie nickt zustimmend. »Und vorher hat doch ein Mann mit ihr gesprochen?« Auch jetzt stimmt Klara mit einem leichten Kopfnicken zu und ist erstaunt, wie gut Goldstein informiert ist. Auf ihre Frage, warum ihm das wichtig erscheint, bleibt er zunächst stumm und rührt mit dem Löffel im Kaffee. Sie selbst wagt kaum zu atmen und wartet gespannt auf seine Antwort.

Auch Goldstein kann seine Neugierde nicht mehr zügeln: »Wenn ich Sie etwas fragen darf, gnädige Frau?« Sie nickt ihm vertrauensvoll zu. »Ich habe auch noch gesehen, dass Sie vor dem Café mit genau diesem Mann weggegangen sind. Und ich frage mich: Was hat so eine hübsche, vornehme und intelligente Dame, wie Sie es sind, mit diesem Opernsänger Pokorny, ähm Entschuldigung, Hochmaier, wie er sich jetzt in Wien nennt, zu tun?«

In Klara regt sich ein eigenartiges Gefühl. Ihr wird leicht unwohl im Magen. Sie fährt sich mit einem Taschentuch an die Stirn und bittet kurz um Entschuldigung. Soll sie die Wahrheit sagen? Wie wird Goldstein reagieren, wenn sie ihm gesteht, dass sie die angehende Braut des Opernsängers ist? Sie wirft ihm zunächst einen fragenden Blick zu und gesteht dann mit ernster Miene, dass sie, Klara Herzberg, auf die Bitte des Opernsängers Hochmaier oder Pokorny, wie sie inzwischen weiß, seine Frau zu werden, vor Kurzem mit »Ja« geantwortet hat. Jedoch sei sie sich jetzt nach einigen Erkundungen sehr sicher, dass dies ein schwerwiegender Fehler war. Für ein paar schwere Atemzüge wirft sie einen Blick aus dem Fenster.

Goldstein zieht die Augenbrauen hoch. »Das ist ja sehr interessant, Frau Herzberg, und überrascht mich tatsächlich, obwohl ich schwer zu überraschen bin!« Klara ist darüber verlegen und bittet ihn, die Sache vertraulich zu behandeln. Sie bedauert, ihr Jawort so leichtsinnig gegeben zu haben, vor allem auch, weil sie ihren Bräutigam noch gar nicht so lange kenne und sich vielleicht sehr in ihm getäuscht habe. Für sie sei allerdings ein Eheversprechen etwas Besonderes, da sie schon einmal schwer enttäuscht worden sei. Ihrem Bräutigam hingegen scheint die Ehe wohl nicht so heilig zu sein. Goldstein äußert sein vollstes Verständnis und versichert ihr, die Sache selbstverständlich vertraulich zu behandeln.

Er erklärt, dass es in letzter Zeit zwar einige Gerüchte Frauen betreffend rund um den Opernsänger Hochmaier gäbe, der in Wien im Moment recht erfolgreich ist. Besonders die Damenwelt scheine sehr angetan von ihm zu sein. Lediglich von einer baldigen Ehe mit einer gewissen Klara Herzberg hätte er nirgendwo etwas vernommen, das wäre noch nie Gesprächsthema gewesen. »Dabei wird in Wien doch über alles diskutiert. Noch dazu, wenn es sich um einen begehrten Mann handelt«, meint Goldstein mit leicht zynischem Tonfall.

Siedend heiß fällt Klara ein, dass Pepo mit ihr immer –

wohl mit voller Absicht – nur ins Café Jelinek im 6. und ins Restaurant Schöner im 7. Bezirk gehen wollte. Da ging es nicht um den wunderbaren Kaffee oder den großartigen Rehrücken à la minute mit der Sauce Crème. Nein, er wollte mit ihr nicht in der Innenstadt oder in anderen Lokalen gesehen werden! Und am liebsten besucht er sie doch in ihrer schönen Wohnung, wo man so gemütlich sitzen und reden kann, hat er immer gemeint. Er müsse so viel unterwegs sein und dabei sei er so gerne häuslich. So ein elendiglicher Lügner! Allmählich wird das Puzzle Eheschwindler Pokorny für Klara zu einem immer vollständigeren Bild.

Was Goldstein sagt, deckt sich auch mit dem, was ihr der Detektiv vorhin berichtet hat. Danach gibt es eine etwas ältere Wirtin einer Weinschank in Breitensee, Frau Obermaier, die Pokorny mindestens zweimal in der Woche besucht – immer in einer Droschke, die von der Frau Wirtin bezahlt wird – und bei der er meist auch die Nacht verbringt. Diese erzähle auch ganz stolz allen, die es hören wollen, dass sie und ihr Lebensgefährte, der Opernsänger, wohl schon im kommenden Frühjahr vor den Traualtar treten werden. Auch ein Stubenmädchen vom Hotel Sacher, eine gewisse Antonia Kleinedl, sei überzeugt davon, dass sie bald die Frau Hochmaier sein werde. Das hatte sie dem sich sehr interessiert an ihrem Ergehen zeigenden Detektiv voller Freude und stolz erzählt. Und auch, dass sie ihm seit zwei Monaten die Wohnung bezahle, weil er seine Gage von der Volksoper noch immer nicht bekommen habe, das solle man sich einmal vorstellen, habe sie nebenbei erwähnt.

Klara hatte im ersten Moment gar nicht glauben können, was ihr der von ihr beauftragte Detektiv da berichtete. Wie konnte Pepo nur so lügen und betrügen und wie konnten die Frauen – sie eingeschlossen – bloß so dumm sein? Aber inzwischen ist ihr klar: Fini hatte vollkommen recht. Sie hat noch ihre Worte genau im Gedächtnis. »Pokornys verhängnisvolles Dasein hat nur die eine Bestimmung: Schulden zu machen und durch Lügen andere Menschen ins Verderben zu stürzen.« Dafür soll er bezahlen, dieser elende Lügner und Verräter!

Goldstein holt sie aus ihren dunklen Gedanken in die Realität zurück und ergreift vorsichtig ihre Hand. Klara erschrickt dabei kurz und räuspert sich. Goldstein bittet sie höflich, nun aufmerksam zuzuhören. »Auf Ihre Frage, welche Gerüchte es gibt und wie ich auf die Äußerung mit der Erpressung komme, kann ich Ihnen natürlich Rede und Antwort stehen, wenn Sie die Zeit und Nerven dafür haben, gnädige Frau!«

Klara nickt, während sie auf die Brille schaut, die an einem Band um seinen Hals hängt. Seine Wangen sind von einem rosigen Hauch überzogen und seine Augen leuchten. Sie spürt, wie ihr Herz zu klopfen beginnt und fragt mit zaghafter Stimme: »Sollte ich das wirklich wissen?«

»Ich denke schon«, gibt Goldstein zurück und lächelt.

Dankbar dafür, dass er sie aus ihren unerfreulichen Gedanken gerissen hat, bittet sie ihn, er möge nun schonungslos alles sagen, was er über Joseph Pokorny weiß. Der Journalist entspricht ihrer Bitte und erzählt ihr zunächst, dass anscheinend niemand ihren Bräutigam Joseph Hochmaier als den einstigen Opernsänger Pokorny in Wien wiedererkannt hat. Wohl weil dieser ja für einige Jahre untergetaucht war und sich erst wieder seit Kurzem mit doch verändertem Äußeren in Wien aufhält. Er sähe auch tatsächlich wesentlich besser aus als zuletzt in Leoben beim

Huber-Prozess, meint Goldstein. Dazu sei der Mann im Moment sogar erfolgreich und wirke wesentlich gefestigter als damals.

»Aber stimmt denn alles, was damals so über ihn erzählt wurde?«, erkundigt sich Klara. Ihre Stimme verrät Zweifel. »Ich befürchte, ja«, antwortet der Journalist mit einer gewissen Bestimmtheit. »Wenn es Sie interessiert, ich habe die Zusammenfassung meiner Recherchen von damals mit.« »Das ist sehr freundlich, murmelt Klara.«

Er zieht ein paar Unterlagen aus dem Stapel Papier und reicht sie ihr zum Lesen. Sie schiebt die leere Kaffeetasse zur Seite und schüttelt verlegen den Kopf. Inzwischen bestellt er für sie beide einen weiteren Kaffee beim Ober und gönnt sich ein paar Minuten, um vor der Eingangstüre etwas frische Luft zu schnappen. Klaras Blick verliert sich in den Unterlagen, sie beginnt langsam zu lesen. Pokornys Gesicht taucht vor ihrem inneren Auge auf. Gelegentlich macht sie eine kurze Pause, um den Ärger über das Geschriebene zu bezwingen.

Ergebnisse der Recherche von 1906 und 1907

Joseph Pokorny ist der Sohn einfacher und anständiger Kürschnerleute in Böhmen und besuchte nach Absolvierung des Gymnasiums erfolglos mehrere Semester hindurch eine Medizinische Fakultät in Prag. Bereits als Student vergeudete er so viel Geld, dass seine Eltern ihr Anwesen verkaufen mussten. Er schaffte es, sie vermögenslos zu machen. Später betrieb er ein Gesangsstudium und war zunächst 1895 am Agramer Nationaltheater als Tenor engagiert. Da seine Darbietungen nicht gefielen, wurde er gekündigt und hatte in den darauffolgenden Jahren an den Bühnen in Colmar, Magdeburg, Essen, Frankfurt am Main, Mainz,

Dresden, Leipzig, Breslau und Berlin Engagements, doch keine Tätigkeit dauerte lange, weil er zwar eine wohltuende, aber nicht genügend ausgebildete Stimme besitzt. Ob er jemals in Prag auftrat, konnte nicht nachgewiesen werden. Zusätzlich erregte sein böhmischer Akzent an den meisten Bühnen Missfallen. Sein Auftreten und Gehabe wirkten gekünstelt und maßlos übertrieben. Auch aus Graz wurde berichtet, dass der engagierte Opernsänger Pokorny bereits vor seinen vereinbarten Auftritten wieder entlassen worden sei, da dem Publikum sein Akzent nicht zuzumuten sei. Ein weiterer Grund für etliche Entlassungen sei seine notorische Geldnot gewesen, auch die laufenden Geldeintreibungen und Lohnpfändungen. Die Förderer, die anfangs an sein Gesangstalent glaubten und ihm zur Verbesserung der Sprache Unterricht gaben, wurden allesamt enttäuscht, da er ihr Honorar nie bezahlte. Überall, wo er auftauchte, machte er Schulden. So wurde er in einem Polizeibericht aus Köln als leichter Mensch bezeichnet, der viel Geld ausgibt, ohne eines zu besitzen, und ohne Geld nicht leben kann. In Colmar verlobte er sich mit einer Schauspielerin und stahl seiner angehenden Schwiegermutter ein auf etliche Tausend Gulden lautendes Sparbuch, dafür verbüßte er eine sechswöchige Gefängnisstrafe. Bei sämtlichen Behörden der Städte, in welchen er sesshaft war, gingen gegen ihn Strafanzeigen ein. In Dresden erhielt Pokorny wegen Zechprellerei vier Monate und in Leipzig wegen Diebstahls sechs Wochen Arrest. Nach Verbüßung seiner Strafen hat man ihn als lästigen Ausländer aus Preußen ausgewiesen. Er behauptete, dass er zweimal in Petersburg unter dem Künstlernamen Giuseppe Areano an der kaiserlichen Oper engagiert war, auch in etlichen Konzerten aufgetreten sei und mehrere Tau-

send Rubel verdient habe. Er trat jedoch tatsächlich nie auf, sondern lernte eine reiche Witwe kennen, mit der er sich verlobte und der er etwas vorgaukelte. Nach zwei Jahren verschwenderischen Lebenswandels hatte er das gesamte Vermögen der Frau in der Höhe von 18.000 Rubel durchgebracht. Im Jänner 1905 kam Pokorny nach Wien, wo er sich in einem Hotel einlogierte. Mit der hier als Stubenmädchen bediensteten Augustine Huber ging er sogleich ein Verhältnis ein, versprach ihr die Ehe und verbrauchte ihr Erspartes. Kurze Zeit später zogen sie in eine gemeinsame Wohnung. Ihren Unterhalt bestritten sie auf Pump. Was Augustine Huber nicht wissen konnte, war, dass ihr Bräutigam seit September 1904 schon mit einem Zimmermädchen aus Berlin verlobt war, das seine Hotelrechnungen bezahlte und ihm weiterhin finanziell unter die Arme griff, in der Hoffnung, seine Gemahlin zu werden. Zu spät merkte das Mädchen in Berlin, dass sie einem Heiratsschwindler in die Arme gefallen war. Skrupellos versetzte er in Wien ihre goldene Damenuhr, die sie ihm anvertraut hatte. Unverfroren trieb er in Wien seine Betrügereien fort, er gaukelte mehreren Geschäftsleuten, Bekannten und Zahlkellnern von Gasthöfen, wo er Stammgast war, vor, sich in Berlin ein Kostüm bestellt zu haben, welches er für seine Auftritte in Petersburg benötigte, und borgte sich bei allen hemmungslos Geld aus, ohne einen Gedanken daran zu verschwenden, es zurückzuzahlen. In seinen Stammlokalen sprach er in Anwesenheit seiner Verlobten in höchsten Tönen davon, welch aussichtsreiche Karriere auf ihn in Petersburg warte. Um sich seiner Liebe und einer aussichtsreichen Zukunft zu versichern und mit nach Petersburg fahren zu können, versuchte Gusti auf sämtlichen legalen und illegalen Wegen das Geld für die Russ-

landreise aufzubringen, was ihr jedoch nicht gelang. Letztendlich hat Pokorny der Huber-Prozess in Leoben, wo er als Zeuge erscheinen musste, den Karrieresprung in Russland – sofern es ihn überhaupt gegeben hätte – vermasselt. Augustine Huber, die ihn mehrmals brieflich kontaktierte, durfte seinem Prozess in Wien nicht beiwohnen. Einerseits galt ihre Stellungnahme und damit eine Darlegung aus ihrer Sicht als unerwünscht, andererseits befürchtete man, zu großes Aufsehen zu erregen. Galt doch ihr Fall aufgrund der Tatsache, dass sie ständig neue Tätertheorien ins Leben rief, als nicht zu hundert Prozent geklärt. Was die Gründe seiner Verhaftung in Leoben betrifft, wurde Augustine erst nach der Urteilsverkündung in Kenntnis gesetzt. Dies war wohl ein weiterer Schicksalsschlag für sie. Die Ereignisse des Beweisverfahrens brachten ans Tageslicht, dass Pokornys Vergangenheit durch Eigenverschulden betrügerisch und verlogen und seine Zukunft völlig ungesichert war. Es war ihm unmöglich nachzuweisen, dass er innerhalb von zehn Jahren auch nur einmal erfolgreich auf einer Bühne gewirkt hätte. Was seine Karriere als Heiratsschwindler und Betrüger betraf, war er aber wesentlich erfolgreicher.

Klara runzelt nachdenklich die Stirn. Ihre Augenlider sind leicht zusammengezogen. Sie ist fassungslos, einfach nur entsetzt darüber, was sie soeben gelesen hat. Mit diesem Pokorny ist sie verlobt! Sie wünscht sich nur noch, dass ihr Bräutigam möglichst spurlos aus ihrem Leben verschwindet und niemand außer Fini und Goldstein von ihrer Dummheit je erfahren werde. Zum Glück hat sie ja noch keinem Bekannten von ihrer Verlobung erzählt und nur ein paar vage Andeutungen von einer großen Überraschung gemacht, weil sie warten wollte, bis der Hochzeitstermin fixiert ist. So schön hatte sie sich das alles vorgestellt!

Sie schiebt die Unterlagen zurück und erlaubt sich einen genaueren Blick auf den Stapel, da Goldstein noch immer vor der Eingangstüre steht. Sie blättert kurz darin. Lauter alte Zeitungsberichte aus den Jahren 1906 und 1907, alle bezogen auf den Mordfall im Raxental mit den Huber-Schwestern und dem Opernsänger Pokorny. Nervös schiebt sie mit der Hand den Stapel wieder zurecht und fühlt sich natürlich ertappt, als Goldstein viel zu schnell am Tisch zurück ist.

Goldstein kommt zurück und sieht sie besorgt an: »Ich verstehe schon, dass Sie jetzt neugierig sind«, versucht er sie zu beruhigen. Ihr Blick verrät ihre Empörung.

»Warum haben Sie denn heute alle diese Unterlagen dabei? Sie wussten ja gar nicht, warum ich Sie treffen wollte«, stottert Klara.

»Also erstens habe ich Sie ja im Schinagl mit Pokorny gesehen und ehrlich gesagt habe ich mir schon überlegt, ob ich Sie vor dem Mann nicht warnen sollte. Und zweitens habe ich die Unterlagen in letzter Zeit immer dabei, und auch das hat mit Pokorny zu tun.« Jetzt wird Klara erst recht neugierig und Goldstein berichtet weiter: »Nicht lange nach seiner Ankunft in Wien ist Pokorny bei mir aufgetaucht. Er ist nach wie vor von der Idee besessen, ein Buch über den Mordfall im Raxental zu schreiben. Seine derzeitige Lebensgefährtin, eine etwas ältere Wirtin aus dem 13. Bezirk, würde ihn dabei sogar finanziell unterstützen, hat er mir gesagt.« Aha, denkt Klara, das bestätigt den Bericht des Detektivs. »Und der Stoff ist ja wirklich recht interessant, ich habe sogar schon damit begonnen, die ersten Kapitel zu verfassen. Pokorny hat mich nämlich gebeten, ihm zu helfen, das Buch zu schreiben, und mich dafür an den Tantiemen großzügig beteiligt«, fährt Goldstein fort.

Auf Klaras Frage, was ihn dabei hindere, das Buch fertig zu schreiben, erklärt ihr Goldstein, dass es bei der Geschichte an wesentlichen Details fehle, die der Opernsänger nun auftreiben müsse. Dazu hätte er erst vor zwei Tagen mit ihm eine lange Diskussion hier im Café gehabt. Dabei teilt er ihr mit, dass er Josefine Huber endlich auftreiben konnte und bald die Details zum Mord wissen würde. Es könne sich laut Pokorny nur mehr um Tage handeln. Somit könne er bald mit der Geschichte nicht nur Geld verdienen, sondern sich auch das Geld zurückholen, das er in das Vorhaben bereits hineingesteckt habe. Klara ist empört. Da geht es Pepo also tatsächlich darum, aus der traurigen Geschichte von Gusti und Fini Kapital zu schlagen.

Energisch schüttelt sie den Kopf: »Josefine Huber wird nie und nimmer mit Pokorny reden! Da lege ich meine Hand ins Feuer!«

Goldstein zwinkert ihr mit einem Auge zu und antwortet mit vertraulichem Blick: »Da werden Sie sich jedoch die Hand reichlich verbrennen!« »Wieso können Sie das so sicher sagen?« »Das zu erklären, bedarf längerer Zeit, gnädige Frau, denn dazu muss ich weiter ausholen, sofern Sie die Zeit dazu aufbringen können.«

Natürlich will Klara diese Zeit aufbringen, denn letztendlich geht es nicht nur um Fini und den Mord im Raxental. Für sie gilt es nicht nur, den Kopf möglichst elegant aus der Schlinge »Eheversprechen« zu ziehen, sondern auch, für sich selbst Klarheit zu gewinnen, wem sie in dieser Sache überhaupt noch vertrauen kann. »Nun spannen Sie mich nicht weiter auf die Folter, Herr Goldstein. Erzählen Sie mir bitte alles, was Sie wissen!«, bittet sie, bereits mit der bangen Vorahnung, dass sie anschließend nicht nur erschüttert, sondern auch gepeinigt vom Gehörten sein würde.

»Ich habe ja bereits erwähnt, dass ich vor ein paar Tagen wieder ein Gespräch mit Pokorny hatte. Ich erinnere mich noch ganz genau an den Tag. Draußen war es nasskalt und ungemütlich. Der Schnee ging fast schon wieder in Regen über und ich saß hier bei einer heißen Tasse Kaffee. Plötzlich riss jemand wie wild die Tür auf. Ich erschrak und blickte hoch. Pokorny rannte hektisch auf meinen Tisch zu. Er war ganz aufgeregt und zugleich glücklich in seinem Wahn, endlich an sein Ziel zu gelangen. Ich wunderte mich darüber, dass dieser Mann nie mit der Vergangenheit abschließen kann und immer wieder auf Dinge verfällt, die ihn total aus der Bahn werfen. Pokornys Gesicht hatte einen seltsamen Ausdruck, seine Augen funkelten wild, der Schweiß stand ihm im Gesicht. Die Haare waren vom Wetter zerzaust, sein Mantel durchnässt und er schnaubte. Ich selbst empfand die Situation unmöglich, es war mir mehr als unangenehm. Ich hatte weder Lust noch Zeit, mich mit dem Mann zu unterhalten. Doch er bestand energisch darauf, er müsse mit mir reden. Seine Augen funkelten und er machte einen total verwirrten Eindruck. Nachdem er tief Luft geholt hatte, meinte er unablässig, dass endlich die Zeit gekommen sei, über die Ereignisse wirklich Klarheit zu erlangen. Schließlich ginge es auch um sehr viel Geld für ihn. Abgesehen von seinem Ruf in Wien. Dabei schaute er sich im Lokal aufmerksam um.

Ich konzentrierte mich auf meine Zeitung. Warum es um sehr viel Geld ging, war mir eingangs auch nicht klar.

Pokorny hatte doch wirklich nie Geld, selbst nicht als Hochmaier. Ich wollte die ganze Sache nicht allzu ernst nehmen und versuchte trotz meines Ärgers freundlich zu lächeln und die Situation zu überspielen. Ich bat ihn höflich, das Gespräch doch auf einen anderen Termin zu verlegen. Er schüttelte den Kopf und fuchtelte wild mit den Händen. Lautstark beklagte er sich dabei, an neuen schrecklichen Schicksalsschlägen zerbrechen zu müssen. Jetzt, wo er endlich in Wien wieder Fuß gefasst hätte und ihm ernsthafte Rollen in Wien und Graz angeboten würden, wolle ich ihn fallen lassen. Daraufhin bat ich ihn, in Ruhe Platz zu nehmen. Mit dem Finger auf meinem Mund bedeutete ich ihm leiser zu sein und in kurzen Worten doch konkret zu werden. Zu meinem Glück waren nur ein paar ältere Herrschaften im Lokal, die entweder bereits schwerhörig waren oder gekonnt das flegelhafte lautstarke Verhalten des Mannes ignorierten. Seine Worte waren leider nicht kurz und fast so umfangreich wie seine Verzweiflung, die mir ein wenig übertrieben und vorgespielt erschien.«

Klara hört der Erzählung gespannt zu und bittet, selbst Goldstein möge doch in kurzen Worten zur Sache kommen. Dieser fühlt sich ein wenig missverstanden, führt aber weiter aus: »Ich habe Pokorny angeboten, mir seine Geschichte anzuhören, aber nur unter zwei Bedingungen. Nämlich, dass er mich erstens nicht anlügen dürfe und zweitens nur über die wichtigsten Details berichten solle. Denn meine Zeit ist mir kostbar und für Lügengeschichten reicht sie nicht aus.« Klara nickt, wahrscheinlich waren Pokornys Erzählungen tatsächlich nur heiße Luft und Lügengeschichten und sie war so naiv, das alles zu glauben. »Also kurz zusammengefasst: Pokorny hat Josefine Huber durch eine gute Bekannte ausfindig gemacht, und sie haben jetzt wieder Kontakt. Sie sei endlich bereit, ihm die Details zum Mordfall im Raxental zu schildern.«

Klara gibt ihm zu verstehen, dass diese gewisse gute Bekannte gerade vor ihm sitzt. »Entschuldigung, gnädige Frau, davon wusste ich nichts, mir hat er von einem jungen Mädel in einer kleinen Pension hier um die Ecke erzählt, mit dem er ein Verhältnis hat!« Klara errötet und ein Geräusch lässt sie zum Eingang blicken. Der Mann ist ihr fremd, der gerade das Lokal betritt, so wendet sie sich wieder Goldstein zu.

»Nun, Pokorny hat offensichtlich Geld, das hatte er mir bis zu dem Gespräch jedoch verschwiegen, ansonsten hätte ich ihm kein Geld geborgt.«

Klara schüttelt den Kopf: »Was Sie auch? Und warum kommen Sie auf die Idee, dass er nun doch Geld hat?«

Goldstein hebt die Augenbrauen, lächelt verschmitzt: »Pokorny hat mir gesagt, dass er Fini schon sehr viel Geld gezahlt hat, damit sie ihm die Wahrheit erzählt. Sie hatte sich tatsächlich nach dem Vorfall im Schinagl weitere Male mit ihm getroffen, zuletzt offensichtlich erst ein paar Tage vor seinem Auftauchen bei mir hier im Café Central.«

Klara ist wirklich verwirrt. Sie wirkt plötzlich ein wenig erschöpft. Fini hatte ihr vor Kurzem doch gesagt, sie möge Pokorny in der nächsten Zeit auf keinen Fall Geld geben. Egal, wie dringlich er sie darum bitten würde. Hing diese Aufforderung vielleicht damit zusammen, dass Fini nicht wollte, dass das Geld, das sie von Pokorny verlangte, von ihr kam? Und wollte sie ihm wirklich alles erzählen? Das konnte Klara einfach nicht glauben. Höchste Zeit, dass sie und Fini sich wieder einmal trafen, sie wollten sich doch schließlich zusammentun, um Pokorny die Freude an seinen Schandtaten zu verderben.

Zum Glück wird Pepo morgen nach Graz reisen. Geplant sei ein Vorsingen zu einem vermeintlichen Engagement in der nächsten Saison. Er beabsichtige sogar ein oder zwei Tage dort zu bleiben. Sie wird ihm vorschlagen, mindestens eine Woche in Graz zu bleiben und zu versuchen, wichtige Kontakte zu knüpfen. Das bezahlt sie gerne – er hat nämlich schon gesagt, dass er wohl nicht fahren kann, weil er gerade knapp bei Kasse ist, und ein neues Kostüm brauche er auch ganz dringend. Wenn sie ihn nur für eine Weile los ist. Es fällt ihr einfach immer schwerer, freundlich zu ihm zu sein, obwohl sie einsieht, wie wichtig es ist, dass Pepo keinen Verdacht hegt. Für wie dumm hält dieser Mensch sie eigentlich? Es ist wirklich Zeit, diesem Gauner zu zeigen, dass er dieses Mal an die Falschen gekommen ist. Vielleicht hat Fini da ein paar gute Ideen.

»Und damit komme ich zu meiner Vermutung wegen der Erpressung«, reißt sie die Stimme von Goldstein aus ihren Überlegungen. »Ich glaube, dass Sie und der Opernsänger von Josefine Huber, der Schwester der ehemaligen Braut von Pokorny, wegen Ihrer anstehenden Hochzeit erpresst werden.« Klara ist verwundert, sogar ein wenig verärgert und stellt die Vermutung in Abrede. Von einer Erpressung weiß sie überhaupt nichts. So etwas scheine ihr auch komplett aus der Luft gegriffen, völlig ausgeschlossen. Sie und erpresst? Wie er überhaupt dazu komme? Sie wird nicht von Frau Huber erpresst, wer hätte das denn erzählt? Sie kann sich gar nicht beruhigen. Goldstein meint schließlich, dass er da wohl einer falschen Vermutung aufgesessen sei, fragt sie aber seinerseits, warum sie denn dann einen Detektiv engagiert habe, wenn sie gar nicht erpresst werde. Nach einem kurzen Zögern gibt er sich selbst die Antwort: »Dann haben Sie also Ihren Bräutigam beschatten lassen?« Klaras Miene wird ernst. Sie drückt ihren Zeigefinger leicht auf den Mund. Goldstein versteht, dass er wohl zu laut gesprochen hat, und entschuldigt sich.

»Vielen Dank, Sie haben mir wirklich sehr geholfen«, sagt Klara sichtlich verstört. »Ich darf Sie als Dank auf den Kaffee einladen, ich muss ja ohnedies noch die Rechnung für den Detektiv begleichen. Ich hoffe, wir sehen uns bald wieder einmal im Theater, und ich danke Ihnen von Herzen für Ihre Diskretion wegen meiner unsäglichen Dummheit, auf diesen Schwindler hineingefallen zu sein. Bitte erzählen Sie Pokorny auch auf keinen Fall, dass wir uns getroffen haben. Ich möchte ihn in Sicherheit wiegen, bis ich weiß, wie ich diese unangenehme Situation am besten aus der Welt schaffen kann.« Bedauernd schaut Goldstein Klara ins Gesicht, die sich verabschiedet. Sie wirkt müde und blass. Eilig begleicht sie bei der Sitzkassierin die Rechnung und im Hinausgehen wechselt sie flüchtig ein paar Worte mit dem Detektiv. So eine attraktive, kluge Frau! Wie schade, dass sie sich unter so unangenehmen Umständen heute treffen mussten.

Klara eilt aus dem Café, ohne sich noch einmal umzuschauen. Dass es ein Treffen zwischen ihrem Bräutigam und Fini Huber gegeben haben soll, erscheint ihr inzwischen immer verworrener und seltsamer. Sie und Fini hatten sich zuletzt ehrlich und aufrecht ausgesprochen. Nun diese fast unbegreifliche Geschichte von Goldstein. Am liebsten würde sie zu Pokorny gehen und ihn so lange schütteln und dabei schreien, bis all seine Lügengeschichten aus ihm herausfallen. Es packt sie die Wut, Tränen steigen in ihre Augen. Wie konnte sie nur so naiv sein, und wie kann ein Mensch wie ihr Bräutigam nur so habgierig und falsch sein. Ihre Gedanken sind schmerzlich, aber so ist es tatsächlich. Sie scheint zu dumm und gutgläubig für diesen Mann zu sein und hatte nicht die geringste Ahnung über sein Leben.

Fini hatte tatsächlich recht mit ihrer Schilderung. Wie viel Kraft muss diese Frau besitzen, um alles Leid und die ihr zugefügten Schmerzen auszuhalten? Wie zäh muss sie sein, daran nicht zu Grunde zu gehen. Wenn sie Pokorny tatsächlich erpresst, geschieht es ihm vollkommen recht. Fini scheint ihr aber auch in Gefahr zu sein. Wer weiß, was Pepo sonst noch einfällt, wenn es um das Geld geht, das doch offensichtlich das Einzige ist, was ihm auf dieser Welt wichtig ist? Und was hatte er eigentlich mit ihr vor? Klara erkennt: Nicht nur Fini hat die Vergangenheit eingeholt, auch sie selbst steckt mittendrin in dieser Geschichte. Selbst das schmerzt sie fürchterlich. So sehr sie sich anstrengt, ihre Gedanken lassen sich nicht ordnen. Und da ist noch etwas, was sie verwirrt, wenn sie sich Pokornys Gesicht vor Augen ruft.

Wien, Dezember 1912, Joseph Pokorny

Es ist ein fast wolkenloser, schöner Wintertag in Wien. Die Sonne scheint vom Himmel und schickt ihre wärmenden Strahlen durch die Straßen und Gassen. Es schneit nicht, was richtig guttut. Die Stadt lebt auf, die Leute tummeln sich um Pepo herum und genießen den hellen Tag. Die letzten Tage waren unangenehm, über Wien lag weißgrau gewürfelt eine dichte Wolkendecke. Ununterbrochen fielen dicke Flocken vom Himmel, und der Schnee breitete seine weiße Decke über die Stadt. Und heute, bei strahlend blauem Himmel, liegt etwas fast Unwirkliches über der Stadt. Das traumhafte Wetter hat alle geradezu verzaubert und zugleich eingeladen, auf die Straße zu gehen. Beinahe vor jedem Schaufenster stehen ein Mann, eine Frau oder ein Paar und starren mit neugierigen Augen auf die ausgestellten Waren, fast so, als wären sie gerade aus dem Winterschlaf aufgewacht. Es scheint ihm fast unwirklich. Er stellt den Mantelkragen hoch und zieht sich seinen schwarzen Hut tief ins Gesicht.

Für Pepo ist es kein schöner Tag, denn die grobe Wirklichkeit, die ihm heute begegnet ist, ist bei Weitem trüber als das Wetter in den Tagen zuvor und schlägt ihm obendrein auf den Magen. Der Vorfall von soeben raubt ihm seine letzte Kraft und lässt ihn verzweifeln. Er hat gerade wütend das Café Central in der Herrengasse verlassen, wo er dem Journalisten Goldstein noch einmal einen Überraschungsbesuch abgestattet hatte. Dieser hatte beim letzten Treffen noch einmal zugesagt, ihn bei seinem Buch über den Mord im Raxental zu unterstützen. Der Aufklärungsroman sollte nicht nur seinen Ruf als Joseph Pokorny wiederherstellen, sondern beiden zu Ehre und Ruhm verhelfen und genügend Geld einbringen, um ein paar Jahre sorglos leben zu können. Natürlich mussten erst sämtliche offenen Fragen zum Mordfall im Raxental beantwortet sein, bevor das Buch finalisiert werden könne, da hatte Goldstein schon recht. In der jetzigen Fassung würde es kein Verlag übernehmen, es fehlte an Spannung und letztendlich an der Auflösung des Rätsels, wer nun tatsächlich das Leben der Maria Müller im Raxental auslöschte. Pepo hielt immer noch fast wahnsinnig an der Vorstellung fest, dass es nicht die Huber-Schwestern waren, die den grausamen Mord begangen hatten. Darüber wollte er mit Goldstein reden. Aber als Pepo im Café auftauchte, verhielt dieser sich so eigenartig abweisend. Es schien, als wären seine Gedanken ganz woanders, nur nicht bei seiner Geschichte, die ihn mittlerweile zur Verzweiflung bringt. Mag schon sein, dass er in seiner Wortwahl zu grob und obendrein zu laut geworden ist. Doch als Goldstein dann fast feindselig meinte, er solle nicht ständig bloß herumreden, sondern müsse ja wissen, dass die Auflösung des Mordes letztendlich das Wichtigste an der Handlung war und in jeder Hinsicht der krönende Abschluss des Werkes werden müsse, verlor er die Nerven. Die kurze Unterredung scheint ihm wie ein Kampf, besser gesagt wie eine Jagd, und er sieht sich dabei als den Gehetzten. Er möchte aus der ganzen Situation fliehen und spürt, dass er nicht vom

Fleck kommt. Mit den Frauen steht er im Moment sowieso auf Kriegsfuß und jetzt noch das Desaster mit Goldstein.

»Gut, Goldstein! Wenn Sie nicht wollen, recherchiere ich nicht mehr weiter und Sie können das Buch vergessen«, hatte er ihm ins Gesicht geschrien und war sogar der Meinung, er hätte damit die beste Formulierung seines Lebens gefunden. Pepo weiß, dass Goldstein an dem Buch genauso interessiert ist und schon sehr viel Zeit dafür investiert hat. Ansonsten hätte er sich nicht die vielen Recherchen und Notizen dazu gemacht und alle Zeitungsartikel fein säuberlich aufbewahrt. Außerdem ist da noch das Geld, das beiden sehr wichtig scheint. Als Goldstein ihm bedeutete, dass er ihn für heute in Ruhe lassen solle und ihn dabei zerstreut, fast gleichmütig, mit müden Augen ansah, konnte er nur die Nerven verlieren.

»Um Gottes willen, Hochmaier, sind Sie jetzt komplett wahnsinnig geworden!«, hatte Goldstein ihn angeschrien, als er den sich uninteressiert gebenden Mann wütend beim Kragen packte und ihm mit erhobener Hand drohte, fast so, als würde er auf ihn einschlagen wollen. Er sieht noch den entgeisterten Blick des Journalisten, der durch den Zigarrenrauch leicht verschwommen wirkte. »Machen Sie so etwas nie wieder«, fügte dieser schockiert hinzu. Goldstein versuchte, ruhig zu atmen, doch es gelang ihm nicht. Er drückte ihn mit dem Ellbogen zurück und entwand sich so seinem festen Griff. Pepo war überrascht, wie kräftig der schmale Mann war und selbst erschrocken zu welcher Reaktion er sich hatte hinreißen lassen.

Hastig holte Goldstein 200 Kronen aus seiner Aktentasche und machte eine abfällige Handbewegung: »Los, verschwinden Sie! Und kommen Sie entweder mit der Auflösung des Mordes zurück, oder gar nicht mehr!« Pepo riss ihm hektisch die Scheine aus der Hand. Er schob sie in eine seiner Manteltaschen und rannte mit offenem Mund wie ein gejagtes Tier aus dem Lokal. Gedemütigt spürte er den Druck, so schnell wie möglich die Lösung herausfinden zu müssen. Er hörte noch die fragenden Stimmen der beiden älteren Damen, die ins Café eintreten wollten, als er sie beim Eingang ungeschickt anrempelte: »Ist das nicht der Opernsänger Hochmaier?« Anstatt ihn für die Unhöflichkeit zu tadeln, lächelten ihn die beiden verlegen an und tuschelten miteinander, bevor sie im Café verschwanden.

»Die Frauen können einfach nicht ohne mich leben. Ich kann nichts dafür, sie sind eine Prüfung, die mir Gott wegen meiner kleinen Sünden auferlegt hat«, denkt sich Pepo. In diesem Augenblick erkennt er an der Litfaßsäule ein Plakat mit seinem Namen und fühlt einen tiefen Schmerz in seiner Brust. Es ist die Leidenschaft nach Anerkennung, die ihn plagt, und das scheint sein Schicksal zu sein. Aber komisch, gerade jetzt, wo er endlich Erfolg hat, merkt er, dass diese Anerkennung ihm eigentlich gar nicht so viel bedeutet, wie er früher gemeint hatte.

Und was die Frauen betrifft, sind sie eher wie schwirrende Heuschrecken, die wie ein Verderben über ihn hereinbrechen. Er hat genug von ihnen. Pepo verlässt die belebten Geschäftsstraßen, biegt in einen langweiligen Hinterhof ab und lässt sich bei der nächsten Sitzgelegenheit nieder. Mit prüfendem Blick, ob ihn Vorbeigehende wohl nicht sehen können, setzt er sich auf eine schneebedeckte Bank hinter einem verschneiten Gebüsch. Am liebsten würde er sich hinter den Hausmauern verbergen. Theatralisch, fast hilflos, wie er es von Aufführungen gewohnt ist, versinkt er in Gedanken und wartet, den Kopf in die Hände gestützt, voller Ratlosigkeit.

Worauf? Er weiß es selbst nicht. Auf einen zündenden Einfall? Vielleicht auf eine Frau, die ihn wirklich liebt und nicht nur die geschmeichelte »Frau Opernsänger« an seiner Seite sein möchte oder sich ihre Langweile vertreiben will? Auf einen Geldregen oder einfach nur auf den nächsten Schneefall, womöglich einen wilden Sturm, der diesen ihm fast lächerlich scheinenden Sonnentag folgen wird. Er weiß es wirklich nicht. Wie er so zerzaust, fast hilflos dasitzt und sich der Verzweiflung, stets das Opfer zu sein, hingibt, nimmt ein junger, fremder Mann neben ihm Platz.

Pokorny hält den Atem an, als ihn der Unbekannte plötzlich anspricht: »Haben sie dich auch so fertiggemacht wie mich?« Sein Atem riecht nach Alkohol, und einen Augenblick überlegt Pepo, einfach aufzustehen und einen anderen Sitzplatz zu suchen. Eigentlich wollte er alleine sein und über diese trostlosen Tage nachdenken, die ihm einen kalten Schauer bescherten. Er wirft dem Mann einen prüfenden Blick zu und beschließt, trotzdem sitzen zu bleiben. Es ist ihm, als verbände ihn etwas Unsichtbares mit dem jungen Sandler, der vor sich hinmurmelt: »Und an allem sind nur die Frauen schuld! Sie sind gierig wie ein Tier, können trotzdem lieblich sein wie ein Kind und dann wieder eiskalt wie ein Engel!«

Pepo erschrickt bei den Worten des Fremden. Die Stimme des Mannes klingt traurig wie die eines armen, schrecklich gekränkten und einsamen Menschen. Sie starren sich beide an, als wären sie aneinandergekettet wie zwei Gefangene nach einer Razzia, die dasselbe Schicksal verbindet. Er will den jungen Mann nicht fragen, wie er zu dieser Erkenntnis gekommen ist, und daher schweigt er lieber. Dann lacht er leise mit gesenktem Kopf, zuckt mit den Schultern und spürt, dass der Mann recht hat. Schon komisch. Da sitzt er heute verzweifelt auf einer Bank im Freien mit einem wildfremden Mann, mit dem ihn nicht nur das Pech mit den Frauen verbindet, sondern sichtlich auch die Geldnot.

Dem verhärmten Aussehen, der verwahrlosten Kleidung und dem Alkoholgeruch nach dürfte der noch relativ junge Mann womöglich unverschuldet mittellos sein und auf der Straße leben. Unaufgefordert erzählt er Pepo von seiner traurigen Kindheit. Dass ihn seine Mutter, die ständig betrunken war, nur geschlagen hätte und er deshalb in jungen Jahren von zu Hause weggelaufen und bei fremden Leuten groß geworden sei. Nachdem das Mädchen, in das er sich unsterblich verliebt hatte, ihn boshaft abwies, weil sie bereits einen anderen hatte, einen älteren reichen Mann natürlich, sei er an ihr handgreiflich geworden und habe sie ins Gesicht geschlagen. Nach langem Hin und Her konnte er in Erfahrung bringen, dass dieser Mann ein älterer bessergestellter Finanzbeamter war. Er drehte vor Eifersucht durch und lauerte ihm bei Dämmerlicht im Beamtenbezirk auf. Es sollte lediglich ein Denkzettel werden. Eine Drohung, dass er von dem jungen Mädchen, das er liebte, sofort die Hände lassen solle. Als er jedoch beim Anblick des eleganten Herrn ausgerastet war und voller Zorn auf ihn eingeschlagen hatte, schrie dieser lautstark um Hilfe. Etliche Passanten kamen dem feigen Mann zu Hilfe, und zwei davon hätten ihn festgehalten und der Polizei übergeben. Nach sechs Monaten im Arrest sei aus ihm ein ausgesetzter Obdachloser geworden, der sich nur mehr mit Diebstahl und Betteln über Wasser halten kann. Die Leute zeigen heute mit dem Finger auf ihn. Der Finanzbeamte sei mit dem Mädchen in einen anderen Stadtteil gezogen und habe sie wohl irgendwann geheiratet, er sah beide nie mehr wieder.

Und jetzt, wollte Pepo wissen, was war jetzt? Niemand wäre mehr bereit, ihm eine Arbeit zu geben, damit er sich auf ehrliche Weise seinen Unterhalt verdienen könne. Letztendlich bliebe ihm nur der Alkohol, denn das Leben habe ihm nichts mehr zu bieten als den befreienden Rausch nach einer Flasche Schnaps. Schuld an allem wären nur die Frauen und irgendwann, wenn ihm das Leben auch den Alkohol nicht mehr bieten könne, würde er den Freitod wählen. Während der junge Mann ganz monoton über sein Schicksal erzählt und sich damit anscheinend abgefunden hat, bleibt Pepo stumm, wirre Gedanken kreisen in seinem schwer gewordenen Kopf herum. Er zieht sich seinen Hut noch weiter ins Gesicht und grübelt nach.

»Alles dreht sich immer nur um Liebe und Leidenschaft. Schuld daran sind tatsächlich die Frauen! Ich selbst bin doch das beste Beispiel dafür! Die Frauen suchen in der Liebe alles, was ihnen so einfällt, Zärtlichkeit, Leidenschaft und Vergessen. Sie sehen die Liebe als das Allheilmittel und erhoffen sich dadurch die Ehe und eine gesicherte Zukunft. Wie in einem billigen Roman«, denkt er sich, schläfrig von den Aufregungen der letzten Tage. »Alle Frauen haben diese schäbige Romanhaftigkeit und ihre eigene Vorstellung vom sittlichen Leben! In Wirklichkeit zählt doch nur das Geld. Ohne Geld kann ich nicht leben! Egal, von woher es kommt, Hauptsache, es ist da. Mit Geld kann man sich alles kaufen, selbst die Liebe, die Zuneigung und vor allem Ehre und Ruhm.«

Pepo musste wohl kurz eingenickt sein. Unbemerkt hat der junge Mann den Platz neben ihm verlassen und sich leise davongeschlichen. Als Pepo aus seinem kurzen Schlaf erwacht und ihm plötzlich die Abwesenheit des Fremden auffällt, ist sein erster prüfender Griff in die rechte Manteltasche, ob die 200 Kronen, die er von Goldstein bekommen hat, noch da sind. Er schreckt misstrauisch zusammen. In dieser Manteltasche nicht! Nervös greift er in die linke Tasche. Dort sind sie auch nicht! Er hatte sie doch eingesteckt, bevor er aus dem Café gerannt war? Erschrocken blickt er auf den Boden. Ob er die Scheine verloren hat? Er hat die Zeit komplett übersehen. Als er hektisch nach seiner Taschenuhr greift, um zu sehen, wie spät es geworden ist, findet er sie nicht. Die wertvolle Taschenuhr, die er von der Wirtin in Breitensee als Zeichen ihrer Liebe geschenkt bekommen hat. Sie ist wie vom Erdboden verschwunden! Selbst seine Handschuhe, die er neben sich gelegt hatte, sind weg. Laut schreit er auf: »Hilfe, ich bin bestohlen worden! Hilfe, haltet den Dieb!« Niemand registriert sein Schreien. Kein Mensch ist in der Nähe, die Leute schlendern alle in der gegenüberliegenden Häuserzeile herum, wo die schön geschmückten Einkaufsläden sind. Aufgebracht geht er schnellen Schrittes um den Häuserblock. Er bleibt kurz stehen, nimmt seinen Gang wieder auf und kommt zurück zur Bank. Seine Augen starren verzweifelt den Boden entlang. Er prüft die Fußspuren im Schnee. Sein Gesicht ist blass und verzerrt. »Haltet den Dieb!«, schreit er und holt tief Luft. Doch niemand ist zu sehen, keiner hört seinen Ruf. Keuchend, schwitzend und komplett verwirrt sackt er auf die Sitzbank zurück. Der Mann hat ihn tatsächlich bestohlen und kauft sich nun mit seinem Geld die nächste Flasche Schnaps und wird sich über ihn lustig machen. »Haltet den Dieb!«, schreit er nochmals und in seiner Stimme schwebt die Verzweiflung.

Pepo spürt nervös, wie ihm das Blut zum Herzen strömt, heiß und unruhig. Wie ein lebendes Fragezeichen hockt er mit dem vornehmen Anzug unter dem schwarzen Mantel und dem tief ins Gesicht gezogenen Hut nun da. Er ist ständig das Opfer, nicht die anderen. Weder die reiche Müller aus dem Café Schinagl noch die Huber-Schwestern, noch seine von ihm betrogenen Liebschaften. Die sind doch alle selbst schuld, weil sie ihm ständig nachlaufen. Er ist es, über den man einen Roman schreiben sollte und nicht über diese traurigen Gestalten. Ja, er hätte es dringend nötig, dass man aufzeigt, wie er ständig betrogen und belogen wird. Er hätte es doch verdient, das Glück an seiner Seite zu haben und ein gefeierter Opernstar zu werden.

Die ganze Welt sollte ihn kennen, Joseph Pokorny, vom bescheidenen Kind aus Böhmen zum berühmten Weltstar der Oper aufgestiegen! Der Mann, dem die Zuschauer zu Füßen liegen. So wie jetzt gerade, wenn er sich in den »Liebesketten« zu seiner letzten Reise aufmacht und alle Frauen im Publikum schluchzen. Aber was nützt es, wenn er gut ist und die Oper dann trotzdem vorzeitig abgesetzt wird, weil die Kritik findet, sie sei insgesamt inhaltlich und musikalisch zu wenig ausgereift. Immer ist er das Opfer, nie gibt es eine seinem Talent entsprechende Chance! Aber gut, es ist ohnedies wieder einmal an der Zeit, die Stadt zu wechseln. In Graz hat er bereits sein nächstes Engagement gefunden. Was für ein Glück!

Aber diese berechnenden Frauen, die wollen sich ja alle nur mit ihm schmücken! Ehrlich hatte es bis jetzt keine von seinen Liebschaften gemeint. Er war jedoch klug genug und machte sich ein Spiel daraus. Pepo versucht zu lächeln, doch sein Mund zittert. Erstaunt stellt er fest, dass er Tränen in den Augen hat. Er versinkt wie so oft in

Selbstmitleid darüber, was ihm die Frauen alles angetan hatten. Längst könnte er ein wesentlich ruhigeres Leben mit dem Ersparten der Maria Müller führen und sich auf seine weiteren Auftritte konzentrieren. Ihn trifft ja keine Schuld am Tod der Köchin. Im Gegenteil, für den entstandenen Schaden und den Rufmord steht ihm das Geld der Müller zu. Längst könnte er in Russland seine Karriere fortsetzen, die ihm seit langem bereits vorschwebte, hätte es nicht diesen Mordfall gegeben, der ihn sogar selbst ins Gefängnis brachte.

Mit Wehmut fällt ihm die Geschichte ein, wie er letztendlich zu dem Geld des Mordopfers gekommen ist. Es war durch einen reinen Zufall! Gusti hatte am 4. Februar 1906, als früh am Morgen jemand wie wild an ihre Wohnungstüre in der Pressgasse klopfte und sie beide noch im Bett lagen, ein Kuvert unter ihrem Kopfkissen hervorgeholt und gemeint, das sei das Erbe ihres Vaters und man müsse die Unterlagen sicher verstecken, bevor man sie ihr wegnehme. Im Hausgang waren Männerstimmen zu hören und er wartete mit dem Öffnen der Türe, bis sie hektisch das Kuvert unter einem losen Brett der Wandvertäfelung versteckt hatte. Erst dann erlaubte sie ihm, die Wohnungstüre zu öffnen. Zu seiner Verwunderung waren es drei Herren der Kriminalpolizei, die mit finsterem Gesicht vor ihnen standen und eine beängstigende Stimmung verbreiteten. Er hatte keine Ahnung, was sie so früh am Morgen von ihnen wollten.

Erst als die Beamten ihn schonungslos aufklärten und er die Abwesenheit seiner Verlobten während der zwei fraglichen Tage nicht erklären konnte, kamen ihm Zweifel. Im Handumdrehen nahmen sie ihn und seine Braut auf das Sicherheitsbüro mit. Fini wurde am selben Tag noch von der Polizei abgeholt und ebenso ins Sicherheitsbüro gebracht, wo sich die beiden Schwestern mit gesenktem Kopf und lautem Schluchzen begegneten. Es war eine sehr unangenehme Situation, auf Fini zu treffen. Sie tat, als würde sie ihn überhaupt nicht kennen, und würdigte ihn keines Blickes.

Alle drei wurden wie Schwerverbrecher stundenlang verhört, nur ihn setzte man wieder auf freien Fuß. Zu Hause angekommen, holte er den Umschlag aus dem Versteck. Darin waren das Arbeitsbuch der Müller, ihr Geburtsschein, ein Meldezettel, außerdem ein Depotschein bei der Rudolfsheimer Kommunalsparkasse und ein Einlagebuch der Österreichischen Sparkasse. Als er den Namen Maria Müller sah, wurde ihm klar, dass es sich nicht um die Erbschaft von Gustis Vater aus Neuberg handeln konnte. Er war ja bereits ein paar Tage zuvor von Gusti gebeten worden, bei dem Reisekorb, der ihr angeblich von einer Freundin überlassen worden war, die eingenähten Markierungen zu entfernen und den Korb anschließend in die Garderobe des Staatsbahnhofes zu bringen. Dabei hatte er entdeckt, dass in einer Arbeitsschürze der Name Notburga Müller eingestickt war, was ihn sehr verwunderte. Bei Frau Lebhardt im Schinagl konnte er in Erfahrung bringen, dass dies der Name der Tante von Maria Müller war, die ihr die große Erbschaft vermachte. Sofort war er sicher, dass der Name das Losungswort zum Bankdepot und zum Sparkassenbuch sein musste. Noch ehe er zum Prozess nach Leoben fuhr, brachte er die Sachen gemeinsam mit seinen wenigen Habseligkeiten und den Kostümen zu einer älteren Dame, die sie ihm nicht nur aufbewahrte, sondern zum Glück nach seiner Entlassung auch wieder aushändigte und ihm großzügig Geld vorstreckte, damit er sich für ein paar Tage ein Zimmer leisten konnte. Zugegeben, sie war schon sehr alt und senil, hielt nichts auf Gerüchte und las kaum die Zeitung. Doch sie hatte Geld und eine Vorliebe für die Oper.

Jeden Tag nach seiner Entlassung verbrachte er mit Grübeln, wie er nun zu dem Vermögen der Müller kommen könnte, das ihm seiner Meinung nach als Entschädigung für den Schaden, den er durch den Huber-Prozess erlitten hatte, auch zustand. Eines Tages saß er wieder gedankenversunken wegen seiner finanziellen Situation und verzweifelt darüber, dass er in Wien keine Anstellung bekam, im Café Lurion. Da kam eine vornehm wirkende Frau herein, die in das Lokal eher tänzelte als schritt. Die Gäste drehten sich sofort nach ihr um und tuschelten hinter vorgehaltener Hand über die Frau. Er selbst kannte die Dame vom Hören und Sehen her. Doch hatte er noch nie ein Wort mit ihr gewechselt, geschweige Interesse an ihr gezeigt. Es war ihm nicht unbekannt, dass die Leute in Wien sie gerne »die schwarze Baronin« nannten, weil sie sich stets vornehm in Schwarz kleidete. Gerne wurde darüber gelästert, dass sie sich übermäßig mit Schmuck behängte, um ihr Vermögen zur Schau zu stellen.

Er warf ihr abermals einen prüfenden Blick zu. Mit ihrem übertrieben stark geschminkten Gesicht und den auffällig jugendlich frisierten, rötlich gefärbten Haaren wirkte sie tatsächlich wesentlich jünger, als sie wohl war. Sollten die Gerüchte stimmen, hatte sie vor Jahren sogar einen echten Baron von Hervay geheiratet, obwohl sie bereits verehelicht war. Pokorny war bekannt, dass die Leute gerne und viel über diesen damaligen Skandal redeten. Diese Geschichte aus Mürzzuschlag interessierte ihn nicht weiter. Es war längst Gras darüber gewachsen. Die

Baronin pflegte es wie er. Sie wechselte ebenso gerne ihren Namen, um unerkannt zu bleiben. Sie verschwand bereits des Öfteren kurzerhand von der Bildfläche und tauchte später wieder auf.

Seit Neuestem versuchte sie sich als Schauspielerin in Wien und hatte bereits Auftritte im »Intimen Theater«, wo sie die Hauptrolle in einer von ihr selbst verfassten Gerichtskomödie spielte. Hin und wieder hatte er sogar ein Plakat zu diesem Schauspiel auf Litfaßsäulen in der Stadt gesehen. Es wurde darüber gemunkelt, dass dieses als »pikant und interessant« verkaufte Gerichtsspektakel sogar der Wahrheit entsprach und bereits in Leoben aufgeführt worden war, wo sich der im Schauspiel gezeigte Gerichtsprozess tatsächlich zugetragen haben sollte. Die Theaterleitung erhoffte sich mit ihrem adeligen Namen und der Geschichte eine Sensation, die jedoch wohl ausblieb. Im Gegenteil, die Kritiken zur Aufführung waren eher schlecht als recht. Was nicht an ihrer schauspielerischen Leistung lag, sondern an der Geschichte generell, hieß es in den Zeitungen.

Dass sich die Wiener Gesellschaft gerne über Künstler die Mäuler zerreißen, war ihm aus eigener Erfahrung nicht fremd. Jedenfalls kam ihm bei ihrem Anblick eine zündende Idee. Sie schien ihm mit ihrem selbstsicheren Auftreten und dem gekünstelten Gehabe genau die geeignete Person, der es mit ein wenig Schauspielerei gelingen könnte, dass man ihr bei den beiden Sparkassen das Vermögen der Maria Müller aushändigen würde. Zwar machte es für ihn den Anschein, als wäre bei der Person »Tamara von Hervay« nicht alles ganz so stimmig. Nur das bekümmerte ihn jetzt weiter nicht. Sie sollte ihn nur so schnell wie möglich von seinen Geldsorgen und Nöten befreien. Mehr nicht.

Er straffte entschlossen die Schultern. In der Hoffnung auf ihre Unterstützung machte er sich mit galantem Schritt auf den Weg zu ihrem Tisch. Mit einem leichten Räuspern bat er sie, eine Spur zu überschwänglich, um Aufmerksamkeit. Ihre dunklen Augen funkelten bei seinem Anblick. Auf seine charmante, fast hilflos gespielte Frage, ob sie einem leicht verzweifelten Mann ihr Gehör schenken würde, nickte sie zustimmend. »Gewiss!« Auf seine Bitte, ob sie für seine Bekannte, eine vermögende Nichte, einer verstorbenen Notburga Müller, das Geld bei der Bank beheben könne, antwortete sie mit klarer Stimme: »Selbstverständlich, Herr Opernsänger!« Sie kannte ihn wohl. Pepo zeigte sich kurz verlegen und schaute sich dabei verstohlen im Lokal um.

Lächelnd stimmte sie ihm zu, dass es komisch aussähe, wenn er als Mann das Geld behebe. Während sie miteinander sprachen, zog sie ihre schwarzen Handschuhe aus. Zum Vorschein kamen etliche funkelnde Armreifen. Sie hielt kurz an und meinte, da sie sich außerdem in Sachen Sparkassendepots sehr gut auskenne und ihren wertvollen Schmuck bereits seit Jahren im Banksafe aufbewahren ließe, sei sie natürlich die geeignete Person für sein Vorhaben. Dann zeigte sie mit gewitztem Lächeln auf ihre Perlenketten am Hals und die funkelnden Ringe an den Fingern: »Das ist alles nicht echt, Herr Pokorny! Stellen Sie sich vor, man würde mich überfallen und mir die sündhaft teuren Erbstücke aus Russland stehlen!« Diese Worte erwähnte sie gekonnt sehr laut und deutlich, damit sich die Leute im Café nach ihr umdrehten. Was im selben Moment geschah. Somit hatte sie die gewünschte Aufmerksamkeit erreicht.

Damit sie ihm den kleinen Gefallen tun könne, gäbe es allerdings eine Voraussetzung. Der Herr Opernsänger müsse sie für das Vorhaben bei der Bank neu einkleiden, denn ihre Garderobe sei eine Spur zu vornehm und man würde sie auf Anhieb als die Baronin von Hervay erkennen. Sie versprach, die auffällig rötlich gefärbten Haare unter ihrem Hut gut zu verstecken und ihre schauspielerischen Künste gekonnt anzuwenden. Sofort war er von ihrem Temperament, ihren klaren Gedanken und den klugen Anregungen verzaubert. Diese Frau hatte wohl die besten Erfahrungen, schien ihm. Und sie war gewiss nicht dumm, fuhr es ihm durch den Kopf.

Als der vereinbarte Tag gekommen war und die Baronin neu eingekleidet vor ihm stand, staunte er nicht schlecht, wie blendend sie aussah. Gar nicht wiederzuerkennen als die Tamara von Hervay, die er vor zwei Tagen im Café Lurion getroffen hatte. Erstaunlich, wie zuverlässig und professionell diese Frau sich zeigte, ohne jegliche Angst, dass das Vorhaben scheitern könnte. Hatte er sich vor dem ersten Treffen noch gedacht, dass irgendetwas wohl nicht stimme mit der Baronin, so spürte er, dass seine Personenwahl haargenau die perfekte war.

Bereits beim gemeinsamen Betreten des Gebäudes der Kommunalsparkasse zog sie mit ihrem Aussehen sämtliche Blicke auf sich, der süße Duft ihres Parfüms umkreiste ihn. Es war kein Gehen, sie schwebte samt ihrer Handtasche auf die Bankangestellten zu und lächelte ihnen vornehm entgegen, als wären sie ihr bestens bekannt. Tamara war bewusst, wenn sie einem der Bankbeamten gegenüberstand, musste sie auf jedes Wort und jede Bewegung achten. Sie schien gut vorbereitet und wählte bewusst einen jungen, schüchternen Angestellten aus, der gerade Akten sortierte. Als er ihre sachliche Anweisung vernommen hatte, dass sie sich das gesamte Geld im Depot auf das Losungswort »Notburga Müller« auszahlen lassen müsse, wurde er hellhörig. Nachdem er die erforderlichen Papiere verlangt hatte, übergab sie ihm den Geburtsschein sowie einen Meldezettel, auf Maria Müller ausgestellt, den seine Braut Gusti vor Jahren gefälscht hatte. Der nun etwas nervös dreinblickende, hagere junge Mann im schwarzen Anzug und den gescheitelten Haaren verzog die Nase und meinte, dass die Barauszahlung einen Moment in Anspruch nehmen würde. Er drehte sich um und verschwand mit den Papieren und dem Depotschein im hinteren Büro. Tamara und Pepo konnten wispernde Männerstimmen vernehmen und warfen sich einen fragenden Blick zu.

Als der Mann mit ernster Miene an den Schalter zurückkam, drehte sich Pepo absichtlich um. Ihm wurde mulmig zumute. Er hatte das unangenehme Gefühl, dass ihnen der hagere Typ auf die Schliche gekommen war. Mit unsicherer Stimme erklärte der Bankangestellte Tamara, dass er das viele Geld erst nach einer weiteren Überprüfung auszahlen könne und sie sich deshalb ein paar Tage gedulden müsse.

Nach dieser Antwort war es jedoch um die vornehme Art der Kundin geschehen. Sie riss ihre dunklen Augen, die unter den geschwärzten Wimpern funkelten, weit auf und verzog die Miene zu einer schrecklichen Fratze. Ihre dunkelrot nachgezogenen Lippen verformten sich zu einem schmalen Strich. Ihr Gesicht wurde noch blasser, und kaum waren die Worte ausgesprochen, dass sie sich gedulden müsse, zischte sie dem Bankangestellten entgegen: »Was bilden Sie sich überhaupt ein? Ich bin eigens aus Nizza angereist, um meine Erbschaft abzuheben! Wie Sie mich behandeln! Halten Sie mich für eine Hochstaplerin?«

Pokorny war entsetzt und sah das Vorhaben bereits als gescheitert. Plötzlich tänzelte sie auf ihn zu und plusterte sich hysterisch auf: »Pepo, wie kannst du nur zusehen, wie dieser Taugenichts eine Dame geradezu demütigt? Ich verlange sofort, dass du Herrn Gruber, den Direktor der Bank, darüber informierst.« Der Bankangestellte zuckte beim Vernehmen des Namens zusammen, zeigte jedoch immer noch keine Regung, ihr das Geld auszubezahlen. Tamara gab nicht auf und machte einen Satz zurück zum Schalter. Dort fauchte sie den Mann noch lauter an: »Junger Mann! Ich warne Sie, wenn Sie mir jetzt nicht sofort das Geld vom Depot ausbezahlen, werde ich meinen Schwager, Herrn Hofrat Stuckart, den Chef des Wiener Sicherheitsbüros, zu Hilfe holen! Dann sind Sie Ihre Stelle in der Bank los!«

Als der erschrockene Mann ihre Drohung mit dem Chef des Sicherheitsbüros vernahm, schwenkte er sofort um und bat sie dringend darum, sich zu beruhigen und leise zu verhalten. Er fuchtelte nervös mit den Händen und vergewisserte ihr, dass die Angelegenheit auch ohne längere Prüfung abzuwickeln sei. Ihre Drohung zeigte Wirkung. Pepo kam es vor, als würde sie das Aufbrausen schon mehrmals geübt haben, so professionell konnte sie es in Szene setzen.

Als Tamara dem erschrockenen Mann hinter dem Pult mit zwinkerndem Blick und wieder sanfter Stimme erklärte, sie würde die ganze Sache vergessen, wenn er nun so höflich sei, ihr das Geld zum Depotschein aushändigen zu wollen, öffnete er mit eingeschüchtertem Blick seine Eisenkasse, wo sich das Geld befand. Er zählte ihr zu Pepos Erstaunen die Scheine ohne weiteres Zögern vor. Nicht nur ihre Augen wurden groß, als sie die 4.000 Kronen in einem Umschlag gegen lediglich eine Unterschrift entgegennehmen durfte. Mit bleichem Gesicht und fast weißen Lippen entschuldigte sich der Bankangestellte bei ihr, dass es so lang gedauert habe und es wohl ein Missverständnis seinerseits gegeben hatte. Fast schon zu freundlich händigte er ihr auch die Papiere wieder aus.

»Wenn ich Ihnen einen guten Rat geben darf, junger Mann! Derartige Fehler dürfen Ihnen als Bediensteter eines solch großen Hauses nicht noch einmal passieren!«, antwortete sie ihm mit einem gekünstelten Lächeln. Dann steckte sie den Umschlag mit dem Geld und den Papieren in ihre Handtasche und wandte sich an Pepo. Galant reichte sie ihm die Hand und ließ sich von ihm aus der Bank geleiten. Sie erwiderte den Druck seines Arms. Pepo fühlte sich für einen Moment sehr glücklich. Ohne auch nur mit der Wimper zu zucken, übergab sie ihm vor der Türe die Handtasche. Er war mehr als erleichtert, im Besitze des Geldes zu sein und sehr verblüfft, als sie für die Mühe keine Entschädigung verlangte. Tamara tänzelte neben ihm her, als sei sie ein junges, unerfahrenes Mädchen, und meinte, dass sie einem so berühmten und ehrwürdigen Mann mit Freude weitere Wünsche erfüllen würde. Er wiederum schmeichelte ihr und gab seine Bewunderung über ihr schauspielerisches Talent bekannt. »Gelernt ist eben gelernt«, antwortete sie mit leicht übertriebenem Gehabe.

Beim gemeinsamen Abendessen kamen sie sich sogar näher, was ihm nicht unangenehm schien und sogar schmeichelte. Endlich war er auf die Sonnenseite des Lebens gefallen. Die Baronin war ihm gerade im rechten Moment über den Weg gelaufen und wohl ein Geschenk des Himmels. Im Hinterkopf plante er bereits die nächste Sache. Nämlich, das Geld vom Sparbuch der Müller bei der Sparkasse abzuheben. Bereits am darauffolgenden Tag machten sie sich gemeinsam auf den Weg zur Bank. Als Tamara jedoch bei einem prüfenden Blick in das Sparbuch erkannte, dass es sich dabei um mehr als den doppelten Betrag vom Geld auf dem Depotschein handelte, schüttelte sie ihren hübsch geschminkten Kopf. Sie rollte mit den Augen und meinte, dass sie diesen hohen Gesamtbetrag bei der Sparkasse nie im Leben auf einmal ausbezahlt bekommen würde. »Pepo, diesmal fliegt die Sache auf!« Er verzog das Gesicht. Hatte sie ihn ertappt und wusste sie, dass das alles wohl nicht ganz legal war? Und wenn, würde sie ihn doch nicht verraten, oder etwa doch? Gemeinsam einigten sie sich darauf, das Risiko nicht eingehen zu wollen und, auf ihren Vorschlag hin, das Geldabheben auf zwei Mal aufzuteilen.

Dieses Mal gestaltete sich die Sache wesentlich einfacher, und Pepo erkannte, dass die Idee mit der Halbierung des Sparkassenguthabens die beste Idee von Tamara war. Der Bankbeamte im Sparkassenraum war ein bereits in die Jahre gekommener Mann und verfiel bei ihrem Anblick ins Schwärmen. Aus Treue zum Bankinstitut beabsichtigte sie, vorerst nur die Hälfte ihres Guthabens zu beheben, antwortete sie knapp, als der Mann meinte, dass es sich schon um sehr viel Geld handle und es bei der Bank wesentlich sicherer hinterlegt wäre. Sie winkte lapidar ab, als wäre das eine Kleinigkeit, und zeigte sich nicht nur geschmeichelt über seinen Vorschlag, sondern versprach dem übertrieben netten älteren Herrn, bei seinem Vorgesetzen, den sie persönlich bestens kenne, ein gutes Wort für ihn einzulegen.

Zwinkernd fügte sie hinzu, dass dies sogar eine eventuelle Beförderung nach sich ziehen könne. Woraufhin sich der Mann noch freundlicher zeigte. Pokorny war mehr als erstaunt. Er verharrte für ein paar schwere Atemzüge und schaute prüfend auf den Ausgang. Als sie ihm das Geld vor der Türe überreichte, fragte er natürlich nach, ob sie den Direktor der Sparkasse tatsächlich persönlich kenne. »Gewiss!«, antwortete sie mit kichernder Stimme, wobei ihr Gesicht strahlte.

Zur Krönung der gelungenen Geldbehebung lud Pepo sie nicht nur großzügig zum Abendessen ein, sondern verbrachte erstmals eine aufregende Nacht mit ihr im vornehm ausgestatteten Zimmer des Hotels, wo sie ihren Erzählungen nach am liebsten nächtigte, wenn sie sich in Wien aufhielt. Im Handumdrehen hatte sie ihn mit ihrem Wesen und ihrem Charme verzaubert. Er war beglückt, dass Tamara eine Frau war, die nicht auf Geld aus war, sondern ihn als Person schätzte und sich selbstlos behilflich zeigte. Nie wäre er sonst so einfach an das Geld der Müller gekommen. Nun hatte er das gesamte Geld des Depots und die erste Hälfte des Sparkassenguthabens in der Tasche, eine beachtliche Summe.

Beim ausgiebigen Frühstück erzählte Tamara ihm überschwänglich aus ihrem aufregenden Leben. Ihr Hauptaugenmerk lag auf den unzähligen Reisen und ihrer grenzenlosen Hilfsbereitschaft. Theatralisch berichtete sie vom Pech mit den Männern und dem tragischem Vorfall mit ihrem letzten Gatten, dem Baron von Hervay aus Mürzzuschlag, der freiwillig aus dem Leben schied. Ihr Gesichtsausdruck wurde mit einem Mal unergründlich, sie blickte zur Seite, als habe sie dort etwas Wichtiges entdeckt. Irgendetwas stimmte sie unruhig.

Als sie davon sprach, ihre eigenen Memoiren veröffentlichen zu wollen, zückte sie ihr Taschentuch und gab sich verzweifelt, jedoch kämpferisch. Pepo zeigte sich bestürzt und war zugleich verwundert, wie stark diese Frau war.

Als sie dann nach den Schilderungen über die ganze

Dramatik ihres Lebens von einem Moment auf den anderen von einem Vermögen erzählte, das ihr aufgrund ihrer fürstlichen Herkunft aus Russland zustünde und in absehbarer Zeit ausbezahlt werden würde, funkelten plötzlich ihre Augen wieder. Ihre Erzählungen hatten auf jeden Fall bei Pepo Eindruck hinterlassen. Es schien ihm keine Mühe zu bereiten, sich von seiner besten Seite zu zeigen.

Pepo bat sie mit treuem Blick – so wie er es am besten konnte – doch seine Frau zu werden. Bisher hatte er selbst auch nur Pech mit den Frauen gehabt, so wie sie mit ihren Männern! Das würde sie beide doch verbinden, versuchte er mit schmachtender Stimme zu erklären. Wie bei seinen Aufführungen entschied er sich für ein verschmitztes Lächeln und bot ihr an, ihn doch Pepo zu nennen.

Tamara jedoch rollte mit den Augen und lehnte sein Angebot dankend ab. Erst als er nicht lockerließ und ausschweifend sämtliche Vorteile aufzählte, die sie als Frau eines Opernsängers, der in Russland mit ihrer Unterstützung eine große Karriere starten würde, erwartete, willigte sie zaghaft ein. »Trotzdem sollten wir jetzt nichts überstürzen, mein lieber Pepo, und so schnell wie möglich das restliche Geld von der Sparkasse abheben!« Er schwebte bereits in anderen Sphären und hatte nur noch ihre Erbschaft und Russland im Sinne und malte sich die fürstliche Vermählung aus. Ihre Beziehungen in Petersburg würden ihn jetzt endlich zum wirklich berühmten Opernsänger machen. Wie er ihren Erzählungen entnommen hatte, kannte sie tatsächlich alle wichtigen Leute und hatte durch ihre Redegewandtheit das Zeug dazu, ihn erfolgreich zu vermitteln. Vor tobendem Applaus und im Scheinwerferlicht sah er sich bereits auf den Bühnen der Welt stehen.

Als Tamara ihn abermals erinnerte, zuerst das restliche Geld bei der Bank abheben zu müssen, unterbreitete er ihr den Vorschlag, doch gleich in den nächsten Stunden alleine zur Bank zu gehen. Er hatte leider einen Termin in der Staatsoper zum Vorsingen vereinbart. Sie könne dem netten älteren Mann dort erklären, dass sie es sich anders überlegt hätte und, entgegen ihrer gestrigen Meinung, auch noch das restliche Geld abheben müsse. Sie winkte aber ab und meinte, nicht ohne ihn hingehen zu wollen. Sie gab auch zu bedenken, dass, falls es doch nicht funktioniere und man sie verhafte, sie alleine und verloren dastünde.

Doch Pepo hatte eine gute Ausrede parat. Sie solle doch von vornherein bei der Bank erklären, dass ihr Bräutigam bereits am Bahnhof zwecks einer vorzeitigen Abreise nach Russland auf sie warte. Dies sei letztendlich der Grund, warum sie jetzt vorzeitig das restliche Geld abheben müsse. Falls sie es jedoch nicht bekäme, solle sie einen hysterischen Anfall vorspielen und aus der Bank laufen, er würde zur Sicherheit beim Bahnhof auf sie warten. Bei ihrer schauspielerischen Geschicklichkeit ginge er jedoch nicht davon aus, dass bei der Behebung etwas schieflaufen könne, und so würden sie sich am Abend im Hotel wieder treffen. Er konnte sie mit seinen Argumenten überzeugen. »Gewiss, Pepo, du hast doch die besten Einfälle! So machen wir es!«

Nach dem Frühstück verließen beide das Hotel, jeder ging seines Weges. Alles schien perfekt geplant und gut zu laufen. Pepo schlenderte durch die Stadt und kleidete sich mit einem Teil des Geldes großzügig ein. Er machte sich einen gemütlichen Tag in der Stadt in der Vorfreude auf das gemeinsame Abendessen und die Nacht mit Tamara im Hotel. Dass er versprochen hatte, zur Sicherheit von

Tamara beim Bahnhof vorbeizuschauen, hatte er in seiner Euphorie vergessen.

Als er am Abend ins Hotel kam, staunte er nicht schlecht, als ihm der Mann an der Rezeption erklärte, dass die Frau Baronin bereits zu Mittag mit unbekanntem Ziel abgereist sei. Mehr als verblüfft wollte er sich vergewissern, ob er tatsächlich die Frau von Hervay, mit der er gestern im Hotel soupiert hatte, damit meine. Das »Ja« des Rezeptionisten war eindeutig. Auf die Frage, ob die gnädige Frau denn einen Umschlag für ihn, den Opernsänger, bei der Abreise hinterlassen hatte, war sein »Nein« ebenso eindeutig. Pepo riss die Augen auf. Ihm wurde verärgert bewusst, dass er auf die listige Baronin hereingefallen war. Raffiniert wie sie war, hatte sie alles bis ins letzte Detail geplant und ihn bei den ersten beiden Male der Geldabhebung in Sicherheit wiegen lassen. Wie konnte er sich nur so täuschen lassen und so dumm sein, sie alleine den Rest des Geldes abheben lassen? Was war er bloß für ein Idiot! Als er mit hochrotem Gesicht schnauzend das Hotel verlassen wollte, stellte sich ihm ein Sicherheitsbeamter entgegen. Mit ernster Miene forderte er ihn auf, zuerst die Zimmerrechnung der letzten drei Tage zu begleichen und drohte mit der Polizei. Wütend beglich er die Rechnung. Er war nicht dumm. Denn mit der Polizei wollte er auf keinen Fall etwas zu tun haben.

Auf diese Enttäuschung hin verließ er Wien und war nach Berlin gereist. Dort hatte er noch Kontakt zu einer früheren Geliebten, die ihn mit offenen Armen aufnahm. Nach einigen missglückten Vorhaben, an denen abermals die Frauen schuld waren, musste er Berlin verlassen und seinen Namen ändern. Und das tat er seither in jeder neuen Stadt, ob es nun Dresden, Bremen oder München war.

Nun war er unter dem Namen Joseph Hochmaier nach Wien zurückgekehrt, obwohl ihm davor zunächst angst und bange gewesen war. Es schien ihm, als warte in Wien etwas Ungewisses auf ihn, dem er sich nicht gewachsen fühlte. Trotzdem nützte er die Gelegenheit, in Wien ein Engagement anzunehmen. Er wollte endlich mit seiner Vergangenheit abschließen, mit seinen tagebuchartigen Aufzeichnungen etwas anfangen und die dunklen Nächte des Zweifels für immer hinter sich lassen. Jetzt, in Wien, erlebt er jedoch erneut Ärger mit den Frauen.

Josefine Huber, die er unbedingt benötigt, um in die Sache vom Raxental Licht zu bringen, hatte ihn bereits beim nächsten Treffen erpresst. Sie hatte ihm angedroht, Klara alles über seine Vergangenheit zu erzählen. Und da diese seit seinem Geständnis immer noch etwas enttäuscht war, hatte er Fini zähneknirschend die geforderten 1.000 Kronen gegeben, die er von dem Geld der Müller noch besaß. Schließlich war bei Klara ja wesentlich mehr zu holen. Beim nächsten Mal hatte Fini allerdings angekündigt, seine Vergangenheit mit Hilfe einer Zeitung publik zu machen und damit seine Karriere in Wien zu ruinieren, falls er ihr nicht noch einmal 1.000 Kronen bezahle. Und natürlich gäbe es auch die von ihm gewünschten Informationen zum Mord im Raxental erst nach der Bezahlung der geforderten Summe. Aber das Geld hatte er nicht mehr! Zum Glück hatte er genügend Übung darin, etwas aufzutreiben.

Doch dann kam der größte Schreck: Bei der Übergabe der geforderten Summe sagte diese dreiste Fini ihm doch auf den Kopf zu, dass sie wisse, dass er sich das Geld der Müller unredlich hat auszahlen lassen. Anfangs hegte er den Verdacht, dass Tamara mit im Spiel sein könnte, doch diesen Gedanken verwarf er sehr schnell. Fini meinte erbost, ihr stünde ein Anteil vom Geld der Müller zu und den Betrag von Gusti könne er behalten. Die brauche ihren Teil ja nicht mehr. Sie forderte weitere 2.000 Kronen bis spätestens in zwei Wochen. Wie sie auf die Höhe des Betrages gekommen war, schien im schleierhaft. Er zeigte sich erleichtert, dass sie nicht über die tatsächliche Höhe des Ersparten der Müller Bescheid wusste. Aus Angst, dass Josefine ihre Drohung, sonst zur Polizei zu gehen und alles auffliegen zu lassen, wahr machen würde und er die nächsten Jahre wieder im Gefängnis verbringen müsste, hatte er das Geld von allen möglichen Seiten zusammengekratzt.

Wenigstens hatte sie ihm versprochen, dass er danach alles über den wahren Mörder der Müller erfahren und den genauen Tathergang geschildert bekäme, um endlich sein Buch fertig schreiben zu können. Und das sollte in den nächsten Tagen geschehen. Außerdem würde sie im Anschluss daran für immer aus seinem Leben verschwinden. Es war einfach allerhand, wie diese Frau ihn unter Druck setzte. Dabei hatte er keine Ahnung, wie sie zu den Informationen wegen der Geldbeschaffung gekommen war. Dann meinte sie noch zynisch, dass sie ihm helfen würde, die dunklen Geister der Vergangenheit loszuwerden, damit er endlich der gefeierte Opernsänger Pokorny werden könne, was ihm nach all den Schwierigkeiten auch zustehen würde.

Nach all diesen Erinnerungen blickt er wehmütig von der Parkbank auf. Die Dämmerung bricht schon herein, und nach den sonnigen, überhellen Winterstunden hat es wieder leicht zugezogen. Eine kleine Wolkenbucht im Westen von Wien ist noch von der Sonne rötlich durchstrahlt. Er denkt an Klara und dass es an der Zeit ist, sie endgültig von seiner Unschuld an dem Geschehen im Raxental zu überzeugen und auf seine Seite zurückzubringen. Sie ist der einzige Halt, den er noch hat. Sobald er Goldstein die geforderte Lösung zum Roman überreichte, würde er nach dem Erscheinen des Buches gemeinsam mit Klara ein neues Leben beginnen. Und dann könne er endlich wieder seinen Namen Pokorny voll Stolz tragen!

Auf dem Weg zurück in die Geschäftsstraße erkennt er Klara auf der anderen Straßenseite an der Auslage eines Hutgeschäfts. Was für ein Zufall! Auch sie hat ihn sofort gesehen, erfreut vernimmt er seinen Namen; »Pepo, hier bin ich!« Klaras Stimme hebt sich dabei. Er dreht sich vorsichtig nach ihr um. Ihr Gesicht überzieht ein herzlicher Ausdruck. »Kannst Du mir behilflich sein? Ich bin auf der Suche nach einem neuen Hut.«, fragt sie ihn eine Spur zu höflich. Ihr wollte im Moment nichts Besseres einfallen.

Pepo nickt zustimmend und ist mehr als überrascht darüber, war sie in der letzten Zeit meist ziemlich kühl ihm gegenüber. »Dass ihr schönen Frauen ständig neue Hüte braucht«, gibt er ihr mit falschem Lächeln zur Antwort. Als ihm Klara dazu erklärt, sie wolle ihn auf eine schöne Reise in die Steiermark zum Start seines neuen Engagements begleiten, bietet er ihr ohne groß nachzudenken seinen Arm an. Entschlossen hängt sie sich bei Pepo ein. Gemeinsam schlendern sie wie ein Ehepaar in das Geschäft und werfen neugierige Blicke auf die geschmückten Regale. Etliche Gesichter schauen ihnen entgegen und verfolgen sie mit ernsten Augen. Es fällt ihr schwer, sich für einen Hut zu entscheiden. Misstrauisch bemerkt sie, dass Pepo sie aufmerksam von der Seite beobachtet. Eine Gänsehaut überläuft sie. Unverrichteter Dinge verlassen sie das Geschäft.

Die Leute tummeln sich immer noch und genießen das milde Wetter in Wien. Pepo erscheint die Situation fast unwirklich. Nun wendet sich heute auch für ihn alles zum Guten. Mit einigen Hintergedanken im Kopf erwidert er Klaras zaghaftes Lächeln, bevor sie um die Ecke biegen, wo sich das Brautmodengeschäft befindet. Einen Augenblick später spürt Klara, wie Röte in ihren Wangen aufsteigt. Sie wagt kaum zu atmen und denkt für einen Moment, wie sie ihn am besten loswerden könnte. Pepo lächelt sie an, wenn auch etwas nervös: »Was würde ich geben, um jetzt Deine Gedanken lesen zu können.« Etwas verärgert wirft sie ihm einen strengen Blick zu und beißt sich auf die Lippen. Ihr Zorn auf ihn nimmt Überhand.

25. Jänner 1913, Joseph Pokorny, Josefine Huber, Klara Herzberg

Behäbig wälzt sich die Eisenbahn durch die weiße Winterpracht in Richtung Semmering. Sie sitzen zu dritt im Zugabteil. Fini holte wie vereinbart Pokorny und Klara am frühen Vormittag vom Café Schinagl ab. Sie war müde und ihre Augen schwer. Leider hatte sie am Vorabend nur schwer in den Schlaf gefunden. Ihre Gedanken hatten sie geradezu gefangen genommen. Früh am Morgen wachte sie bereits auf. Gemeinsam sind die drei bei starkem Schneetreiben zum Wiener Südbahnhof gegangen. Die Karten für die Zugfahrt nach Graz hat Fini aus eigener Tasche bezahlt. Endlich hat sie das Geld, das ihr ihrer Meinung nach zusteht. Es scheint die Hälfte des Vermögens der Maria Müller zu sein. Pepo hatte es damals an sich gerissen, nachdem sie und ihre Schwester eingesperrt worden waren. Pokornys panische Angst, nochmals ins Gefängnis zu wandern und auch seine Angst davor, in Wien als ehemaliger Betrüger und verurteilter Zuchthäusler bloßgestellt zu werden, haben ihn erpressbar und gefügig gemacht. Woher er sich übrigens das Geld beschafft hat, kümmert sie nicht. Wie sie ihn kennt, hat er das Ergaunerte nämlich inzwischen schon längst ausgegeben. Sie ist endlich stark. Pokorny, der Schwindler und Betrüger wird schon sehen, welche Überraschungen es auf dieser Reise für ihn geben wird.

Klaras Verlobter war anfangs gar nicht angetan darüber, dass sie auf der Reise in die Steiermark dabei sein wird. Doch Klara meinte, dass der armen Fini eine spontane Abwechslung sicher guttun würde. Außerdem schicke es sich nicht, wenn sie vor der Hochzeit bereits mit ihrem Bräutigam alleine auf Reisen sei. Erst zu Beginn der Fahrt hat Pokorny erfahren, dass sie nicht direkt nach Graz fahren, sondern noch in Mürzzuschlag eine Zwischenrast einlegen werden. Klara zeigte sich begeistert, weil sie immer schon einmal die Gegend sehen wollte, wo Fini herkommt. Er ist ein wenig irritiert darüber. Dachte er doch, dass die beiden Frauen ihn nur zu seinen ersten Proben in die Grazer Oper begleiten würden. Anschließend wollen sie Klaras geerbte Liegenschaft in der Nähe von Graz besichtigen, in der sie gemeinsam nach ihrer Heirat beabsichtigen zu leben. Darüber schienen sie sich beide einig zu sein. Jedenfalls ist er erleichtert darüber, dass Fini ihm versprochen hat, nichts über sein Vorleben Klara zu erzählen.

Er steht nun am Fenster und beugt sich ein wenig in Fahrtrichtung schauend vor. Sein nachdenklicher Blick versetzt Fini einen leichten Stich. Sie erinnert die Situation an die Zugfahrt mit Maria Müller. Sie stand ebenfalls am Fenster und bewunderte die vorüberziehende eisige Landschaft. Auch damals mischte sich die Luft mit dem Rauch des Zuges, der mit seinen kraftvollen, schlagenden und klappenden Geräuschen dahinfuhr. Er ließ so wie heute die Stadt hinter sich, und Maria Müller trat von einem Bein auf das andere in ihrer Nervosität. Bereits beim ersten Halt des Zuges wollte sie unbedingt aussteigen und wieder zurück nach Wien. Es war ihr sehr unwohl zumute und sie hatte ein komisches Gefühl, wie sie oftmals erwähnte.

Pepo dreht sich um und beobachtet Klara. Sie ist für

ihn kein Mensch, den man aus tiefstem Herzen lieben kann. Trotzdem findet er etwas an ihr, das er sogar mag, ja sogar anziehend finde. Klara sitzt ruhig und hört dem rhythmischen Schlagen der Schienen zu. Fini hat ihr gegenüber Platz genommen. Sie beiden tragen dunkle Mäntel und Hüte und ihre Blicke treffen sich, als der Schaffner das Abteil betritt und um die Fahrscheine fragt. Pokorny hat sich inzwischen wieder hingesetzt und hält für einen Augenblick Zwiesprache mit sich selbst. Fini reißt ihn aus seinen Gedanken. Sie springt auf und bringt aus ihrer Handtasche eine Flasche Wein, einen Laib Brot und getrockneten Fisch zum Vorschein. Bevor sie den Semmering erreichen, bietet sie den beiden noch eine kurze Verköstigung an, denn wegen der Fahrt durch die zahlreichen Tunnel wird es danach immer wieder finster im Zug und man kann nicht mehr angenehm speisen. Ihre blauen Augen leuchten. Sie ist erhitzt und ihre Wangen sind rot vor Aufregung. Hübsch sieht sie aus in ihren neuen Kleidern, und auch die blonden Haare unter dem feschen dunkelblauen Hut haben dank guter Pflege schon wieder etwas von der früheren Strahlkraft. »Was man mit genügend Geld doch alles bewirken kann«, denkt sich Fini, als sie ihr Spiegelbild in der Scheibe sieht.

Und Pepo denkt sich verärgert: »Eigentlich ist diese Fini eine recht ansehnliche Person, wäre ihr nicht diese dreiste Erpressung eingefallen. Die Zeit im Kerker muss sie komplett verdorben haben.«

Fini schenkt den Wein in die mitgebrachten Becher, stellt das Brot und den Fisch auf den Tisch am Fenster und sagt: »So wie heute haben wir damals auch im Zugabteil gesessen. Wir waren die meiste Zeit alleine im Abteil, meine Schwester, Maria Müller und ich. Kaum ein Wort haben wir gesprochen, hin und wieder setzten sich Leute dazu, die während der Fahrt in den Zug eingestiegen waren, um ein paar Stationen zu fahren. Als die Müller meinte, dass sie ein sehr eigenartiges Gefühl plage, holte meine Schwester ebenfalls einen mitgebrachten Wein aus der Tasche, um die Anspannung ein wenig zu lösen. Ich hatte so wie heute getrockneten Fisch und Brot dabei. Den Fisch habe ich absichtlich nachgesalzen, damit wir alle durstig werden. Für jeden hatte ich zwei Schnitten Brot eingepackt. Den Wein für die Müller hatte ich zuvor mit Gift versehen, das ich von einem bekannten Apotheker einen Tag zuvor erhalten hatte.« Es fällt ihr auf, wie Pokorny nervös zurückschreckt und den Becher zur Seite stellt. Klara hört Fini ruhig zu und sitzt da, ohne ein Wort zu sagen. Sie sitzt einfach nur da und putzt sich die Nase. Pepo, der ihr dabei zuschaut, seufzt tief durch. Er ärgert sich maßlos darüber, dass Fini im Beisein von Klara anfängt von damals zu erzählen. Obwohl ihn die Geschichte brennend interessiert, scheint ihm der Zeitpunkt mehr als ungünstig. »Was will sie damit bezwecken?», schießt ihm durch den Kopf.

»Keine Angst, der Wein ist nicht vergiftet!«, meint Fini mit einem zynischen Lächeln. Anschließend erklärt sie den beiden, dass auch damals der Wein für die Müller nicht wirklich vergiftet gewesen war. Die Müller hatte ohnedies die Mahlzeit verweigert. Fini erinnert sich: Der Apotheker, den sie verzweifelt um das Gift bat, hatte ihr in einem kleinen Fläschchen etwas anderes gegeben, nur kein Gift. Niemand hatte sie ernst genommen, als sie sich nach dem Gift erkundigte. Für ihre kranke Großmutter wäre es gewesen, hatte sie dem Apotheker verzweifelt erklärt, damit die von ihrer schweren Krankheit endlich erlöst werden könne. Vor Gericht hatte sie dann alles abgestritten und gemeint, das Gift wäre für sie selbst gewesen, weil sie ja nicht wieder nach Hause gekonnt habe und in Wien dabei war, unterzugehen.

Es war die Idee ihrer Schwester, das Gift für die Müller aufzutreiben, weil man so die reiche Köchin am unauffälligsten beseitigen könne, um an ihr Geld zu kommen. Ihrer verzweifelten Schwester wollte Fini gerne den Gefallen tun, hatte sie doch sofort erkannt, in welch schwieriger Situation sie sich befand, nachdem sie diese damals nach längerer Zeit zum ersten Mal wieder aufgesucht hatte. Niemand war mehr bereit, ihr Geld zu borgen; sämtliche Gläubiger forderten das Geliehene mit Nachdruck bereits ein. Gusti wollte um jeden Preis in Petersburg ein neues Leben anfangen.

Die Bahnstrecke schien ihr seinerzeit viel kürzer gewesen zu sein. Wahrscheinlich war sie damals zu nervös und hat deshalb die Fahrt nach Mürzzuschlag nicht so lang in Erinnerung. Pokorny ist sichtlich irritiert und fordert Fini auf, in Anwesenheit von Klara nicht weiter über damals zu sprechen. Alle drei schweigen, und in der eigenartigen Stille entsteht ein wachsender Druck in Fini. »Sie wollten doch immer erfahren, was sich tatsächlich am 25. Jänner im Raxental ereignete!«, wirft sie ihm vor.

Pokorny wird merklich unruhig, steht erneut auf, geht zum Fenster und schaut hinaus. »Das stimmt, aber jetzt ist nicht der passende Moment dazu«, hört sie ihn verzweifelt flüstern. Seine Gesichtszüge haben sich verändert, er wirkt ernst und nachdenklich, auf der Stirn bilden sich Schweißtropfen.

Aber da bemerkt Fini schon die verzögerte Fahrt des Zuges. Ein Pfeifen der Bremsen, und das Schienengeräusch werden lauter. Sie blickt ebenfalls aus dem Fenster und sieht, dass der Zug am Bahnhof Mürzzuschlag einfährt. Rasch nimmt sie ihren Handkoffer vom Gepäckträger herab und meint zu den beiden: »Doch, jetzt ist der passende Moment dazu. Wir sind in Mürzzuschlag und steigen aus!«

Gemeinsam mit einigen anderen Fahrgästen verlassen sie den Zug. Im Bahnhof erkundigt sich Fini über eine Anschlussfahrt in Richtung Neuberg. In der Stunde, die auf die Weiterfahrt zu warten ist, erzählt sie den beiden bei einem Glas Wein im Bahnhofsrestaurant den weiteren Ablauf ihres Ausfluges. Zögernd wirft Pokorny ein, dass er sich bereits am Abend in Graz in der Oper melden soll und morgen am frühen Vormittag seinen ersten Probentermin hat. Fini will davon nichts hören und meint sehr bestimmend: »Nichts da, jetzt sind wir schon mal hier und fahren weiter ins Raxental!« Sie verwendet denselben Wortlaut, wie damals zu Maria Müller, als diese vorzeitig die Reise abbrechen wollte.

»Bei diesem Wetter?«, fragt Pokorny verwundert und Fini nickt bestätigend.

»Es ist an der Zeit, dass Sie die Wahrheit über den Mord erfahren. Das interessiert Sie doch so brennend, nicht wahr?« Klara wirft Pepo einen fragenden Blick zu, und beide Frauen warten auf seine Antwort.

Sein Gesicht bekommt plötzlich einen ganz eigenartigen Ausdruck. Er lächelt verschmitzt, seine kleinen Augen funkeln. Endlich ist er dem Ziel nah. Die ganze Wahrheit über den Mord! Das Buch. Seine Rehabilitation. Diese Gelegenheit muss er nützen. Und falls das Engagement in Graz deswegen platzt, soll es! Er wird ja bald Klara heiraten und damit finanziell unabhängig sein. »Ich begleite Sie, aber nur, wenn ich alles über den Mordfall erfahre! Die ganze Wahrheit will ich wissen. Keine dummen Geschichten über erfundene Mörder wie seinerzeit von Gusti!«

Fini geht darauf nicht weiter ein und erinnert daran, dass in zehn Minuten die Weiterfahrt mit dem Zug bevorsteht. Zu Pokorny sagt sie mit festem Ton: »Ich werde Sie nicht hindern, direkt nach Graz zu fahren. Wenn Sie es wollen, tun Sie das! Doch dann werden Sie die Wahrheit über den Mord nie erfahren. Dort im Raxental werde ich alles erzählen. Sonst nie mehr.« Nach kurzem Zögern erklärt sich Pokorny bereit, nach Kapellen mitzukommen. Klara nickt mit dem Kopf und ist ebenfalls dafür, diesen Ausflug zu machen. Sie schlägt vor, doch dort in einem Gasthaus zu übernachten und erst am nächsten Tag weiter nach Graz zu fahren. Damit ist die Fahrt ins Raxental entschieden. Plötzlich durchfährt Fini ein kalter Schauer, ihr wird bewusst, dass es heute das zweite Mal sein wird, dass sie zum Tatort zurückkehrt.

Am 7. Februar 1906 wurden ihre Schwester und sie getrennt voneinander mit dem Frühschnellzug von Leoben nach Mürzzuschlag in eine Zelle des Bezirksgerichtes gebracht. Am nächsten Tag ging es mit dem Zug weiter nach Kapellen. Sowohl am Bahnhof in Mürzzuschlag als auch in Kapellen warteten Hunderte Schaulustige und beschimpften sie bösartig. Etliche forderten sie auf, endlich den Mord zu gestehen, einige forderten die Polizei auf, die beiden Schwestern sofort zu hängen. Ihre Schwester beteuerte stets zur Menge, dass sie unschuldig sei. Sie selbst empfand Ekel und Schande zugleich bei dem furchtbaren Auflauf, bei dem etliche ihrer Schulfreundinnen und sogar eine ehemalige Lehrerin mit zugegen waren.

Begleitet von zahlreichen Beamten und den Männern der Mordkommission ging es weiter zur Totenhalle, wo in einem offenen Sarg der Leichnam von Maria Müller lag, um ihnen gegenübergestellt zu werden. Beide verneinten sie eindringlich, die Tote zu kennen, und hielten sich Taschentücher vor das Gesicht, um ihren Gesichtsausdruck zu verbergen. Erst gegen Mittag hörte das Schneetreiben im Raxental auf und eine Kolonne von Schlitten bewegte sich in Richtung Stojen. Im ersten Schlitten befand sich ihre Schwester Gusti mit Gendarmeriebeamten, und ganz zum Schluss folgte sie in einem eigenen Schlitten, ihr wurde jeder Kontakt zur Schwester verwehrt.

Abwechselnd mussten sie im Jägerhaus warten und wurden getrennt mit Zeugen konfrontiert. Überall befanden sich Neugierige am Weg zum Tatort. Vorbei ging es am Gasthaus Eder, wo sie seinerzeit zu dritt die Nacht verbrachten, und an einer verlassenen Mühle, wo sie sich nach der Tat vor einem Jäger versteckten, damit er sie nicht erkennen konnte. Bald darauf hielten die Schlitten an, und sie mussten den Hohlweg zur Mulde bei tiefem Schnee zu Fuß bewältigen. Die Neugierigen wurden ab hier verdrängt. Der Aufstieg war sehr beschwerlich, da der Weg nicht vom Schnee freigeschaufelt werden konnte. Bei der Mulde, dem Fundort der Ermordeten, blieben sie und ihre Schwester bei der Aussage, Maria Müller nicht getötet, sondern aus Mitleid Beihilfe zum Selbstmord geleistet zu haben.

Während sie auf den Zug warten, erinnert sich Fini an den Bericht eines Spezialkorrespondenten von damals direkt aus Kapellen. Da fällt ihr spontan sein Name wieder ein, Josef Goldstein. Ihr Anwalt hatte ihn ihr später einmal zukommen lassen. Sie hat den Artikel sogar dabei, ebenso wie einige andere Schriftstücke aus ihrer Sammlung. Schließlich muss sie Pokorny ja notfalls noch mindestens einen Tag hinhalten können. Aber jetzt holt sie den Bericht heraus und liest:

Bericht unseres Spezialkorrespondenten aus Kapellen:

Das war gestern ein Tag großer Aufregung in dem kleinen Orte Kapellen. Das blutige Verbrechen im Raxentale, der fürchterliche Frauenmord, war endlich aufgeklärt, und im Beisein der Täterinnen sollte an jener Stelle, wo die Leiche der unglücklichen Maria Müller gefunden wurde, neuerlich ein Lokalaugenschein aufgenommen werden. Die Mörderinnen der Müller, die Schwestern Augustine und Josefine Huber, sind in der Gegend bekannt. Es ist daher kein Wunder, dass auf die Nachricht hin, dass die Schwestern nach Kapellen gebracht werden, zahlreiche Neugierige sich einfanden, die alle die Mörderinnen sehen wollten. Wie am Mittwoch in Mürzzuschlag kam es auch gestern in Kapellen bei der Ankunft der Schwestern Huber zu turbulenten Szenen. Die Entrüstung der Menge über das grausige Verbrechen, das die Schwestern verübt haben, war so groß, dass sie sich nicht nur durch Schmährufe und Beschimpfungen Luft machte, sondern derartig war, dass man befürchtete, man werde sich an den Mörderinnen der Müller tätlich vergreifen.

Infolgedessen wurden bei dem Lokalaugenschein auf dem Tatort Vorbereitungen getroffen, um die Schar der Neugierigen fernzuhalten. Der neuerliche Lokalaugenschein im Beisein der Täterinnen hat keine wesentlichen neuen Momente gebracht. Augustine und Josefine Huber blieben bei ihrer ursprünglichen Behauptung, dass die Müller einen Selbstmordversuch verübt hat und dass sie sie nur aus Mitleid vollends töteten und weil sie es selbst wünschte. Den einzigen dramatischen Moment des gestrigen Tages bildete die Gegenüberstellung der Augustine Huber vor dem exhumierten Leichnam der Maria Müller. Starr sah die Mörderin ihr Opfer an. Man fragte sie, ob sie die Tote kenne, und sie antwortete ruhig und bestimmt: »Nein.«

Sie steckt den Artikel wieder in die Tasche, weil der Zug bereits einfährt. Fini steigt als Erste ein, dreht sich um und wirft einen kurzen Blick auf Pokorny, der müde und abgekämpft von den Tagesstrapazen wirkt. Sie ekelt sich vor ihm, vor der Sorte von Männern, wie er einer ist. Diese Heiratsschwindler sind die schlimmsten von allen. »Was wäre aus Gusti und mir wohl ohne diesen Hochstapler geworden?«, überlegt sie bei sich. Doch im gleichen Atemzug scheint ihr die Frage sehr absurd. Es musste wohl alles so kommen, denn Gusti träumte stets von einem besseren Leben, und das erhoffte sie sich durch diesen Opernsänger. Und sie selbst stand stets im Banne ihrer Schwester, damit sich deren Glück erfülle. Aber was bringt es jetzt, sich mit diesen Gedanken zu quälen? Ihr Recht auf ein glückliches, unbeschwertes Leben hat sie längst verwirkt.

Kurz darauf sitzen Klara, Pokorny und Fini im Zug in Richtung Kapellen. Es befinden sich keine weiteren Mitreisenden im Abteil. Langsam beginnt es draußen zu dämmern, die Landschaft ist in tiefen Schnee gehüllt. So wie draußen herrscht auch im Zugabteil eine eigenartige frostige Stimmung. Pokorny wirkt bedrückt. Fast als hätte er ein ungutes Gefühl dabei, ins Raxental zu fahren. Klara sitzt regungslos und stumm da. Sie schaut teilnahmslos vor sich hin und denkt an ihre voreilige Verlobung mit Pepo. Sie fürchtet sich vor einem Leben mit ihm. Fini blickt starr aus dem Fenster, Erinnerungen an früher werden wach. Erinnerungen an unbekümmerte Zeiten, die sie in den zurückliegenden Jahren der Gefangenschaft so schmerzlich vermisst hatte. Erinnerungen an ihre erste lange Zugfahrt nach Wien, um von zu Hause fortzukommen. Es war jedoch alles anders gekommen. Ihr alter Vater hatte letztendlich recht behalten mit seinen Worten, dass ihr Wien zum Verhängnis wird.

Jetzt ist alles vorbei und ausgestanden, ihre verhängte Strafe hat sie bitter abgebüßt. Die grauenhaften Jahre im Gefängnis haben nicht nur tiefe Furchen in ihrer Seele hinterlassen, auch im Gesicht. Abgesehen von der schweren Last, die wie ein Felsen auf ihr liegt und sie zu erdrücken versucht. Ihre wiedergewonnene Freiheit und die Chance auf einen Neuanfang werden leider von einem Gefühl der schlimmsten Furcht erfüllt. Furcht vor sich selbst, Furcht vor dem, was sie getan hat. Furcht vor dem, was sie vorhat.

Sollte sie ihre kürzlich gefassten Pläne nochmals überdenken? Nein, es fehlt ihr der Wille, die düstere Vergangenheit zu vergessen, ohne dass Pokorny dafür seinen Preis bezahlt. Sie muss es noch einmal tun, dann wird alles wieder gut werden. Nur einmal noch, denkt sie vor sich hin und blickt noch immer starr aus dem Fenster, während draußen die verschneite Landschaft vorüberzieht.

Bald wird sich die sanfte Dämmerung über der Winterlandschaft in eine dunkle Decke verwandeln und alles unter sich verstecken – und das ist gut so. Als sie in Kapellen den Zug verlassen, weht ihnen ein kalter Wind entgegen. Mit hochgestellten Mantelkrägen stapfen sie den Weg entlang. Als sie am kleinen Friedhof vorbeikommen, sehen sie, dass alle Gräber tief eingeschneit sind. Es ist Fini unmöglich herauszufinden, wo sich das Grab von Maria Müller befindet. Müde gehen sie weiter in Richtung Raxental, um im Gasthaus Eder einzukehren. Bei diesem schlechten Wetter wagt sich keine Menschenseele ins Freie, sie sind ganz allein unterwegs. Enttäuscht müssen sie feststellen, dass der Gasthof Eder Ruhetag hat.

Als Pepo vorschlägt, mit dem nächsten Zug wieder nach Mürzzuschlag zurück zu fahren und sich dort ein Zimmer zu nehmen, verneint Fini vehement. »Jetzt sind wir schon mal hier und gehen weiter zum Schulhaus. Dort werden wir es uns gemütlich machen!« Klara stimmt zu, beide Frauen hängen sich bei Pokorny ein. Schnellen Schrittes stapfen sie vorbei an der Weggabelung, an dem sich das Kreuz befindet, wo Fini angab, für Maria Müller gebetet zu haben. Pokorny wirft einen flüchtigen Blick auf das Kreuz, fragt: »War es da?«, und Fini gibt ihm zu verstehen, dass er alles noch früh genug im Schulhaus erfahren wird. Sie hofft, dass sie noch vor dem kompletten Einbruch der Dunkelheit dort ankommen, damit sie den Türschlüssel im Versteck in der Scheune finden kann. Sie fordert die beiden auf, schneller den Waldweg entlang zu gehen. Pokorny schafft es fast nicht, mit den sehr flott ausschreitenden Frauen Schritt zu halten. Klara dreht sich kurz nach ihm um. Wie sie ihn so schnaufend durch die verschneite Winterlandschaft stapfen sieht, erinnert sie sich kurz an die Schlussszene in den Liebesketten, in der Pepo als Peter Marin ins Eismeer aufbricht, um dort sühnend den Tod zu suchen. Damals, in der Oper, hat sie ihn das erste Mal gesehen. Wie hat sie ihn bewundert! Wie großartig und elegant erschien er ihr dabei, ihr Traumheld. Wie lächerlich und verächtlich erscheint ihr dieser korpulente Möchtegernheld heute. Sie schluckt bei diesen Gedanken. Es wird ihr klar, dass sie auf die Frage, seine Frau werden zu wollen, »Nein« hätte sagen müssen. Sie wird allen Mut zusammen nehmen, das Spiel nicht länger mitzuspielen. Nun scheint ihr der richtige Zeitpunkt gekommen zu sein, es zu beenden. Sie kann und will Pepo nicht heiraten.

Als Fini von der Ferne das verlassene, kleine Schulhaus erkennt, zögert sie und blickt mit Bangen zurück in den Wald. »Irgendwo dort unten müsste auch die Mulde sein«, denkt sie kurz und verwirft schnell den Gedanken, dorthin zu gehen. Ein kalter Schauer durchfährt sie von Kopf bis Fuß. Ihre Hände beginnen zu zittern. Es fehlen ihr in diesem Moment sowohl Mut als auch Kraft, an den Tatort zurückzukehren. Anders, als damals, auf den Tag genau vor sieben Jahren. Seinerzeit nach ihrem Gebet beim Kreuz, als Gusti zu ihr lief und verzweifelt meinte: »Ich kann es nicht. Maria liegt so hilflos da im Schnee. Sie weint vor Angst und keucht und würgt, weil sie den Strick um den Hals nicht lösen kann. Fini, ich kann sie nicht umbringen!« Diese Bilder tauchen plötzlich wieder vor ihr auf, die sie jahrelang im Gefängnis verfolgten und sie fast zum Wahnsinn getrieben hatten:

Gusti unverrichteter Dinge vor ihr beim Kreuz! Sie war maßlos enttäuscht von ihrer Schwester und wütend zugleich. Ihre große Schwester, die sonst so stark und zielstrebig war, schwächelte jämmerlich und weinte. So kannte sie ihre Gusti nicht, der sonst jedes Mittel recht war, um an ihr Ziel zu kommen. Eine Frau, die sich stets stark gab wie ein Mann und das Leben von der härtesten Seite nahm, wusste sich plötzlich nicht zu helfen. Gusti, die bereits die Gäste im Hotel bestohlen und den schrulligen Portier erpresst hatte, zeigte unerwartet moralische Züge. Das konnte nicht wahr sein. Warum waren sie dann mit Maria Müller überhaupt ins Raxental gefahren?

Als zuvor der Versuch mit dem vergiften Wein im Zug scheiterte, äußerte Gusti ihre ersten Bedenken und meinte, ob es nicht besser wäre, nur den Vater in Neuberg zu besuchen. Sie schwächelte zum ersten Mal! Fini traute ihren Ohren nicht und bestand erzürnt darauf, ins Raxental zu gehen, wo sie schon mal auf dem Weg dorthin waren. Sie schnappte nach Luft und ihr panischer Blick verriet sofort, was sie von dieser Idee hielt.

Den Vater in Neuberg wollte sie auf keinen Fall besuchen. Die Einkehr im Gasthaus sah Fini ebenso nur als Aufschub der Tat und willigte daher nur zögernd ein. Aber am nächsten Tag, auf dem Weg zum Schulhaus, lief wieder alles nach Plan. Gusti war voller neuem Tatendrang und beide Schwestern sahen sich Schritt für Schritt ihrem Ziel näher. Maria Müller schöpfte keinen Verdacht und war sichtlich guter Laune. Im Gegensatz zum Vortag. Singend waren sie Arm in Arm den verschneiten Weg entlanggegangen, hatten sich einen Spaß daraus gemacht, sich vor einem Jäger zu verstecken.

Abwechselnd haben sie sich mit Maria Müller in den Schnee fallen lassen, sind mit ihr herumgetollt und haben sich mit Schneebällen beworfen, bis ihr Opfer müde wurde und bat, endlich weiter zum Schulhaus zu gehen. Gusti hatte versprochen den Ofen dort einzuheizen. Tee zu kochen und von früheren Tagen zu erzählen. Als ihr Opfer wieder einmal in einer tiefen Schneemulde zu liegen kam, kam das mit Gusti vereinbarte Zeichen. Sie nahmen beide ihr Kopftuch ab.

Fini kniete sich mit voller Kraft auf die Brust von Maria, damit sich ihr Opfer nicht mehr bewegen konnte. Nun war Gusti an der Reihe, die Müller zu erwürgen. Mit beiden Händen fasste sie zaghaft den Hals des Opfers und zitterte dabei. Maria Müller sah sie beide entsetzt an. Ihre Augen wurden immer größer. Sie wollte schreien und brachte keinen Ton heraus. So tief setzte ihr der Schock zu. Fini forderte Gusti energisch auf: »Jetzt bring sie endlich um! Wenn du sie am Leben lässt, verrät sie uns auch noch!« Erst als Gusti ihr Opfer fest im Griff hatte, dieses vor Panik ohnmächtig wurde und Gusti den vorbereiteten Strick um ihren Hals verknotete, stand Fini auf. Sie wollte auf keinen Fall Zeuge des grausamen Verbrechens sein. Sie packte hektisch die Habseligkeiten der Müller zusammen und rannte zurück zum Kreuz. Mehrmals stürzte sie dabei in den Schnee, verlor ein paar Sachen dabei und beim Kreuz angekommen, tat sie so, als würde sie beten. Ihr fielen jedoch die Worte nicht ein, so durcheinander war sie. Für ein paar schwere Atemzüge schaute sie hinauf zur Mulde und drehte sich dann rasch wieder um.

Unerwartet schnell stand ihre Schwester laut weinend vor ihr und gestand, die Tat nicht vollendet zu haben. Vollkommen verzweifelt, um Worte ringend, berichtete sie ihr, die Müller liege noch in der Schneemulde, kreidebleich. Doch sie lebe noch! Fini war entsetzt und außer sich. Sie wurde noch wütender. »Das kann doch nicht wahr sein«, schrie sie Gusti ungläubig an. Ihr Kopf begann zu glühen, das Herz raste wie wild bis zur Halsader. Schlagartig packte sie der unbeschreibliche Drang, dem Ganzen ein Ende zu bereiten und ihrer Schwester aus der misslichen Lage zu helfen.

Wie in Trance rannte sie zur Mulde hinauf, rutschte zurück auf den Weg und raffte sich hastig wieder auf. Als sie oben angekommen war, sah sie Maria Müller im verzweifelten Versuch, sich vom Strick um ihren Hals zu befreien. Sie wollte etwas sagen und riss instinktiv den Mund auf, als sie Fini erblickte. Doch kein Laut kam aus ihrer röchelnden Kehle. Ihr Körper zuckte vor Angst, sie wollte nicht sterben. Als Fini in ihren Augen ein kurzes Aufblitzen eines Hoffnungsschimmers bemerkte, überkam sie ein Blutrausch. Sie erinnerte sich an ihren Vater, der immer ihre geliebten Hasen mit einem Genickbruch umgebracht hatte. Und eines Tages war sie in den Stall gekommen – alles Weitere, das Abziehen des Fells, das Ausnehmen, das Zubereiten, war dann nämlich immer ihre Sache – und der Hase war noch nicht tot. Er lag einfach da, zuckte hilflos mit den Beinen, machte dabei ein schnarrendes Geräusch am Boden und schaute sie mit großen, offenen Augen an. Damals hatte sie ein Messer genommen und dem Hasen die Kehle durchgeschnitten. Dann war der Hase vom Leiden befreit. Und jetzt? Fini zögerte nicht lange. Sie griff in den Mantel und holte das Taschenmesser heraus, das sie wegen der Jause bei sich hatte. Ohne mit der Wimper zu zucken durchtrennte sie damit der jungen, keuchenden, wehrlos daliegenden Frau die Kehle. Plötzlich war alles vorbei, die Tat vollbracht. Fini atmete kräftig durch, als wäre lediglich etwas Dringendes zu erledigen gewesen und entfernte sich von der Mulde. Einmal drehte sie sich noch nach ihrem Opfer um. Beim Anblick der Leiche mit den starren offenen Augen, wurde ihr erstmals bewusst, was sie beide für ein Verbrechen begangen hatten. Sie erschrak. Der Schnee war mit Blut bedeckt. Hastig holte sie wahllos Äste aus dem Wald und legte sie über die Tote. Verzweifelt raffte sie reichlich Schnee zusammen und bedeckte Leiche und Blut damit so gut es ging. Anschließend rannte sie, ohne sich noch einmal umzudrehen, die steile Böschung hinunter.

Als sie nach einer Weile wieder zu ihrer Schwester am Wegkreuz zurückkam, meinte sie starren Blickes aufgebracht: »Ich habe es für dich erledigt, möchte jedoch nichts damit zu tun haben. Das ist alleine deine Sache Gusti! Dein Mord!« Gusti versuchte sie verzweifelt in den Arm zu nehmen, doch Fini wehrte ab. Beide Frauen putzten sich panisch den Schnee von den Mänteln, bedeckten ihre Köpfe mit den mitgebrachten Hüten. Sie eilten zurück nach Kapellen in Richtung Bahnhof und verhielten sich dort, als wäre nichts geschehen. Keine von beiden sprach nur ein Wort. In Gedanken waren sie sich einig, so schnell wie möglich mit dem nächsten Zug nach Mürzzuschlag und zurück nach Wien zu fahren. »Fini, wir waren nie im Raxental. Verstehst du Kindl!«, waren Gustis erste Worte während der Zugfahrt nach Wien, als sie wieder klar denken konnte.

Die Stimme von Pokorny reißt sie aus ihren Gedanken. Er fragt sie zynisch, ob sie bereits im Gehen eingeschlafen sei und grinst dabei. Bei seinen Worten verspürt sie denselben Hass diesem Mann gegenüber wie damals, als sie ihn vor dem Café Schinagl wiedergesehen hatte. Sie blickt ihm voller Zorn ins Gesicht, bückt sich nach Schnee und bewirft ihn damit. Erschrocken fordert er sie auf, mit diesen Kindereien Schluss zu machen. Es wird schon dunkel und kurze Zeit später befinden sie sich bereits beim Schulhaus. Der Schlüssel befindet sich noch im selben Versteck in der Scheune, aber Fini lässt sich absichtlich Zeit bei der Suche. Ihre beiden Begleiter studieren inzwischen das im letzten Licht der Dämmerung gerade noch lesbare Schild auf der Anzeigentafel neben der Eingangstüre. Es ist vom alten Schulmeister geschrieben und besagt, dass die Schule im Raxental bis auf Weiteres geschlossen ist. Die Schüler werden nur mehr im Schulhaus in Neuberg unterrichtet.

Mit Bedacht betreten sie das Schulhaus und putzen sich den Schnee von den Schuhen. Fini macht Licht. Im Inneren ist noch alles wie damals. Die Räume sind sehr kalt und sie kann ihren Atem sehen. Das Klassenzimmer ist feinsäuberlich aufgeräumt, die kleinen Sessel sind auf die Tische gestellt. Die winzige Küche im Nebenraum ist noch voll funktionsfähig. Sogar Geschirr ist noch da. In einem weiteren Raum stehen mehrere Holzbetten mit Decken, ein Esstisch mit Bänken und ein Ofen an der Wand. Um die Kälte zu vertreiben, wollen sie sofort Feuer machen. Fini wirft einen schnellen Blick zur Feuerstelle, dann zu Pepo, der sichtlich friert und vor sich hin jammert. Er zuckt unbeholfen mit den Achseln und reibt sich die Hände. Es fehlt an Holz, das sie aus der angebauten Scheune holen müssen. Ein mulmiges Gefühl überkommt sie bei dem Gedanken, mit diesem furchtbaren Mann die Nacht im Schulhaus verbringen zu müssen. Aber zum Glück ist Klara dabei, die sich fest in ihren Mantel hüllt, weil sie fröstelt. Und immerhin, tröstet sich Fini, ist doch sie es, die dieses Haus genau kennt, alle seine Stolpersteine und die versteckten Fallen. Hatte sie doch oft genug damals, als Gusti hier im Haus arbeitete und sie sie abholen kam, beim Verstecken spielen mit den Kindern des Schulmeisters Gelegenheit gehabt, alles genau zu erforschen. Der Schneefall hat noch immer nicht aufgehört. Es verspricht eine kalte Nacht im Raxental zu werden. Pepo fordert sie schroff auf, doch endlich heißen Tee zu kochen. Fini sucht darauf nach Worten, aber es will ihr nichts Rechtes einfallen. »Ich bin doch nicht Ihre Haushälterin!«, endet sie dann und spürt eine aufkommende Hitze in ihren Wangen.

Raxental, 26. Jänner 1913, Joseph Pokorny, Josefine Huber, Klara Herzberg

Tief winterliche Verhältnisse umgeben das Raxental. Eine weiße, dicke Schneedecke liegt auf den Bäumen und Büschen. Das kleine Schulhaus zwischen den Bäumen versinkt geradezu im Schnee. Sämtliche Wege dorthin sind nicht erkennbar. Über Nacht hat der Winter nochmals ein kräftiges Zeichen gesetzt. Keine einzige Spur weist darauf hin, dass jemand im Schulhaus war oder ist. Ringsherum herrscht einsame Stille. Hin und wieder finden sich Spuren von Waldtieren, die sich dem Haus näherten, um Essbares zu suchen. Aber auch die werden gleich wieder vom Schneefall bedeckt oder vom Wind verweht.

Das Feuer im Ofen ist erloschen. Lediglich kleine rote Glutstücke funkeln aus den Ritzen des Wärmespenders, der langsam abzukühlen droht. Pepo liegt im Bett und kann sich vor Schmerzen nicht bewegen. Neben ihm steht ein Krug mit Wasser und ein paar Scheiben Brot, die vielleicht noch für zwei Tage reichen, wenn er sparsam damit umgeht. Es scheint ihm unmöglich aufzustehen. Sein Rücken schmerzt vom Liegen auf dem harten Holzbett und sein Fuß bei jeder kleinsten Bewegung. Die letzten Stücke Holz hat er mit Müh und Not in den Ofen geworfen. In seinem Kopf hämmert es fürchterlich. Er liegt schwer beweglich da und starrt an die Decke. Verzweiflung macht sich in ihm breit und er wünscht sich, dass alles nur ein böser, dunkler Traum sei. Sein Herz trommelt vor Aufregung. Er will sich aufsetzen, aber irgendetwas hindert ihn daran. Sein Körper will ihm nicht mehr gehorchen. Seine Arme liegen bleischwer auf dem Bett. In die Aussichtslosigkeit seiner Situation mischt sich ein Hoffnungsschimmer, dass doch bald jemand vorbeikommt, um ihn aus der misslichen Lage zu befreien. Er strengt sich mit ganzer Kraft an, sich zu erinnern, was gestern Abend in der Scheune passiert war.

Fini war kurz nach Ankunft beim Schulhaus in die Scheune gegangen, um den Schlüssel zu suchen. Gemeinsam betraten sie dann das Gebäude. Es war sehr kalt und sie öffnete lediglich das kleine Fenster neben dem Eingang. Er schien mit der Situation total überfordert und befahl Fini mit schroffem Ton, sofort heißen Tee zu kochen. Er fror fürchterlich. Daraufhin hatte sie ihn gebeten, das dafür notwendige Holz aus der Scheune zu holen, um den Ofen im Zimmer einzuheizen. Er weigerte sich zuerst. Sie wollte inzwischen mit Klara das Essen auspacken und den Tisch decken. Strengen Blickes drückte sie ihm eine kleine Laterne in die Hand und bat ihn endlich Holz zu holen. Er stapfte durch die Dämmerung und kurz nach Öffnen der verklemmten Scheunentüre löschte der erste Windzug das Kerzenlicht aus. Im Inneren der Scheune war es stockfinster, ebenfalls sehr kalt. Vorsichtig hatte er sich vorwärtsgetastet. Das Holz müsse irgendwo an der hinteren Scheunenwand gestapelt sein, hatte Fini gesagt. Es sei nicht schwer, es zu finden. Aber knapp bevor er den Holzstoß erreicht hatte, stolperte er über einen harten Gegenstand. Sein Herz pochte vor Schreck, als er den Halt verlor. Ein dumpfer Aufprall, ein Krachen der Knochen, ein Schmerz und plötzlich war alles vorbei. Ein muffiger Geruch nach Erde und Lehm schnürte ihm die Kehle fast zu. Er fiel in ein größeres Loch im tiefen Erdboden. Erst nach langen, lauten Schreien hörten ihn Klara und Fini im Schulhaus.

Für beide Frauen war es nicht so einfach gewesen, Pepo in der Scheune ausfindig zu machen. Sie folgten seinem Geschrei. Wesentlich schwieriger gestaltete es sich, den schwerfälligen Mann aus dem Loch wieder herauszuziehen. Fini erinnerte sich sofort an die tiefe Stelle im Scheunenboden. Früher war sie mit einer Holzklappe abgedeckt und diente zum Aufbewahren von Vorräten im Sommer, da sie stets kühl und geschützt war.

Mit vereinten Kräften schleppten die Frauen den schwerfälligen Opernsänger, der kaum humpeln konnte und heftig über sein schmerzendes Bein jammerte, in das Schulhaus zurück. Er zeigte keine Anzeichen beim Transport unterstützend zu sein und klammerte sich an die beiden. Mit Hilfe von Wäsche aus seinem Reisegepäck machten sie ihm einen einfachen Verband um den Kopf. Er hatte keine große Wunde und sie blutete nur wenig. Sein Bein banden sie an ein Holzbrett, das als Schiene diente, bevor sie ihn mühsam in eines der kargen Holzbetten neben dem Ofen legten. Es sei nur eine böse Verstauchung, meinte Fini, und in ein paar Tagen sei alles wieder gut. Er spürte ihren zornigen Blick und entschied sich von nun an freundlicher zu sein.

Sie war es auch, die schließlich Holz holen ging, damit sie endlich einheizen konnten. Lange hatte sie dafür gebraucht. Klara war schon ganz unruhig und befürchtete, dass ihr ebenfalls etwas zugestoßen sei. Aber dann verbreitete sich zum Glück eine wohlige Wärme im Zimmer. Die Frauen aßen von der mitgebrachten Jause. Pokorny war der Hunger vergangen. Er trank nur heißen Tee. Sein Blick wanderte besorgt im Zimmer umher. »Ich brauche dringend einen Arzt!«, seufzte er tief und kniff vor Schmerz fest die Augen zusammen. Fini und Klara übten sich in Schweigen. Selbst über den Mordfall im Raxental wurde kein Wort mehr verloren.

Die Nacht war für alle drei eher schlaflos. Sie wälzten sich in den harten Betten hin und her und fanden keine Ruhe. Pokorny klagte die ganze Zeit über seine Schmerzen im Fuß. Klara ärgerte sich maßlos über sein zimperliches Verhalten und sein lautes Gejammer. Sie verstehe einfach nicht, was sie und viele andere Frauen an diesem Jammerlappen so anziehend gefunden hätten, flüsterte sie Fini zu. Und auch, dass sie überhaupt keine Lust verspüre, diesen elenden Schuft womöglich noch ein paar Tage zu pflegen.

Zu Pepos Erstaunen teilten ihm die beiden Frauen bei Anbruch des Tages entschlossen mit, dass sie jetzt aufbrechen würden, um ihre Reise fortzusetzen. Sie wollten hier im Schulhaus nicht sinnlos ihre Zeit verbringen. Die Enttäuschung über ihr rücksichtloses Verhalten konnte er nicht verbergen. »Sie können mich doch hier nicht alleine liegen lassen! Ich brauche dringend einen Arzt!« Daraufhin versprachen sie ihm, Hilfe aus dem Ort vorbeizuschicken, damit er aus dem verschneiten Schulhaus abgeholt würde, um nach Graz zu seinem Engagement zu fahren. Das könne bei diesen Wetterverhältnissen aber dauern und er müsse sich in Geduld üben, fügten sie mit Kichern hinzu. Ihr Mitgefühlt hielt sich in Grenzen, im Gegenteil, sie waren schadenfroh.

Sobald es hell wurde, stapften die Frauen mühsam zurück durchs Raxental. Der viele Schnee, der nachts gefallen war, machte ihnen schwer zu schaffen. Doch Fini wusste den Weg von früher her noch auswendig. Es war sehr kalt und sie eilten, mit warmen Tüchern um den Kopf geschlungen, am geschlossenen Gasthaus Eder vorbei. Sie versuchten so schnell und unbemerkt wie möglich nach Kapellen in Richtung Bahnhof zu kommen, um nach Mürzzuschlag zu fahren. Aufgrund der starken Schneefälle war keine Menschenseele auf der Straße anzutreffen. Sogar in ihrem Waggon im Zug nach Mürzzuschlag waren sie die einzigen Passagiere. Der Fahrscheinkontrolleur kam erst knapp vor Mürzzuschlag bei ihnen vorbei und zeigte sich erstaunt, über ihren Unternehmungsgeist.

Am dortigen Bahnhof waren die beiden Frauen sich ohnehin einig: ohne Verzögerung nach Wien zurückfahren. Sollte Pokorny im Laufe der Tage alleine nach Graz fahren. Sinn würde es wenig haben. Sein Engagement war sowieso geplatzt, da er sich gestern im Theater nicht eingefunden hatte. Alleine würde er den Weg vom Schulhaus nach Kapellen sicher nicht schaffen und so schnell wird auch niemand dort vorbeischauen, waren sie sich einig. Doch es kümmerte sie kaum.

Sie nahmen den ersten Zug zurück nach Wien. Leider hatten sie niemanden getroffen, dem sie von Pokornys misslicher Lage berichten konnten. Müsse er eben warten, bis zufällig jemand im Schulhaus vorbeikam, oder dürfe nicht so wehleidig sein und müsse selbst gehen, meinte Klara. Sie zeigte sich um eine Spur erfreuter, dass sie ihn jetzt endlich losgeworden sei. Fini konnte es nur Recht sein.

Jedenfalls würden die beiden dann im Frühjahr, bei schönem Wetter, einmal gemeinsam in die Steiermark fahren, um Klaras Liegenschaft zu besichtigen. Vielleicht würden sie sogar für eine Weile dort wohnen, um von allem Abstand zu gewinnen. Und dieser elendigliche Opernsänger wage es ja wohl nicht mehr, sich bei ihnen zu melden.

»Wir vergessen ihn jetzt einfach, diesen Gauner und Betrüger!« Klara verzieht bei ihren Worten die Miene zu einem schadenfrohen Grinsen. »Was denkst du Fini?« Fini zögert nicht lange und meint, dass es sowieso am besten sei, wenn sie niemandem etwas über ihre Reise ins Raxental erzählen würden. »Sonst gibt es womöglich noch blöde Redereien«, gibt Klara mit heller Stimme zur Antwort, zwinkert mit den Augen.

»Eben darum!«, stimmt ihr Fini zu. »Mir wäre es am liebsten, wenn ich diesen Heiratsschwindler nie gekannt hätte. Wenn ich jemandem erzählen müsste, dass ich mit diesem Filou noch gemeinsam wo hingefahren bin, wäre mir das furchtbar peinlich«, fügt Klara hinzu, während ihre Gedanken im Kopf wirbeln.

Raxental, 29. Jänner 1913, Joseph Pokorny

PEPO WARTET NUN schon seit Tagen, dass jemand im Schulhaus vorbeikommt, um ihn abzuholen. Die Zeit scheint ihm nicht zu vergehen. Es wird immer kälter im Zimmer des Schulhauses, seine Rufe bleiben ungehört. Zeitweise fällt er in einen tiefen Schlaf, bis ihn die Schmerzen wieder aufwecken.

Hatten die beiden Frauen nicht versprochen, Hilfe vorbeizuschicken? Er konnte ihnen doch vertrauen, oder? Womöglich ist ihnen auf dem Rückweg etwas zugestoßen? Beim Blick aus dem Fenster erkennt er, dass es unaufhörlich schneit. Wirre Gedanken kreisen in seinem Kopf. Nicht einmal bemitleidet haben sie ihn, geschweige auch nur im Geringsten daran gedacht, im abgelegenen Schulhaus zu bleiben, bis jemand zu Hilfe kommt. Im Gegenteil: In der Nacht haben sie getuschelt und sich im Geheimen bestimmt einen Plan ausgedacht, wie sie ihn am besten alleine zurücklassen konnten.

Ohne sich auch nur noch einmal umzudrehen, eilten sie bei der Haustüre hinaus, nachdem sie zuvor die Sachen in seiner mitgebrachten Tasche durchsucht hatten. Im Hintergrund vernahmen sie noch Pepos Jammern. Die alten Zeitungsartikel, die er bereits seit Jahren mit sich trägt, hatte Fini am Tisch ausgebreitet. »Das hast du dir schön ausgedacht, dass du mit meiner Geschichte reich wirst. Aber nur, dass du es weißt, dein Buch kannst du vergessen!«, hatte Fini ihm noch zugeflüstert. Und lauter dann gemeint: »Da haben Sie jetzt ja genug zum Lesen und auch Zeit dazu. Haben Sie viel Freude daran«, fügte sie schnippisch hinzu. Und er erblickte den obersten Artikel: »Opernsänger Pokorny wahnsinnig geworden?« Es war ein Bericht über seinen Geltungsdrang und die wiederholten Ankündigungen, den Mordfall im Raxental selbst aufklären zu wollen, da seiner Meinung nach Polizei und Justiz komplett versagt hätten. Es sollte wohl den Anschein erwecken, als würde er sie selbst im Schulhaus gelesen haben.

Klara hatte zum Abschied noch zynisch hinzugefügt: »Pepo, übrigens sammle ich auch alte Papiere. Daher bin ich im Besitz etlicher Liebesbriefe von Frauen an meinen geschiedenen Mann und finde sofort heraus, wenn jemand nur wegen meines Geldes Interesse an mir zeigt«. Sie warf Pepo einen wütenden Blick zu und rang tief nach Luft. Er hatte ihr noch verzweifelt versucht zu erklären, wie ernst er es in Sachen Heirat mit ihr meinte. Aber Klara antwortete darauf nur abweisend, dass er sich bei ihr nie mehr blicken lassen solle. Sie hätte nicht mehr vor, ihn jemals zu heiraten.

Das Schulhaus ist wieder aufgeräumt, wie sie es vorgefunden hatten. Nicht einmal einen Bleistift haben sie ihm dagelassen. Nichts deutet darauf hin, dass ihn jemand ins Schulhaus begleitet hat. Somit wird niemand einen Verdacht schöpfen. Nur er ist zurückgeblieben, der verrückt gewordene Opernsänger. Kein Wort haben sie davon erwähnt, ob sie nach Graz weiterfahren. Auch nicht, ob sie im Opernhaus Bescheid geben, dass er aufgrund des

Sturzes im Raxental sein Engagement nicht antreten könne. Aber wird man ihn in Graz vermissen? Es fällt ihm ein, dass er sich unter einem neuen Künstlernamen, nämlich Joseph Wegmüller, angemeldet hat, und sollte er doch verspätet endlich nach Graz kommen, wird man ihn wie früher schon einmal wegen Unverlässlichkeit abweisen.

Was werden die Leute in Wien denken, wo der Opernsänger Pokorny – ach nein, dort ist er ja der Hochmaier – plötzlich hingekommen ist? An der Oper wird man ihn nicht vermissen, denn mit seinem letzten Auftritt am 24. Jänner war sein Engagement in Wien beendet. Er ist auch gar nicht im Frieden von dort geschieden, hatte er sich doch in den letzten zwei Monaten unter diversen Vorwänden von einigen im Haus Geld geliehen, um die erpresserische Fini zufriedenzustellen. Natürlich konnte er das Geld nicht zurückgeben und besser lässt er sich dort nicht mehr blicken. Nicht nur deshalb hat er auf die Heirat mit Klara gehofft und auf ein angenehmes Leben in der Nähe von Graz auf ihrer schönen Liegenschaft.

Da wäre noch diese ältere Dame im Burgenland, der er vor einem halben Jahr ebenfalls die Ehe versprochen hatte und die ihm auch eine größere Geldsumme lieh, die er für Fini benötigte. Sie wartet bestimmt noch auf ihn, sollte es mit Klara tatsächlich nichts mehr werden. Das junge blonde Zimmermädchen aus dem Hotel Sacher ist ebenfalls verliebt in ihn und recht brav und willig, fällt ihm ein. Und dann ist da ja auch noch die ältere Wirtin … Er muss sofort zurück nach Wien. Doch wie sollte er von hier aus so schnell wegkommen. Und wie sollte es in Wien weitergehen? Klara hatte seine Sachen aus der Wiener Wohnung bei der Aufbewahrung am Bahnhof deponiert. Sie wollte ihm das restliche Gepäck nach Graz nachschicken, sobald er dort eine kleine Wohnung gefunden hat. Und er hat dafür nicht einmal den Gepäckschein, sondern sie!

Er benötigt dringend einen Arzt. Wo bleibt die versprochene Hilfe? Die beiden Frauen haben anscheinend niemanden im Raxental verständigt und wer wird in Wien schon nach ihm fragen? Goldstein, dem erzählte er doch, dass er Josefine Huber treffen werde. Aber der wird sich wahrscheinlich denken, dass er sich nach seinem letzten dummen Auftritt im Café nicht mehr bei ihm meldet, weil er nichts herausgefunden hat. Und das stimmt. Nichts hat er herausgefunden, nichts!

Hindert Fini seine Klara daran, Hilfe zu suchen, um sich endlich an ihm zu rächen? Womöglich war die Fahrt ins Raxental bereits ein Teil der Rache und sein Unfall gar kein Zufall? Aber was hat Klara damit zu tun? Stecken die beiden inzwischen längst unter einer Decke? Fragen über Fragen verwirren seine Gedanken, er kann kaum mehr klar denken. Es wird ihm klar, in welch misslicher Lage er sich befindet. Mühsam versucht er, sich aus dem Bett zu schleppen, um an die Türe zu kommen, sie zu öffnen, damit man ihn schreien hört. Doch es misslingt! Mit dem Holzbrett am schmerzhaften Bein bleibt er am Boden liegen und brüllt laut auf. Es ist zwecklos, er ist verloren. Hier muss er nun ausharren, bis ihn jemand findet in diesem gottverlassenen Schulhaus im Raxental, am Ende der Welt. Dort, wo ihn niemand vermutet. Dort, wo sich ein Opernsänger, wie er einer ist, nie aufhalten würde.

Da fällt ihm ein, Gusti hatte ihn doch damals über ihren Verteidiger dringend gebeten, beim Lokalaugenschein im Februar 1906 in Kapellen anwesend zu sein. Er hätte auf ihren Wunsch hin bei der Gegenüberstellung mit der Leiche Maria Müllers aussagen sollen, dass es sich nicht um die besagte ehemalige Köchin, die er aus dem Café Schinagl gekannt hat, handle. Er hat es abgelehnt, das war wohl ein Fehler, sonst würde er jetzt selbst den Weg vom Raxental zum Bahnhof zurück finden, sobald sich sein Zustand bessern würde. Er war damals ihrer verzweifelten Bitte nicht gefolgt. Nicht, weil er nicht lügen wollte, sondern weil er sich mit einer anderen Frau getroffen hatte. Eigenartig, welche Gedanken an ihm vorüberziehen. Er versucht sich an die Zeit mit Gusti zu erinnern. Plötzlich steigen Erinnerungsfetzen auf, doch es hat keinen Sinn mehr, sie lassen sich nicht festhalten.

Immer größer werdende Schneeflocken tummeln sich eifrig am kleinen Fenster des Zimmers und bedecken es langsam, sodass sich der Raum mehr und mehr verdunkelt. Seine Augen werden schwerer, die Schmerzen scheinen plötzlich erträglich. Ein wohliges Gefühl durchfließt seinen Körper. Alles scheint ihm plötzlich so gleichgültig. Bei diesem kalten Winterwetter wird niemand aus der Umgebung am verlassenen Schulhaus vorbeikommen. Niemand, keine Spaziergänger, nicht einmal ein Jäger. Sie sitzen alle zu Hause vor dem wärmenden Ofen.

Er verspürt die Lust, ein schönes Lied zu singen. Doch in dieser Eiseskälte muss er seine Stimme schonen, er darf sich auf keinen Fall erkälten. Bald hat er seinen großen Auftritt. Wozu jetzt noch an diese beiden rücksichtslosen Frauen denken, die längst keinen Gedanken mehr an ihn verschwenden. Was gehen sie ihn jetzt noch an? Mit geschlossenen Augen liegt er da und lauscht angespannt dem Wind, der um das kleine Schulhaus pfeift.

Er muss wohl wieder eingeschlafen sein. Irgendwann ist ihm, als würde jemand bei der Türe hereinkommen wollen. Halb wacht er und halb träumt er wieder, kein Schmerz zerrt mehr. Da endlich öffnet sich die Türe und ein Lichtstrahl fällt mit den tanzenden Schneeflocken in das Zimmer. Aber sonderbar; er kann niemanden eintreten sehen. »Jetzt warten Sie! Nehmen Sie mich doch mit!«, flüstert er leise vor sich hin. Seine Gedanken geben ihre letzte Kraft ab und er spürt, irgendetwas hatte ihn vor Tagen hergebracht, und etwas trägt ihn nun von hier fort, gleichgültig und zugleich gnadenlos.

Epilog: 10. bis 15. Februar 1913

Ein Jäger, der nach dem vielen Schnee und den langen eiskalten Tagen nach dem Wild schauen will, wundert sich, dass beim alten Schulhaus ein Fensterladen offen steht. Sofern er weiß, ist es längst geschlossen. Die Türe ist nicht versperrt. Als er nachschaut, findet er die am Boden liegende Leiche eines Mannes. Aufgrund seiner Papiere ist die Identität rasch geklärt: Es handelt sich um Joseph Pokorny, den damaligen »Bräutigam« der Augustine Huber. Der Arzt stellt Tod durch Erfrieren fest. Die Ursache seiner beiden, auf keinen Fall zum Tode geführt habenden Verletzungen dürfte ein Sturz in ein Loch am Scheunenboden beim Holzholen gewesen sein. Dafür sprechen die Scheiter, die im und um das Loch herum zu finden waren. Am Bein und Kopf hatte er sich einen Verband angelegt. Im säuberlich aufgeräumten Zimmer liegen etliche alte Zeitungsberichte über den Mordfall im Raxental vor sieben Jahren.

Beim Toten befinden sich auch zahlreiche neue Notizen, ein ausbezahlter Depotschein sowie ein aufgelöstes Sparbuch einer Maria Müller, dem damaligen Mordopfer. Pokornys obsessiver Wunsch, diesen alten Fall, an dem er selbst keine geringe Rolle gespielt hatte, aufzuklären und damit die Unfähigkeit der Behörden zu beweisen, dürfte der Grund für seinen Aufenthalt im Raxental gewesen sein.

Da sich im alten Schulhaus keine Hinweise auf die Anwesenheit anderer Personen finden, wird ein Fremdverschulden ausgeschlossen und der Tote zur Beerdigung freigegeben. Diese findet in aller Stille am Friedhof in Kapellen statt, da man ein Wiederaufflackern der Hysterie wie beim Prozess der Huber-Schwestern vermeiden möchte. Niemand außerhalb von Kapellen wird je vom Tod Pokornys erfahren.

Deshalb wartet Goldstein einige Monate vergebens darauf, dass Pokorny sich mit den versprochenen neuen Fakten zum Mord im Raxental bei ihm meldet. Er wird einsehen, dass dieser wohl nach Ende seines Wiener Engagements zu gänzlich neuen Ufern aufgebrochen ist und sich nicht mehr bei ihm meldet. Goldstein stellt die Arbeit am Buchprojekt ein. Es wird somit nie ans Licht kommen, was damals im Raxental geschah, vermutet Goldstein. Sein Blick huscht über den am Kaffeehaustisch liegenden Zeitungsartikel. Es geht dabei um einen kaltblütigen Mord im Wiener Prostituiertenmilieu. Die Mitbewohnerin der Prostituierten Katharina S. wird dringend verdächtigt, ihre Rivalin aus Eifersucht ermordet zu haben.

Nachtrag:

Der grausame Mordfall im Raxental in der Steiermark vom 25. Jänner 1906 kann online im Austria-Forum unter der Kategorie »Politik und Geschichte – Damals in der Steiermark« nachgelesen werden.

https://austria-forum.org/af/Wissenssammlungen/Damals_in_der_Steiermark/Der_geheimnisvolle_Mord_im_Raxental

Die im Kriminalroman abgedruckten Zeitungsartikel fanden sich in Zeitungsarchiven wieder und entsprechen in vollem Umfang den Tatsachen. Aufgrund des großen öffentlichen Interesses waren die Protagonisten mehrmals auf den Titelseiten namhafter Zeitungen abgebildet, von Gerichtszeichnern mit hohem Fingerspitzengefühl skizziert.